公元787年，唐封疆大吏马总集诸子精华，编著成《意林》一书6卷，流传至今
意林：始于公元787年，距今1200余年

意林®轻文库

青春最美，梦想出发
中国式好看轻小说优鲜品牌

意林轻文库 恋之水晶系列 033

世界第一的女王陛下

Shijie Di-yi de Nüwang Bixia

Ⅲ 女王归来

忘川晴 著

WANG CHUANQING WORKS

吉林摄影出版社
·长春·

图书在版编目（CIP）数据

世界第一的女王陛下. Ⅲ, 女王归来 / 忘川晴著. -- 长春：吉林摄影出版社, 2018.3
（意林·轻文库. 恋之水晶系列）
ISBN 978-7-5498-3525-6

Ⅰ. ①世… Ⅱ. ①忘… Ⅲ. ①长篇小说 - 中国 - 当代 Ⅳ. ①I247.5

中国版本图书馆CIP数据核字(2018)第050829号

世界第一的女王陛下Ⅲ 女王归来
Shijie Di-yi de Nüwang Bixia Ⅲ Nüwang Guilai

著　　者	忘川晴
出版人	孙洪军
总策划	安　雅　张　星
责任编辑	施　岚　胡晓路
图书统筹	三木卷卷
特约编辑	雷凌云
绘　　图	E.Pcat
书籍装帧	赵艳红
美术编辑	袁　萌
开　　本	700mm×1000mm　1/16
字　　数	280 千字
印　　张	12
版　　次	2018 年 3 月第 1 版
印　　次	2018 年 3 月第 1 次印刷

出　　版	吉林摄影出版社
发　　行	吉林摄影出版社
地　　址	长春市泰来街 1825 号
	邮编：130062
电　　话	总编办：0431-86012616
	发行科：0431-86012602
网　　址	www.jlsycbs.net
经　　销	全国各地新华书店
印　　刷	北京盛彩捷印刷有限公司
书　　号	ISBN 978-7-5498-3525-6　　　　**定价：28.80**

版权所有　侵权必究

如发现印装质量问题，请与印务部联系退换，电话：010-51908584

目 录
Contents

- 楔　子 　001
- 第一章　成为学生会会长 　003
- 第二章　沧之星学院 　017
- 第三章　神宫岚的阴谋 　031
- 第四章　校庆和约会 　053
- 第五章　学院危机 　067
- 第六章　苏央然转学 　081

目 录
Contents

第七章 沧之星的生存	095
第八章 抢夺会长之位	111
第九章 夺得王座	131
第十章 学校制度	147
第十一章 神宫岚的手段	167
尾声	187

楔　子

烈日当头，跨海大桥上却排着望不到头的车队。

前方就是洛兰科斯皮特学院，一座建立在岛屿上的学校。它原是属于洛兰科斯男子高中的直升大学，从今年开始却对外招生，不过要考入这所学校并不容易，里头开设的专业大多针对有钱人家的孩子，并且学费又高，所以也不太有人愿意到这里来。

苏央然拖着皮箱走在跨海大桥上，她本来是坐车上学的，但是开学日跨海大桥堵车，有些学生光行李就要多装一车，各类名车堵在跨海大桥上，没有五六个小时是到不了学校的，而且车中格外闷热，还不如走路。

一同入学的朔连城和尚佐原本也坐着车来，见苏央然下了车，便也跟着一道步行进校。尚佐行李比较多，但他没有拿，让司机把行李送去学校。

苏央然走在跨海大桥上，两边都是碧蓝的海水，空气中弥漫着一股海腥味。头顶的太阳格外热，尚佐忍不住念叨起来："要被晒黑了。"

苏央然瞥了他一眼，没有回话。

跨海大桥有25公里长，苏央然步行，稍微快点至少要走五个小时，但因为有尚佐在，他走了一个小时就开始吵着说脚疼、脚软。他们走走停停，走了六个多小时才终于走到了学校大门口。

辛亏校内有校车，不然以尚佐的体力，恐怕走到宿舍都难。

一行人按照入学手册到了指定的报到地点，有两个学生会的成员过来迎接他们。洛兰科斯皮特学院的学生大多是从洛兰科斯男子高中直升上来的，所以校内基本上都是男生，便是偶尔有一两个转校生，也以男生为主，所以迎接他们的学生会成员看到苏央然的时候，不由得愣住了。其中一个立刻反应过来，想起了她就是当初女扮男装在洛兰科斯念书的那个人，并且是以近乎满分的成绩考入他们学校的学生。

同样，她也是洛兰科斯皮特学院建校以来，第一个女学生——苏央然。

第一章
成为学生会会长

第一节

洛兰科斯皮特学院原本是有女生公寓的，但因为一直没有女生来住，后来被改成了男生公寓。如今苏央然来了，他们得给她安排住的地方，于是带她来到了月心苑。

月心苑原是建立在湖面之上的一座仿古茶楼，有上下两层。不过学院里的有钱孩子似乎并不喜欢喝茶，茶楼每天备的茶都剩余很多，久而久之就干脆停止营业，关门大吉了。茶楼关门后就一直没有利用起来，如今苏央然来了，她一个女生，自然不能住在男生宿舍，学校就安排人把月心苑整理整理，腾出来给她住。

但苏央然不怎么喜欢水面上的房子，不是说水里最容易滋生蚊虫吗？她担心夏天会被蚊子咬死。

不过这座改良后的茶楼里，家具设施倒是一应俱全，一楼是浴室、厨房、客厅，二楼是卧室，还有一个很大的平台。在洛兰科斯皮特学院，没有哪个宿舍是拥有厨房的，月心苑例外，苏央然是全校唯一的女生，享受特殊待遇也正常。

男生们倒是无所谓，对他们来说有厨房没厨房都一样，因为学校里几乎没有学生做饭。苏央然行李不多，只带了几件衣服和洗漱的东西。因为平日里上学要穿洛兰科斯皮特学院的校服，她的校服就放在床头，一共四套，能够保证学生日常换洗。

苏央然觉得四套校服够多了，她念高中的时候也就只有两套校服，换洗也很方便。走到床头拎起校服左右看看，她脸上露出嫌弃的神色，这是一套女生校服，但裙子好像有些短。该不会有人恶作剧，换了她的校服吧？

事实证明，这就是洛兰科斯皮特学院女生的校服。原本洛兰科斯皮特学院是没有女生校服的，因为苏央然的到来，他们专门派设计师设计出了这么一套，据说能够显现女性身材。

苏央然穿上校服来到镜子前，发现衬衣偏小，穿上之后特别贴身。她还没系领带就听见有人来敲门，握着领带便跑去开门，看见朔连城站在门口。

"呃……这学校也有女生的校服？"

"谁知道，还设计得那么短，"苏央然不爽地拉了拉衬衣领，"连领子也设计得这么高，是要闷死我呢。"

"你可以不扣这么高，领带不系也可以，我看很多人都这样。"朔连城忽然伸出手，轻轻解开她扣得比较高的几颗纽扣，指腹触碰到她的脖颈，冰冰凉凉的。

解开纽扣之后苏央然便收拾东西去了，她一边把带来的衣服挂到衣柜里，一边随口问道："你不整理东西吗？这么空闲。"

第一章
成为学生会会长

"我和尚佐的行李都在车上,车还没有到,估计再过两个小时,就可以到宿舍了。"朔连城答道。

苏央然点了点头:"那尚佐呢?"

"他去了校长室,因为他不是直升的,以前没有在洛兰科斯念过书,大概有什么具体的事情需要说一下吧。对了,晚上七点在学校大礼堂,有开学典礼。"朔连城一直站在门口,他没有跨进来,似乎这里是禁地,不能随意出入。

苏央然点了点头:"知道了,我先把这屋子收拾一下,到时候就过去。你先到门口接你的行李吧,等会儿我帮你一块儿整理,然后去大礼堂。"她一边答着,一边卷起袖子。衣服都放好了,东西也收拾得差不多了,现在得把洗手间和厨房打扫一下,是个大工程呢,苏央然皱了皱眉。

朔连城点了点头,便出去了。

等苏央然收拾好屋子出来,天色已经有些暗了。距离七点还有一段时间,她便去男生宿舍找朔连城。新生中大部分人是认识苏央然的,知道她的厉害,当初她以一人之力抵抗三大派系,声名鹊起,她可是个能人。而老生就不认得她了,一个个上下打量着她,恨不得看出个洞来。

在整个洛兰科斯皮特学院里,只有苏央然是女生。许多男生一见到苏央然眼睛就亮了,她身穿女子校服,一头黑发垂在身后,如同黑色瀑布一般。她安静地站着,没有出声,一双眼睛十分夺目,偶尔回过头时扬起一笑,更如绽开的夏花,漂亮极了。

有几个学长已经蠢蠢欲动,要走上前去与她搭讪。其中一个学长就要走到她跟前了,忽然有一个声音老远就从教学楼那边传来:"央然。"

只见一个少年急匆匆地从楼上下来,扑向那女生。说时迟那时快,那女生竟忽然伸手按住少年的头,直接甩到边上去。一系列动作流畅得好像她已经做过几百遍似的,一点儿停顿都没有。走向她的学长惊讶得嘴巴都合不拢。

"真是一点儿都没有变,还以为她穿了裙子会变得淑女一些呢。"

"啧,当初她可是能以一个人的力量挑战三大派系,怎么可能会变成淑女嘛。"

"而且她的体育很出色,高中时,学校里没有一个人是她的对手啊。"

"呜呜呜,好不容易学校里有一个女生,却这么可怕,好难过啊。"

学长们顿时鸦雀无声。

被甩到一边的少年已经奋勇地爬了起来:"你为什么又推我?"

"谁让你扑过来的?"苏央然张了张嘴,扭头继续往男生宿舍的方向走。少年跟上她:"喂,喂,等等我啊,央然。"

第二节

大礼堂中，苏央然再次成为焦点。吵吵嚷嚷的声音，统统在她跨入礼堂的一刹那停止了。苏央然本来跳了级，想着应该碰不到以前在洛兰科斯认识的那几个家伙，可偏偏那几个家伙硬是一同跳级升学上来。代表新生演讲的又是蓝王沧弛染寒，他看到苏央然进来，原本冰冰冷冷的脸上意外扬起了一个笑容。

这笑容看在苏央然眼里有好几层意思。

意思一：嘿嘿，你还是来我们学校了吧？你以为你想去青云就能去得了吗？我们轻轻一个动作就让你进了我们的学校。

意思二：你这小样，居然还来我们洛兰科斯，上次被赶出去的教训还不够吗？

意思三：来得好，你死定了。

苏央然只觉得头上冒出很多冷汗，全身上下都不舒服。她回头四处搜寻了一番，幸亏沧弛染寒的哥哥沧弛鉴没有来，那个家伙才真的让她头疼。每次考试都能将她比下去，她最讨厌将她比下去的人了。

开学典礼很简单，新生演讲、老师演讲、领导演讲、散会。沧弛染寒和在洛兰科斯时一样，演讲又短又简洁，三分钟就完事儿了。后面的老师话特别多，每次演讲都要列出几大点，几大点里还有小分点，小分点里还有小小分点……哪有那么多点啊？苏央然没有吃晚饭，肚子早就饿得咕咕叫了，而且她感觉自己有点儿头重脚轻，难道是低血糖？

不行，她得偷偷吃点什么。

她悄悄摸了一下自己的衣袋，什么吃的都没带。

苏央然站在那里暗自哀叹，忽然旁边有一只手怯生生地探过来，苏央然回过头，看到站在自己后面的那个小男生握着一颗糖，小心翼翼地递给她。

她激动不已，低声说了一句"谢谢"就接过糖吃了起来。糖里有一股淡淡的薄荷味，还有柠檬香，特别好吃……

小男生羞涩地笑了笑，然后抓抓自己的脑袋，安静地站在那里。

苏央然嘴里的糖才咬到第三下，站在上面还在演讲的老师忽然停了下来，旁边的前蓝王沧弛染寒居然伸手指着她的鼻子："这位同学不要吃零食。"

苏央然一僵，她抬起头目光凌厉地看着沧弛染寒，沧弛染寒则平静地看着她。

老师即刻出来打圆场，演讲得以继续下去，但是所有人都在这一刻知道了，曾经的蓝王沧弛染寒和新来的女生苏央然有一段渊源。

第一章
成为学生会会长

　　有些新生只知道蓝王和苏央然对立过,今天两人再次针锋相对,但总觉得两个人之间的对立似乎有些变化了。

　　开学典礼一结束,苏央然就嚷嚷着要去吃晚饭,她真的快饿疯了。对于她来说,一日三餐少了任何一餐,都是致命的打击啊。朔连城倒是不饿,他体力向来好,加上本来吃得不多,偶尔一顿不吃,也无关紧要。尚佐高考结束之后一直在练肌肉,他不断提醒苏央然:"晚上吃东西,很容易发胖。"

　　苏央然有小肚子,虽然不明显,但是坐下来腰间还是稍微有一点儿赘肉。尚佐建议她不吃晚饭,如果觉得肚子饿,就想象着脂肪在燃烧。苏央然可没这么好的本事,她一直怀疑尚佐在健身的时候是不是也想象着自己的肌肉正在往强壮的方向发展。

　　洛兰科斯皮特学院的食堂居然建在山坡上!每次吃饭,他们都要爬上山,才可以到达食堂。苏央然要不是因为没带厨具,她是打死也不会去食堂吃饭的。

　　苏央然在晚上九点多,爬了一座山之后吃上了饭。她吃饱饭之后的第一件事就是把全套厨具以及米、菜,统统预备在宿舍里。

　　她发誓,再也不去食堂吃饭了。

第三节

第二天早上苏央然还在睡梦中时,手机铃声响了。接起后,对面传来比较陌生的声音:"请问是夏央然同学吗(自从成为夏川城的女儿后,她就把姓氏改过来了)?早课时间已经到了,你还没有来教室吗?"

呃……早课?她低头看了一眼手机上的时间,八点四十三分!已经这么迟了?

"就……就快到了,已经在路上了,来的时候堵……堵车。"苏央然立刻手脚并用地爬起来穿衣服。电话里的人一头雾水:"堵车?学校里会堵车吗?"

苏央然随手拎起外套就匆匆跑向教学楼,一路狂奔而来又爬了六楼,到教室外时她已经气喘吁吁了。她扳住敞开的门,像条死鱼似的挪进去:"老……老师,我来了。"

老师扭头就看见脸色苍白、倒在地上的苏央然,吓得连忙将教科书丢掉跑过来扶住她:"夏央然同学,你怎么了?要不要我送你去医务室?"

"老师,您让她休息一会儿就好了,她应该是跑得太累了。"朔连城还不了解苏央然?以她的身体状况怎么可能会生病?就算她背上插了十把刀也可以坚强地挺立,估计就是早上睡过头,赶来的时候跑得急了。

果然,苏央然在桌上趴了一小会儿精神就恢复了。下课的时候她还绘声绘色地阐述自己怎么从宿舍以最快的速度跑过来,其中为了走捷径还翻了几次墙,她真是太佩服自己的体力了。

朔连城只能无奈,他从课桌里掏出一瓶饮料放到她桌上:"补充一下水分。"

"谢谢。"她还没有接过饮料,忽然另一只手从旁边伸过来,将她的饮料拿了过去。她一惊,扭过头,是红王华尚!

"你不是应该还在念高二吗?怎么也上了大学?"

"只准你跳级,就不准我们跳级了吗?"

华尚笑了笑:"真是难得,居然还可以和央然一个班。"

苏央然皱起眉头:"我的志愿难道是你改的?"

"喂喂,别冤枉人!这次真的不是我,我虽然坏事做得很多,但绝对不敢改你的志愿!我知道的时候,你已经被洛兰科斯皮特学院录取了。"华尚立刻叫冤。

那会是谁改的?在洛兰科斯里跟她作对的人虽然多,但是有权力改她志愿的可就不多了。

她看了华尚一眼,他的眼神还在躲闪着,苏央然立刻伸手拉住了他的衣领:"你肯定知道是谁对不对?"

第一章

成为学生会会长

"咳咳,我……我不知道,我真不知道,央然你要掐死我了。哎,我晚上还有一场演唱会,你再掐下去我嗓子要坏了。"华尚拼命地求饶,苏央然才不情愿地松开手:"你要是骗我,知道后果是什么!"

苏央然到校第一天,温柔贤惠、贤良淑德的形象就被打破。高年级的学生知道她轻轻用力就能把一个男孩甩出好远,低年级的学生有些早就认得她,哪怕不认得,也见识了她掐着一个男生威胁他的模样。苏央然本来是想树立一个温柔的形象,但是一遇到这群家伙,所有的温柔都抛到了脑后。

不过洛兰科斯皮特学院的老师却很欢迎她。因为苏央然的成绩是学院里最好的,许多科目都排在第一名,只凭她一个人获得的奖项,就可以给学校装点好门面。

因此经过讨论,他们将学校学生会副会长的职位交给了她,这一任的会长马上就要毕业了,等他一毕业,苏央然就是洛兰科斯皮特学院的学生会会长。

初次见到这一任会长时,苏央然还是很惊讶的。她以为学生会会长至少应该像沧弛染寒那样,就算不冷酷,也应该是一副很能干的样子。可是眼前的这位学生会会长,分明是一个胆小懦弱、连对自己的下属都细声细气的人。最要命的是,他长了一副酷似女子的容貌,不是漂亮,而是柔弱。

苏央然就站在门口,看着他在那里批改文件,眼泪汪汪地求着身边的人帮忙把文件整理出来,再不批,很多事情都做不了。

学生会里有一群很能干的人,但似乎都不喜欢这个没用的学生会会长。副会长有两个,其中一个实在不想看到这个懦弱的学生会会长,辞职不干了,这才让苏央然顶上来,另一个副会长压根就不理睬他,无论他怎么央求,也只是悠闲地喝着咖啡。

苏央然敲了敲门,那学生会会长立刻抬起头来:"啊啊,是夏同学吧?老师已经打过电话了,说有一个很能干的人要来我们学生会呢。"

学生会办公室里的副会长和宣传部部长抬起头来,他们看了一眼苏央然,然后又平静地转过身喝咖啡吃糕点。

苏央然跨了进来,对着会长有礼貌地鞠了一躬:"你好,我是夏央然。"

"我叫杨木真,你好你好。真是太好了,我们这里正忙不过来,你来了可就帮大忙了。"那会长眼泪汪汪的,站起来一把握住苏央然的手。苏央然嘴角抽了抽,想把手抽出来,发现抽不开,只能配合他:"呃,不客气。"

"那,能不能……我这里有很多文件……全部堆在一起,我已经抽不出时间来整理了。"会长小心翼翼地说,"我怕再不批完,学校很多项目、活动都不能举行……"

苏央然一听,知道他是希望她可以帮他把文件整理并且分类,正要答应,那个喝咖

啡的男生忽然开口："会长你真是的，人家第一天来，你就让她做这种事情，也太不人道了吧？"另一边的宣传部部长也帮腔："是啊，还是我们学校里唯一的女生，怎么可以让她做这种事情呢？"

会长立刻缩了缩脖子："对……对不起。"

他已经没用到要被自己的下属教训了吗？苏央然忽然有一种很无语的感觉。她走到旁边的柜子前，里面塞了很多文件："是哪些需要整理？我帮你整理出来。"

大概没有料到苏央然会主动开口说帮他整理文件，会长愣了愣，脸上立刻扬起了笑容，然后把要整理的文件给了苏央然。旁边的副会长和宣传部部长只冷哼了一声："帮这种没用的人，只是白费力气。"

苏央然的手一停，握着的文件上积满了灰尘，她想要说什么，却又忍住了，只是平静地帮会长杨木真整理文件。

之后的几天里，她陆陆续续见到了其他几个学生会成员，他们几乎都不工作，许多事情都要杨木真一个人安排，而杨木真又要批文件，总是忙不过来。老师批评了，也全是他自己一个人扛着。

苏央然忽然觉得，其实他并不是没用，只不过他是一个很温柔的人，从来都不会要求别人做什么，也不会对别人苛刻。他总是把所有的事情都压在自己身上，实在忙不过来了才去央求别人，如果别人不帮忙，他又一个人默默地忍受着，也不会发火。甚至在他眼里，他们对他的无视，只是一种变相的友好。

可苏央然不喜欢这样，她既然来了学生会，就不会坐视不理。既然这几个人都不做事，那辞退就行了。

第四节

不久，学生会各个部门的成员包括那位只喝咖啡不做事的副会长都收到一封会长亲笔写的辞退信，所有人都震惊了。那个懦弱的会长，怎么可能会做这样的事？他们立刻气势汹汹地赶到了会长办公室，推开门，看见办公桌上一堆厚厚的文件摞得高高的，偶尔有笔划过纸张的声音传来，让他们确定有人坐在那里。副会长拿着信丢了过去："你这是什么意思？要辞退我？你以为凭你一个人可以让整个学生会运作起来吗？哈，笑话，要是没有我们，你早就完蛋了！"

坐在文件堆里的人没有开口，似乎一直在忙着批文件，根本顾不得说话。

站在对面的人气得脸色发青，他忽然伸手一把推掉了所有的文件，厚厚的文件统统砸在了批改文件的人身上。

待看清那个人竟然是苏央然，而不是杨木真的时候，所有人都呆住了："怎……怎么是你？"

"真是可怜，"苏央然站了起来，她慢条斯理地整理着倒下的文件，"你们在学生会待了那么久，连三天前公示的通知都没有看见吗？"

"什么通知？"

"洛兰科斯皮特学院现在的学生会会长已经不是杨木真了，而是我。"苏央然动作飞快地将这些文件全部摞了起来。她原本只是向老师提议更换学生会的内部成员，老师答应了，却必须得到学生会会长的同意和签字，才可以给成员发辞退信。偏偏杨木真打死也不肯写辞退信，让他辞退他们，他根本做不到。

所以苏央然一不做二不休，直接接替了他的职务，做了学生会会长。

"你以为凭借你一个人的力量，可以支撑起整个洛兰科斯皮特学院学生会吗？"那个男生显然没有料到苏央然会这么做，他脸色铁青，支撑在办公桌上的手一下子握紧。

苏央然平静地抬起头："谁说我是一个人？"

她话音刚落，就看见一个金发碧眼的少年从门外走进来，卷起的袖子上别着一个升级版的玫瑰徽章，蓝色的，那是洛兰科斯男子高中蓝王才能拥有的徽章，如今就算他退位了，徽章也会留在他手上。他手里还捧着一摞文件，面色略冷地从外面走进来："全部整理好了，还有别的吩咐吗？"

"把旁边柜子里堆积的其他文件都给我丢了，所有社团想要申请什么，就让他们重新写一份申请表，不写就直接驳回他们的申请。学校里的大活动让老师们重新安排，就说学生会着火，资料烧光了。对了，杨木真去什么地方了？让他贴一个公告贴这么久，

如果再做不好直接降级去做财务报表。"苏央然在工作方面向来苛刻,就算杨木真是以前的学生会会长,她也不会手下留情。

还有,这些文件一天就可以批改完的,她实在弄不明白为什么杨木真花了一个星期都没有搞定。很多事情学生会会长并不需要亲自去做,譬如说弄全校的投票栏,譬如说拟写公告,这些分给下属去做就好了,如果他们不做就直接取消活动。如果校方有意见,让校方自己去做。

她一副很忙的样子,根本没有时间理睬对面那些兴师问罪的人,沧弛染寒目前管理的是财务,他手里拿着的是今天刚刚算好的学生会的所有收入与支出,交给苏央然审核。尚佐暂代宣传部,沧弛染寒进来不久,他也过来了,本来公示是要他贴的,但是他实在太懒,只拟写了通知,打印出来之后让杨木真去贴了。

"人手不够,第一天就给我这么多的活儿,我根本做不完啊。而且我不是艺术生,根本不会画宣传画。"尚佐一副可怜的模样。

旁边几个兴师问罪的男生听见后立刻扬起了眉毛:"我早就说过了,你一个人是没办法支撑起整个学生会的,就算再多招一两个,也没办法支撑起来。更何况,本来我们学校就没有几个人喜欢留在学生会里做事!"

"是吗?"苏央然不冷不热地笑了笑,"你信不信,再过十分钟,就有很多人过来申请加入学生会?"

"不可能!"那男生脸色发白,拳头握得很紧。

苏央然耸耸肩:"那你等着。"

其实,根本没有十分钟,学生会楼下就已经挤满了前来申请加入学生会的人,他们蜂拥而至。

"我,我申请加入学生会!我以前学过画画,浑身都是艺术细胞!"

"我母亲是音乐家,我学过钢琴,我可以进文娱部!专门为学校组织各种文化娱乐活动!"

"我,我!我……我好像啥也不会。"

"不会你凑什么热闹?退一边儿去。"

"我以前在父亲的公司做过销售总监,我可以做外联部的成员,向外宣传我们的学生会,开展活动赚取活动经费。"

"我也可以做,我也可以做,我认识很多人,我父亲还是投资商。"

"尚佐,去下面登记这些人的资料,让他们写上自己的强项和技能,到时候筛选,挑你们觉得合适的人到各个部门。哦,这事儿沧弛染寒比较适合。沧弛染寒,你也跟着

一起去。"苏央然下了命令。

尚佐不悦地撇撇嘴:"知道了知道了,要我跟这个像冰块似的家伙一起做事,真是讨厌。"

"不可能的,不可能……我们招新了好几次,根本就没有人来……不可能的……"曾经的学生会副会长脸上是难以置信的表情,他倒退数步,完全不相信自己的眼睛。

苏央然撇撇嘴:"只要许诺他们适当的利益,他们自然会用等价的劳动来交换,这是社会规则,你不懂?"

"能进洛兰科斯皮特学院的都是家财万贯的大少爷,谁会稀罕那么一点儿利益?"他大声吼出一句,脸色奇怪地看着苏央然,"你到底用了什么手段?"

"她还能用什么手段?"朔连城也来到了办公室,温和地笑了笑,看着还在整理文件的苏央然,目光不自觉地柔和起来,"利益有很多种,央然知道大家都不希望爬那么高的山去食堂吃饭。她答应给每个学生会的成员做午饭,为此那些人才拼了命地想要进学生会。可以不用千辛万苦地爬山,加上央然做的菜很好吃,自然有很多人来了。"

居然……居然这么简单?当初在招人的时候,他们的学生会会长可是使出了各种方法,给奖学金,奖励跑车,甚至是奖励一家投资公司,都没有人愿意来学生会工作。要知道,在洛兰科斯皮特学院读书的,都是钱多到没地方花的人,谁会在乎这么一点儿东西?可是现在,只是提供午餐而已,还是一个普通女生做的普通午餐,居然让这么多人蜂拥而至,他们都疯了不成?

"你等着……"他狠狠地咬牙,瞪着苏央然,"总有一天,我会报仇的!"

"我等着,"苏央然连头也没有抬,"这话我已经听了不下一百遍了,有很多人都这么对我说过,我很期待。"

第五节

洛兰科斯皮特学院的学生会就这么被换血了,除了杨木真以外,所有的成员通通被换了。学校大部分的活动也都陆陆续续地走上正轨,若是以往必定要拖上一段时间,但到了苏央然手里,今天报备的活动,明天就可以举行。但那些社团成员对苏央然很不满,因为他们以前提交的申请材料统统被丢掉了,他们要重新写一遍。而且若是写得不规范就会被退回来,如果连续三次不规范就会被直接取消申请资格。

男生们本来就对一个女生来洛兰科斯皮特学院念书心存不满,加上她成了学生会会长,更加觉得不爽了。虽然她所做的事情的确给洛兰科斯皮特学院带来好的变化,但是他们依旧讨厌她。

洛兰科斯皮特学院的改变,使整个学校都焕然一新。原本男生宿舍总是乱七八糟,但最近被打扫得很干净。学生会成立了卫生部,每周抽查寝室一次,如若查到的寝室卫生很差,第二周这些学生就会被安排检查所有寝室的卫生。要知道洛兰科斯皮特学院可是有五万多个在校生,检查所有寝室无疑是巨大的工作量。所以只要学生会的人来抽查,男生们立刻把屋子整理得很干净。

"魔鬼会长"这个称号立刻传了出去,别说洛兰科斯皮特学院,就连其他大学,乃至一些企业家、官员都知道了苏央然。

他们可怜的儿子会每天跟他们抱怨,学校里来了一个很可怕的学生会会长,要求他们把自己的房间整理干净,而学校又不允许他们带用人,所以他们每个周末都得大扫除一次,比军训还苦。

有几个比较宠孩子的家长,也给学校提了意见。

苏央然立刻找到了那几个家长的电话,然后很礼貌地打过去:"学校有学校的规矩,学生会也有学生会的规矩。我们在沿海地区,空气湿润,本就容易传播病菌,如果放任您的孩子把宿舍弄得一团乱,放置的臭袜子臭鞋子以及各种没有吃完的零食堆积起来,很容易滋生细菌,到时候您的孩子生了各种麻烦的病,相信也不是大家希望看见的。自然,洛兰科斯皮特学院配备了高水平的医疗人员和设施,哪怕得了非常严重的病,也可以医治好您的孩子,就算医治不好……至少还能多留上一年半载。"

电话那头的家长们:"……"

他们想要用家长的力量压制苏央然,苏央然直接把他们乱七八糟的宿舍照片放到了公告栏上,还有每次考试作弊、溜进办公室盗取试卷、随地丢垃圾、在宿舍抽烟、喝酒等违反校规的事情罗列出来,并且直接电话告知家长,如果他们的孩子再违反校规,就

第一章
成为学生会会长

会向学校申请开除他们。

这下他们急了,家长也急了。其实大部分家长还是认同苏央然的,毕竟自己的孩子受到约束后变得比以前更听话,也会主动做很多事情了。

于是家长立刻前来道歉,送礼物,给出捐款赞助等各种优厚条件,还发誓以后一定让自己的孩子遵守学校的规矩,苏央然便不再向学校申请开除一事。

自然,苏央然并不是笨蛋,没有尚佐爷爷的默许,没有朔家的肯定,没有沧弛家的睁只眼闭只眼,她根本不敢在学院做出这么大胆的事。但她恰恰拥有了这些,于是非常硬气地执行她的改革措施。

学校很快又趋于平静,兴风作浪的几个小子也变乖了。但是之前在学生会待过的几个学生,却开始策划如何让苏央然栽个跟头,绝对不能让她再这样得意下去。

他们开始三番五次去隔壁岛屿的大学寻求支援,一起对付苏央然。

能够将学校建立在岛屿上,自然也不是普通的学校。洛兰科斯皮特学院是由一个名叫皮特的人建立的,而隔壁岛屿上的大学,则是由一个开采钻石的商人创立的。学校里的学生来自各个国家,各种肤色,其中一个来自W国的学生权力最大,他是神宫财团的未来继承人,同样他也是那所学校的学生会会长——神宫岚。

神宫岚和苏央然不同,虽然他们在学校里声望高,权力大,但苏央然依靠的是实力,他依靠的是财力。

他所在的沧之星学院和洛兰科斯皮特学院也不同,沧之星学院有一种很奇怪的规定,所有学生会自发根据家庭条件、考试成绩来划分等级,而其中处于最顶端的,就是神宫岚!

第二章
沧之星学院

第一节

"什么?学校派我去沧之星学院进行学生会之间的友好交流访问?"这一天,苏央然忽然接到上面通知,说让她去沧之星学院与那边的学生会进行友好交流,苏央然觉得莫名其妙,"我刚接手学生会,现在离开并不合适。"

沧弛染寒平静地看了她一眼,然后把一摞文件放到她的桌上:"如果不去,会留下话柄。沧之星学院对我们发出邀请,身为学生会会长的您去一趟,也是理所当然的。"

"他们是不是有什么阴谋?莫名其妙地邀请我,我跟他们又不熟。"苏央然咬着笔。

"或许是有人想要对付你,特意让他们做出这种安排。"沧弛染寒道。他能够理解,在这个绝大部分都是男生的学校里,忽然冒出一个女生做他们的会长,而且对宿舍管制那么严格,他们十有八九是不满的。况且苏央然的行事作风实在是太强硬,他们表面不敢说,背地里肯定想着法子找她麻烦。

苏央然冷笑道:"利用别的学院能对我做什么?难不成还想让他们管教我?"的确,其他学校并没有资格来约束洛兰科斯皮特学院的学生会会长,所以苏央然并不担心去了沧之星会受到任何不好的待遇。

苏央然最终仍是无法拒绝,第二天她就收到了沧之星发来的邀请函,被迫只身前往。

沧之星还特地派了游艇过来。游艇上站着一排胸口别着银白色笔的少年,恭敬地向她鞠躬。

根据调查,沧之星内有绝对的等级划分。学生被划分为十个等级,用胸前别着的笔和笔上的星星徽章来区分,笔的颜色分为金、银、蓝、紫、黑,同一种颜色还有全星和半星的区别。黑色是最低的等级,金色是最高的等级。这里有一个很特殊的社交圈,你在沧之星认识的人越多,认识的人级别越高,对你未来的帮助就越大。很多在沧之星念书的学生,就是冲着认识更高阶层的人去的。

整个沧之星里,等级最高的就是神宫岚,他是金色全星。金色半星的学生有两个,一直跟随在神宫岚左右,是学生会的副会长。剩余的学生会成员,大多都是银色的全星和半星,前来迎接苏央然的,都是银色半星,带头的是银色全星。这些等级,在沧之星里算是比较高的了。一般迎接校外人员的,都是银色半星以下的学生会普通成员,但这一次为了迎接苏央然,竟然派出了银色全星和半星,已经给足了她面子。

而且到了游艇上,为苏央然打开门的,竟然是金色半星的少年,他恭敬地对着她鞠

躬，脸上绽开笑容："欢迎您，洛兰科斯皮特学院的学生会会长。"

整个沧之星，金色半星的学生只有两个人，竟然派出了其中一个来迎接她。他们到底搞什么名堂？苏央然眯起了眼睛。

在水上航行的时间至少要两个小时，苏央然坐在游艇里间的餐桌上，看着窗外的风景。

大海真的很漂亮。苏央然有时候想，如果自己是一条鱼，自由自在地游在海底，或许是一件很幸福的事。后来发现，变成一条鱼在海底，和作为一个人站在陆地上，没有什么区别。身为人，她都没有走过世界上的每一寸土地，作为鱼，也同样被约束，不能游遍大海的每一个角落。所以没什么可羡慕的，好好做自己就行。

"夏小姐，这是船上的甜点师为您准备的糕点。"苏央然正望着一望无际的大海，那个金色半星的少年托着托盘走了过来，上面放着一个精美的蛋糕，蛋糕上用漂亮的花瓣点缀着，形状犹如一条自由自在的鱼。

这蛋糕倒是别致，她见过有人将蛋糕做成花的形状，却没有见过做成鱼形的。礼貌地道了谢，她用叉子叉起一小块放进嘴里。

她有些惊讶，这糕点带着甜甜咸咸的香味，还有一丝大海的气息。能够做出这种蛋糕的人……

"一定很喜欢海吧？"她忽然自言自语了一句。旁边的少年愣了一下："什么？"

"做这个蛋糕的糕点师，一定很喜欢大海。"苏央然道，"只有真心喜欢什么，才能做出和喜欢的东西相似的味道。"

那个少年似乎怔了一下，随后垂了眼帘，淡淡地说了一句："是吗？"做这个蛋糕的不是别人，正是小他一岁的弟弟。他一直希望自己的弟弟能够和他一样成为金半星，只可惜他一点儿也不向往高等级，整日都埋头做着蛋糕，为了照顾他，他只能随时将他带在身边。

他性格怯弱，除了会做蛋糕，真的一无是处。不过他的确说过一句话：在这个世界上除了蛋糕，他最喜欢的就是大海了。

"真的吗？真的吗？她真的这样说了吗？"在游艇的小厨房里，一个胸前佩戴着银白色全星笔的少年瞪大了眼睛，紧紧拉住金色半星少年的袖子。金色半星少年有些不习惯地抽了抽手："嗯，本来不想告诉你，但你非缠着问我她的评价。"

"她不愧是洛兰科斯皮特学院的学生会会长，"少年扬起一个灿烂的笑容，"我喜欢大海，真的很喜欢。"

第二节

大海，那是自由的象征，如同天空一般，辽阔无际。每每瞭望大海，他总是在想，如果有一天自己死了，或许可以化作灰烬，被撒在大海里。

靠在栏杆上，看着远处渐渐下落的夕阳，海面已经呈现一片紫红色，美得震撼人心。

少年一直站着，晚风吹过他的脸颊，酥酥麻麻的，好像海神之女的手，拂过他的面容。

"快到了吧？"苏央然不知道什么时候也走到了甲板上，她看着身边站着的少年，脸上扬起一丝笑容，"已经开了一个多小时了，天都快暗了。"

按道理说，夏天的白天应该很长嘛，怎么暗得那么快？

少年愣在那里，他一直都在厨房里，因为喜欢做蛋糕，哪怕做出来没人吃，他也会很努力地去做。刚刚他做累了出来喘口气，没想到遇到了她。她是第一个吃了他的蛋糕，就说出"他喜欢大海"的人。

"其实我不喜欢吃甜食，"苏央然转身看着少年的眼睛，里面仿佛涌动着一片深邃的大海，轻轻一颤动，就可以看见无数飞扬的浪花，"但是我很喜欢吃你做的蛋糕。那个蛋糕是你做的吧？里头好像还放了海盐，有点儿甜，又有点儿咸。好像过生日时，一边吃蛋糕，一边感动地哭，眼泪流到嘴里的味道。"

"你……你也喜欢大海吗？"少年张了张嘴，意外发现他竟然主动和陌生人说话了。那么多年，他一直埋头做蛋糕，不喜欢与人聊天，也不喜欢与人有过多的接触。纵然他的家世不错，但因为他奇怪的性格，一直停留在银星，不能像哥哥一样升级到金半星。但是他也不在乎，如果到了金星，会有很多麻烦的事情要他做，他最讨厌麻烦了，他喜欢的只有做蛋糕，还有大海。

苏央然很认真地思考了一会儿，然后回答他："那么漂亮的大海，我当然喜欢了。只是，我更喜欢天空。"

"为什么？"

"因为无论什么时候，我们抬起头就可以看见它。"

无论什么时候，无论是难过、高兴、悲伤、幸福，无论我们在什么地方，只要我们抬起头，都可以看见它。

天黑了，看到漫天星辰；天亮了，看到漫天白云；天阴了，天空灰蒙蒙的；下雨了，天空布满了悲伤。大海是很奢侈的，必须到达大陆的边沿才可以看见，然而天空，

第二章 沧之星学院

却一直在我们头顶。

"下次做一个有天空元素的蛋糕给我吧，我希望可以尝尝天空的味道呢。"苏央然微笑着，脸上的笑容掺进了阳光，好似发亮的宝石，璀璨夺目。

游艇终于靠岸了。沧之星学院所在的岛屿看上去似乎要比洛兰科斯皮特学院的岛屿大一些，而且洛兰科斯皮特学院岛屿边上都是黑色的礁石，而这里竟然是金黄色的沙滩。在同一座城市，只不过是分处不同的岛上，怎么差距就这么大？

一般情况下，沙质的海滩应该存在于热带吧？像什么夏威夷之类的，沧之星的岛屿并不在热带，怎么就那么多沙子呢？

下船的时候走在旁边的金半星少年似乎看出了苏央然的疑惑："这些沙子是人工铺上去的，因为每年都会被冲刷掉很多，所以需要经常填补。"

铺上去的？那得花多少钱啊？

还没有彻底走下船，忽然见十几个少年扛着一条红地毯急匆匆地从远处跑了过来，然后像迎接领导似的从船停靠的地方一直向前铺红毯，红毯卷滚动着，一直铺到了沧之星内部的学生会大楼门口。粗略估计一下，应该有几百米……不，甚至更远！这种欢迎方式，也太奇怪了！

旁边的金半星少年似乎很习惯这样的场面，他恭敬地邀请苏央然踩上红地毯，苏央然一边顶着巨大的压力，一边踩了上去。

沧之星是男女混合的学校，女生和男生的比例协调。沿途都可以看见穿着漂亮裙子的女孩们，她们纷纷朝苏央然这边看，更多的人则是注意她身边的金半星少年。目前在沧之星里，能到金星等级的只有三个人。当然，全星的只有神宫岚，其余两个少年都只有半星，但是他们对学校里的女生的吸引力，绝对不比全星低。

"你很受欢迎呢。"走到一半，苏央然忽然忍受不了那些炙热的目光，有些皮笑肉不笑地扭头对走在旁边的少年开口。

少年脸上泛起了一丝红晕："没有。"

"没有？我的脸都快烧出洞来了！我走在你边上，那些视线经过我到你身上，我感觉人都要被烧焦了。"苏央然擦了擦额头的汗，"不然这样，我走前面，你走后面，反正铺着红地毯，也不用你带路。"

少年脸色暗了暗："走……在后面？"

"不然你走前面，我走后面也一样。"她也没有别的意思，走前面走后面对于她来说都没有关系，只不过是走个路，难道前面后面还有等级区别吗？

第三节

"你走前面吧。"犹豫片刻，少年终于开了口。他心里清楚，苏央然并没有恶意，也不知道在沧之星有一些不成文的规定，譬如星级较低的人，不能走在比自己星级高的人前面。如果苏央然知道这个规矩，就会明白她刚才说的话其实是冒犯了金半星少年——苏央然要走在他前面，意味着她认为她的等级要比沧之星金半星还要高。

苏央然见他应了，便立刻走在前头。要是再在他旁边待下去，估计自己都要被别人的目光给洞穿了。

可奇怪的是，她走到了前面，聚集到她身上的视线反而更加密集。有一些站得离她比较近的女生还在那里窃窃私语。

"怎么回事，她为什么可以走在衬大人前面？"

"就是就是，衬大人可是金半星呢，那个女孩不就是洛兰科斯皮特学院的学生会会长吗？有什么资格这么走？"

"会不会是因为她不知道啊？"

这是什么破学校啊？连走个路都有规矩！苏央然一下子停住了脚步，跟在后面的少年愣了愣，也停了下来："怎么了？"

他的"了"字才从嘴里出来，苏央然忽然面带微笑地转过身，伸手一下子挽住了他的胳膊："我们一起走吧。"

围观的人群立刻传来一阵惊呼，特别是刚才还在愤愤不平的女孩子们，气得更是咬牙切齿："她算什么，凭什么挽着衬大人？""那个女孩真讨厌！""讨厌死了，又难看又讨厌。""她还挽那么紧！"

苏央然经过她们身边的时候还特意减慢了速度，让她们既心急如焚又没办法做什么。路过那些女孩之后，苏央然就松开了手，她看到身旁的少年正盯着她，便耸耸肩膀："怎么了？"

"没……"他没想到这洛兰科斯皮特学院的学生会会长也有如此孩子气的一面。

快要走到学生会大楼的时候，苏央然远远就看见一个男孩站在最前面，身后是一排胸前别着银色笔的少年，恭敬地站着，身子笔直得就好像一根根插在地上的竹竿。

走近了，她终于看清了那个男孩的容貌，栗色的短发，整齐干净，里面穿着一件浅蓝色的衬衣，外面穿着白色黑纹的校服，领带也是纯黑色的，他胸口的衣袋里插着一支全星的金笔。他脸上挂着一丝微笑，看着不像是一个温柔的人，却态度恭敬，十分绅士有礼，好像苏央然是沧之星的贵宾。

第二章 沧之星学院

苏央然也被他那恭敬的态度弄得拘束起来，立刻放下原本卷起来的袖子，然后很有礼貌地向他伸出手："你好，我是洛兰科斯皮特学院的学生会会长，夏央然。"

他微笑着，也伸手回握了一下："你好，我是沧之星的学生会会长神宫岚。"

"呃，呵呵，你们那么客气，铺了这么长的红地毯，我都有些过意不去。"苏央然有点儿尴尬，原本以为来这里是被人算计的，没准这些家伙还会刁难自己，可是没有料到他们的态度这样好，弄得她有些不知所措。

神宫岚抿了抿嘴："怎么会，这是洛兰科斯皮特学院学生会会长应该有的待遇。坐了那么长时间的船，应该累了吧？我已经在办公室里备了咖啡，上去休息一下如何？"

"也好。"苏央然点点头，正要上阶梯，悬挂在学生会大楼二楼的广告牌掉了下来，差一点儿就砸到她的身上。幸亏身边的神宫岚眼疾手快，一把揽住苏央然的肩膀往后一带，那广告牌就这么掉落在她眼前，碎成无数块。

刚才如果不是神宫岚……或许自己早被砸得失忆了。

苏央然觉得一阵毛骨悚然，抬起头看了一眼身后的少年，他仍旧对她微笑着，还拍了拍她的肩膀安慰道："真是抱歉，这个广告牌是今天刚挂上去的，为了后天的学院晚会准备的，没想到竟然掉下来了，幸好你安然无恙。"

他说完之后，将视线收了回来，然后严厉地看着身边的另一个金半星少年："伺久，你怎么回事？身为学生会副会长，差遣你办这么点小事也会出状况！如果广告牌砸到了夏会长，你该怎么负责？"

"对不起，会长。"那个少年脸色惨白，急忙鞠躬道歉。

苏央然见他如此紧张，连忙说道："没……没关系，只是一块广告牌而已。我不是没事吗？没事就好了……"

"真是非常抱歉，夏小姐，我一定会严加管教我的下属。"神宫岚态度诚恳地向苏央然道歉，苏央然只觉得心里毛毛的……这些人，会不会礼貌得过头了一点儿？怎么感觉那么不自在？

第四节

到了学生会会长办公室，苏央然忽然有一种来到宫殿的感觉。这办公室非常大，尽头的落地窗到门口的距离，少说也有五十米，办个短跑比赛似乎也没问题！而且办公室的地板上居然铺着昂贵的地毯。

这么奢侈，这么铺张浪费……苏央然忽然觉得有些头疼。她揉了揉太阳穴，旁边立刻有一个少年扛着一把椅子走过来放到了她的身后。

她才坐下，又有三个少年扛着桌子摆放到她面前，然后铺上桌布，放上花瓶，端上咖啡。她的另一边也放了一把椅子，神宫岚优雅地坐了下来，亲手为苏央然倒了一杯咖啡："是刚刚运过来的咖啡豆。"

"谢谢。"苏央然端起咖啡杯才喝了一口，脸色一下子难看了。

真的太苦了……她以前喝的都是速溶咖啡，哪怕是秘书泡的现磨咖啡也加了很多奶精。现在这咖啡，好像一点儿糖都没有放，她真是苦得眼泪都快出来了。

"黑咖啡拥有咖啡真正的味道，没有任何修饰，它带来的是原始感受，原始而又粗犷，深邃而又耐人寻味。"神宫岚优雅地品着咖啡。

苏央然本来也想附和着说"是啊"，但是喝了几口之后实在有些受不了了："唉，只可惜我不喜欢黑咖啡，苦不堪言啊。你说茶还有淡淡的清香，这咖啡实在让我纠结。我还是喜欢放了焦糖的，最好再加点奶精。"不喜欢就是不喜欢，没什么好勉强自己的。

她如此直白，倒是神宫岚愣住了："是吗？伺久，为夏小姐端些方糖和牛奶来。"

"谢谢。"苏央然晃动了一下咖啡杯，"我觉得，那些经过各种调和的咖啡，也有属于自己的意义。就好像刚出生的婴儿，他要成长，必定要经受很多磨难，在不同的地方，不同的环境，不同的社会条件下，学会各种技能，最后拥有属于自己的性格和专长。就像卡布奇诺有卡布奇诺的味道，拿铁有拿铁的味道，它们经过了无数次的调和和搭配，最终拥有了自己独特的味道，这也是咖啡的意义。"

前来送方糖和牛奶的少年听到苏央然的一席话顿时愣住了，有些胆怯地看着神宫岚，在沧之星，可是从来没有人敢反驳他的话。

神宫岚却异常平静，脸上还带着微笑，声音是柔和的，仿佛一阵清风："夏会长果然见解独到。"

"不算什么见解，只是我自己这么觉得而已。"她伸手接过了少年端来的方糖和牛奶，然后有礼貌地回了一句，"谢谢。"

放了好几颗方糖，又加了牛奶，咖啡都要溢出来了，她才小心翼翼地喝了一口，随即还是皱起了眉头："讨厌，苦死了。"

"哈哈哈，"神宫岚竟然笑了起来，他拉了拉自己的领带，眼睛里闪动着莫名的光华，"夏会长真是有趣。"

苏央然一僵，她知道这个动作的含义，如果是一个十分拘谨，做任何事都非常认真并且一丝不苟的人，是不会随意地拉扯自己系好的领带的，刚才神宫岚这样的一个动作表示，他或许并不像她现在所看到的这般绅士，他或许是一个非常有个性的人。

喝完咖啡聊完天，神宫岚便吩咐刚才带着苏央然来岛上的那个叫衬的金半星少年带她去为她安排好的房间。苏央然必然要在这里住上几天的，只是她希望能够早一点儿回去，因为洛兰科斯皮特学院里还有很多事情等着她做。

她才一离开，原本还一本正经坐在椅子上的神宫岚便站了起来，他脱去了校服外套甩到一边，解开衬衫纽扣，然后转身走到了最里面的办公台上。办公台后面的沙发椅很宽很大，他半卧着，一只脚踩在了椅子边缘，脖子上的银项链滑落下来，在白皙的胸肌上左右晃动："注意到没有？那个女孩似乎很有趣。"

"是的，会长。"少年淡淡地应了一句。

眼睛微微眯起，嘴角上扬，他好似找到了一个好玩的玩具，根本抑制不住自己的兴奋："本来不想接下这烂摊子，不过现在看来，还是很有意思。对了，她的资料送过来没有？我要她全部的资料。"

少年立刻递上一沓文件："送来了。"

他随意翻看着，饶有兴趣地自言自语了一句："成绩这么好？真是看不出来。夏家？哪个夏家？算了，无关紧要。咦，她还受过这么重的伤？你确定这些医疗报告没有误填？"

"没有，夏央然以前是苏家的小孩，为了保护她的弟弟和很多人都起过争执，也受过很重的伤。她在成为夏家的孩子之后，还曾为了救她的弟弟被绑匪砍伤了后背。"少年解释道。

神宫岚扬起嘴角："是吗？她的弟弟啊……"

第五节

苏彦应该在自己喜欢的大学里过得很好吧？躺在沧之星学生会为她安排的房间里，她握着手机举在半空。她考虑着要不要打一个电话给苏彦，但是担心他在上课，如果手机响了，会很困扰吧？若是以前，苏彦只要和她分开一小段时间，他就焦急地打电话过来了，没想到现在却变得这么安静。是因为……他终于长大了吗？

想着弟弟长大了，再也不依赖她了，苏央然还是很高兴的，但总忍不住担忧，会不会是因为他遇到了麻烦，不能打电话过来呢？

头有些昏昏沉沉的，她躺在床上看着手机里不断变动的时间，没一会儿就睡了过去。本来天色将晚，她这一睡，醒来天已经暗了下来。直到听见有人敲门，她才迷迷糊糊地抬起头："谁啊？"

"夏会长，晚饭时间到了。"有学生在外面唤她。她立刻一个鲤鱼打挺蹦了起来："啊啊，来了来了，我洗把脸。"

天啊，都已经八点了，她居然睡了那么久！

急匆匆地从房间里跑出来，等在门口的银星少年看见头发乱蓬蓬的苏央然，忽然愣了一下，随即笑出声："夏会长刚刚睡醒吗？会长以为您喝了咖啡之后，会稍微清醒一些。晚上还有一个专门为您准备的晚会。"

"可能是太累了，所以喝了咖啡也睡着了。"苏央然无奈地挠挠后脑勺，"对了，今天还有晚会？可是我只带了校服，根本没有带晚礼服。"

"没关系，会长为您准备好了一切。"少年带着苏央然走下楼，在那里早已有好几个化妆师等候着。苏央然每年都要体检，她的三围和身高都记录在简历里，神宫岚从洛兰科斯皮特学院里拿到了苏央然的信息，便让人按照她的体型设计了三套晚礼服。化妆师也都是来自时尚之都，他们的技术都是一等一的。

苏央然才坐下来，就有一个造型师为她打湿了头发，然后给她轻轻按摩头部。洗头，吹风，打理，然后换上一套漂亮的修身晚礼服，化妆师开始为她上妆。化妆师上妆很快，加上她的五官本来就不错，化完妆之后更显漂亮。

苏央然却不喜欢身上的这套衣服，肩膀上的带子总感觉容易滑落下来，她比较瘦，设计师设计的时候大概没有考虑到这一点。

穿着礼服走到门口，在那里等着的银星少年看见她时也愣了愣："夏会长好漂亮。"

"我本来就漂亮。"苏央然一点儿也不客气，"这句话我都听了好多遍了，腻了腻了。你可以换一种说法，譬如说我很帅气、很潇洒之类的。"

少年无语。

"晚会在学院的大礼堂举行,夏会长随我来吧。"银星少年抬起手臂,苏央然刚要挽着他,忽然看见从旁边经过的衬,他手里拿着资料要往二楼去,看见她时也对她微微鞠躬。苏央然立刻拉住他:"喂,那个……你弟弟呢?我好饿啊,想吃你弟弟做的蛋糕。"

衬僵了一下,他从来没有被人如此拦下。最重要的是,如若有人试图拉他的手,他一定可以在最快的时间避开,但是苏央然例外,她的动作比他还要快。而且苏央然力气大得很,他根本挣脱不开:"他在大礼堂帮忙,晚上的蛋糕都是他做的。"

"真的吗?太好了,我刚睡醒,饿得要命。"苏央然立刻回身挽住了旁边银星少年的胳膊,"那我们快点走吧,我已经饿得不行了。"

银星少年冲衬鞠了鞠躬,然后带着苏央然离开了。

她还没有走进大礼堂,只是到了门口,里面的人就能听见苏央然的喊声:"衬的弟弟!衬的弟弟,天空的蛋糕做好没有?"

正巧那男孩端着蛋糕从大礼堂后面的厨房走过来,站在苏央然的背后,也打算进门去。他听见她肆无忌惮的叫唤声,脸一下子红了起来:"你怎么……怎么在这里,喊得那么大声?如果被会长听见了,大家会挨骂的。"

"怎么会挨骂呢?你家会长人看上去还不错啊。"苏央然回过头,面带微笑地弯下腰来,从他端着的托盘上拿过一个蛋糕,"嗯,不是天空的味道,你放了荷叶粉?好香。"

"嗯。"男孩忽然觉得,苏央然一定是个美食专家,因为他做的每一个蛋糕,她都可以尝出他放了什么。

"给我做天空蛋糕吧,我一直很期待。"苏央然吃完蛋糕还舔了舔手指,男孩很想告诉她,这样不卫生,但是他忍了忍没说,"天空是什么味道呢?"

苏央然伸手在空中猛地抓了一把,然后放到他的鼻下松开:"就是这个味道。"

男孩无语,他只闻到她身上淡淡的清香,好像在下雪天盛开的小花,清淡美好。

大礼堂的门忽然被打开了,神宫岚穿着一身纯黑的礼服走来,他看了一眼门口的男孩,脸上没有露出任何不悦,连语气都是那么平静:"客人等着你的蛋糕。"

男孩大气也不敢喘一下,立刻进了大礼堂。

神宫岚向苏央然伸出手:"既然来了,就进去吧。这是专门为你准备的晚会,希望你喜欢。"

银星少年立刻松开手,将苏央然带到了神宫岚面前。

不知道为什么,她看着神宫岚那双戴着白手套的手,忽然有一种不是很想握下去的感觉,总觉得,那里有一个陷阱,非常可怕。

第六节

当神宫岚带着苏央然进入大礼堂，原本还在说话的少年少女一下子安静下来，能够在这个大礼堂里聚集的，大部分都是银星和银星以上的人。他们回头看着苏央然，她穿着一身非常漂亮的晚礼服，脸上带着淡淡的笑容，一步一步从外面走来。

毕竟是大家族的千金，她的一举一动，都是那么自然得体，并没有显露出不自在。

就在他们快要走到中央的时候，突然大礼堂顶端的水晶吊灯松动了一下，巨大的灯瞬间朝着苏央然砸落下来。如果不躲开的话，这一次她肯定会没命。站在旁边的神宫岚揽过她的肩膀要将她推出去，她忽然看见了他们身边还有几个人站在那里，若是水晶吊灯砸落下来，他们必定会受伤。

她忽然用力将手臂一甩，把神宫岚推到了另一头，然后提起裙摆飞出一脚，在水晶吊灯落下来的一瞬间，踢中它的顶端让它直接飞了出去，水晶吊灯撞到门上，连带着门一起重重地向外翻，然后发出"砰"的一声巨响。

烟消云散之后，只见水晶吊灯和门一起支离破碎地倒在地上。

"你们沧之星的建筑装潢，实在是太不牢靠了。"苏央然将裙摆整理好，微笑道，"来这里第一天就遇到两次麻烦，看来我得早点回去，不然可能会丢了性命呢。"

刚才那一系列动作真是吓到神宫岚了，特别是在她推开他的一瞬间，他真的以为她就会这么死在吊灯下。

而其他人，一个个石化在原地。她居然把那么大的水晶吊灯踢了出去，而且是一副不费吹灰之力的样子。她是怎么做到的？她难道不是普通人吗？这也太夸张了！而且原本神宫岚会长已经要把她推开了，她为什么还要多此一举？

这个问题似乎神宫岚也很想问，他看着她，还没有开口，苏央然就开腔了："刚才身边那么多人，你只把我推开，这些人要是受伤怎么办？会长大人，你是沧之星的会长，你不仅仅要守护这个学校，也要守护这些学生。不能因为救我这个外人，而忽略了他们。"

其实这话是随口说出来的，苏央然并没有责备的意思，但是听在其他人的耳朵里就未必了。在场的学生们听完后忽然觉得心里不太舒服，神宫岚是一个只会看见他自己的人，对于等级低下的学生，他自然是不屑的。尽管他们已经习惯了神宫岚的独裁与专制，也习惯了他的冷漠和残暴，但是当他们从苏央然的嘴里听到学生会会长的职责时，心里还是有些难受。

神宫岚握住了拳头，他伪装出来的温和人设差一点儿就要崩溃了。从来没有人胆敢

028

如此教训他,身为学生会会长,应该怎么做是他的事情,旁人根本没有资格点评!

但是他忍了,这是一个好玩的游戏,他怎么可以那么快就破坏了游戏的规则?更何况这个游戏里的玩具,是那么出色,也是那么有趣。

"是我考虑不周,或许只因为在那个时候,我眼睛里只看见了你。"若是往常,神宫岚说了这样的话,女孩都会心动,但是听在苏央然的耳朵里,她却觉得怪异莫名,她睁大了眼睛,平静地看着神宫岚,脸上淡然一笑:"是吗?"

之后的晚会中,她对他都是一副爱理不理的样子。一方面,神宫岚不断地为她介绍学校里的学生,包括他们的家世背景,苏央然却始终没有听进去,左顾右盼地在寻找什么。当她看见一个男孩端着蛋糕走过来的时候,她一下子松开挽着神宫岚的手,高高兴兴地跑了过去:"是有天空味道的蛋糕吗?"

男孩愣了一下,然后脸"唰"地一下红了:"不知道味道像不像,我……我不清楚天空到底是什么味道,也没有闻出来。"

"我尝尝。"苏央然立刻拿了一块蛋糕塞进嘴里,才吃了第一口,眼睛就亮了起来,"有白云,有飞翔的小鸟……嘻嘻,还有下雪的味道。你在里面加了冰?是下雪的天空吗?"

"嗯,是冬日的天空。"男孩点了点头。

苏央然将整块蛋糕都塞进嘴里:"其实我不喜欢吃甜食,但你做的,我非常喜欢吃。以后,你一定是一个非常出色的蛋糕师,如果要我请你的话,我可以给你我全部的财产,只为吃到你做的东西。你值这个价。"

男孩从来没有被人如此夸奖过,就连他的哥哥也常常对他说,做蛋糕是没有用的,做蛋糕是没有前途的。他们不停地阻止他,他用尽全力地坚持下去。虽然他获得了很多奖,但是没有一个人告诉他他做的事是有意义的,他值得别人花高价。而今天,苏央然说了,她说得那么坦荡,说得那么肯定。他的眼眶一下子湿润了……

"真的吗?"真的很好吃吗?真的值得这个价值吗?

"是的,我保证!"苏央然拍了拍胸脯,她还扭过头问身后的神宫岚,"是吧?很不错吧?他做的蛋糕很不错吧?"

神宫岚没料到苏央然会忽然问他,愣了一愣,现在这个时候他说不好也不行,只能淡淡地赞同:"嗯。"

不仅仅得到了苏央然的赞同,还得到了会长的赞同,他一下子高兴起来,笑得灿烂:"我会更加努力,我一定会更加努力,我要做出更加好吃、更棒的蛋糕。到时候,你一定要来……到时候,你,你……"

"我叫夏央然。"知道他想要问名字,苏央然立刻回答了他,"不过以前我姓苏,你喊我苏央然也可以。"

"嗯,以后,央然一定要来尝尝,我会做出最棒的蛋糕。"男孩是认真的,他坚定的表情告诉她,他是认真的。苏央然拍了拍他的肩膀:"那是一定的,以后如果你的蛋糕出了系列,我一定每天都去买,你要把蛋糕店开遍全国各地,让每一个人都能够尝到你做的蛋糕。"

男孩用力点了点头:"嗯!"

每个人都拥有自己的梦想。这个梦想,一开始或许很小很小,甚至小到只有米粒那么大,但是只要将它种到地里,每天都浇浇水,总有一天它会长成参天大树!很高很高,连你仰起头,踮起脚,都无法看到顶端。所以,苏央然一直小心翼翼地呵护着身边人的梦想,因为曾经她也有梦想……不,不只是曾经,就算是现在,她也有。只是她很小心地埋藏在心里。

直到有一天,它可以展开翅膀,飞上天空。

第三章
神宫岚的阴谋

第一节

晚会结束了，苏央然回到了房间。神宫岚黑着一张脸，带着两个金半星少年去了会长办公室。他一进门，立刻扯下了脖子上的领带摔在地上。

"该死的，她算什么东西，竟然敢教训我！"他把外套脱了重重地甩到身后那个叫衬的少年头上，"还有你，你弟弟是怎么回事？把做蛋糕当梦想？他是疯了吗？要不是看在你的面子上，你以为我会让他升为银星吗？以他的成绩和能力，怎么也不可能到银星的地位！你最好警告他，别让他跟那个夏央然再接触，否则我立刻将他逐出沧之星！"

衬的脸被外套上的金属饰品划出了一道血痕，他一动不动地站在那里："我会警告他，让他不要再接触夏会长。"

"她算什么东西！竟敢这样对我说话……以为我对她好一点儿，她就可以爬到我头上来了吗？要知道，我是神宫财团未来的继承人！"他狠狠地握紧了手，将衬衣的纽扣解开了。

摆放在办公台上的所有东西都被扫到了地上，他实在是气坏了。

"她的弟弟现在在其他学校吗？"他抬起头，紧紧地盯着另一个金半星，那个少年恭敬地回答："是，夏会长的弟弟苏彦，在青云大学修医学专业。"

"将他给我带过来！我要好好地整一整那个姓夏的。"他已经忍无可忍了，他在她面前就像是一个演马戏的小丑，该死的，她到底有什么资格可以这样对待他？

苏央然因为之前睡了好一会儿，洗完澡换上睡衣之后坐在床上，怎么也睡不着，她看了好几遍手机，想着苏彦怎么还不给她打电话，学校里的生活真的那么平平无奇，没有值得跟她分享的事情吗？纠结了半天，她看了看时间，现在是晚上十点多，给他发一个短信，问候一下也不错吧。

于是她立刻编辑短信，好不容易编辑好了发出去，谁知手机居然显示发送不成功。苏央然看了一下信号，竟然一格都没有！

搞没搞错？虽然是在岛屿上，但好歹沧之星也是所大学，怎么连信号也没有？

她爬到阳台上去找信号，找了半天也没有找到。真是奇怪了，难道这个学校的信号被屏蔽了？她正奇怪着，忽然听见阳台下有一个少年在打电话，她侧耳听了一会儿，听出是除了衬以外的另一个金半星少年。他似乎在吩咐什么事情，很急，骂骂咧咧地吼着："你们是饭桶吗？既然人都弄好了，就赶快送过来！台风？台风也别管！直接坐飞机过来！直升机不是帮你们安排好了吗？会长明天就要见他！如果明天见不到，你们就

第三章
神宫岚的阴谋

不用回学校了！"

是什么人？竟然要用飞机接送……苏央然有些莫名其妙，而且那个会长也真是的，想要见人，自己不会出去吗？非要把别人带过来。她无奈地耸耸肩膀转回身去，想要下楼去找电话机。

苏央然才走到楼梯口，就被另一个少年拦住了："夏会长，这么晚了您是要去什么地方吗？"

"你们学校信号不是很好，我的手机接收不到信号，想要借用你们的电话。"苏央然面带微笑地回答，她待人一向客气。

少年立刻恭敬地带她下楼打电话。她拨了苏彦的号码，可是竟然被告知对方是关机状态……

难道他又出事了？青云大学治安应该很好的吧？要不要打个电话去他们学校问问？

她心里着急，考虑了半天还是决定再打一个电话给苏彦的辅导员。学校的辅导员很快就接了电话，虽然很晚了，辅导员还是立刻帮她查了一下，回复她说苏彦已经回到寝室睡觉了，查寝的人查过，九点多的时候苏彦是在寝室的。

如此一来苏央然便安心了，或许是苏彦太累了，不想让人打扰，所以关机了吧。

她挂电话后对着少年道了谢，然后上楼去休息。虽然安心了很多，但是不知道为什么总有一种好像有什么事情要发生的预感……

苏央然回到房间，忽然觉得有些累了，倒头睡去。平常在洛兰科斯皮特学院里，苏央然是睡不安稳的，生怕过一会儿就有人找她批文件，或者是审核东西。现在来到了沧之星，能把一切抛之脑后，轻松了不少。

沉沉地睡去，她这一觉睡得很安稳，一直到第二天早上十点钟，她还躺在床上。有学生会的女生来敲门，见她没有回应，便小心翼翼地将门打开，端早餐进来，看到苏央然还裹在被子里，立刻走到了床边："夏会长，夏会长……已经十点了。"

"十点了？"苏央然大吃一惊，她立刻跳起来，胡乱地穿衣服，"完了完了，还有很多文件都没有批好，那帮家伙肯定急死了。"

"夏会长，这里是沧之星，不是洛兰科斯皮特学院，您不用批文件。"那女生略显无奈地提醒她。苏央然这才反应过来："啊？不是我们学校……呼，看来我被压迫太久了，精神高度紧张。"她立刻舒了一口气，然后缓缓放下手里的衣服。

端着早餐的女生将东西放到了旁边的桌子上，然后坐到床边要为苏央然整理头发，苏央然从来没受过这样的待遇，被吓到了，立刻避开她的手："我……我自己来就行了……"

怎么可以让学生帮她整理头发，这传出去还像什么样子？她又不是女皇！沧之星还真是一所奇怪的学校。

那女生也没有强求，只是安静地退到了一边。

苏央然实在不愿意当着别人的面换衣服，就去了洗手间。出来的时候发现那个女生还站在那里，并且为她倒好了牛奶。她有些不好意思地开口："没关系，这些我自己来就好，太麻烦你了。"

"这是会长吩咐的。"女生不冷不热地回答道。言外之意，如果不是会长的命令，她是根本不会为她做这些事情的。

苏央然觉得不可思议，她气极反笑，道："你们是他的下人，还是奴仆？连这种事情也要为他做吗？学生会作为学校和学生之间的纽带，只需要组织活动，审核学生社团的各种申请，你们现在所做的事情，是学生会成员该做的吗？"

她的话让那个女生苍白了脸，整个人僵硬地站在原地。

第二节

吃了早饭之后苏央然就前往沧之星的学生会办公室,必须尽快完成在沧之星的交流工作,如果不早点回去的话,洛兰科斯皮特学院那帮家伙一定会忙死的。才走到办公室门口,她就看见一个金半星少年恭敬地站在那里,并且伸手邀请苏央然进去。她忽然有一种不祥的预感,她的预感向来是很准的,可是又说不上来到底哪里有问题。

跟着少年进了办公室,她还没有反应过来,身后的门忽然被关上,她转过头,看见那个金半星少年还在旁边,脸上挂着平静的笑容:"会长在里面的办公室,您跟我来吧。"

搞什么名堂?为什么今天的气氛有点儿不对劲?

她跟着少年往前走,办公室里根本看不见人,她记得之前有三四个学生会的成员在办公室候着,随时等待神宫岚的吩咐,今天却只有金半星少年一个人。在尽头的落地窗旁,竟然还有一扇门,苏央然跟着进去,看到神宫岚就坐在里面,他与昨晚有些不同,没有穿校服,上身只穿了黑色的衬衣,衣领还大开着,手里握着一枚花纹奇怪的金币,来回在指间转动。

看到苏央然进来,他立刻扬起了笑容:"夏会长似乎睡得很好呢。"

苏央然不作声,她就这么静静地打量着他,不知道过了多久,她忽然开口:"会长大人今天的装扮,和昨天很是不同。"

"我偶尔也需要放松一下,总是西装革履、一丝不苟,压力太大。倒是夏会长,管理一个都是男生的洛兰科斯皮特学院,应该压力更大吧?不知道夏会长是怎么解压的呢?哦,学院里那么多男生环绕在夏会长身边,或许夏会长每天都很快活,没有什么压力吧。"神宫岚扬起嘴角,从表情到语气都让人不舒服。

苏央然皱了下眉头,她微微握拳,却依旧控制着不让自己发怒:"神宫岚会长伪装得很好呢,之前竟然没有看出来你是这样的人。"

眼前的神宫岚完全是一个流氓,连穿着打扮都带着痞气。

神宫岚打了一个响指:"不说这些了,夏会长难得来一次我们沧之星,应该送你一个礼物才是。伺久。"

他唤了一声旁边那个金半星少年,少年按下了手里的遥控器按钮,墙纸竟然自动往上移动,一扇防弹玻璃门徐徐出现在眼前,当看清那个被关在里面的人时,苏央然睁大眼睛:"苏彦!"

不是说在寝室吗?不是说很安全吗?她昨天才打了电话给苏彦的辅导员,为什么今

天他就被抓到这里来了……

她猛地想起昨晚听到的对话。

——既然人都弄好了，就赶快送过来！台风？台风也别管！直接坐飞机过来！直升机不是帮你们安排好了吗？会长明天就要见他！如果明天见不到，你们就不用回学校了！

该死，昨天他们说的那个人，竟然是苏彦！青云大学的治安这么差吗？那么容易就让自己的学生被抓走吗？还说查寝，还说确定苏彦在宿舍，为什么他又被抓到了这个地方？！

第三章 神宫岚的阴谋

第三节

苏彦听不到外面的声音,似乎也看不到她,那防弹玻璃有奇怪的颜色,只能让外面的人看见里面。而且这玻璃……看样子不是那么容易打破的。

她浑身僵硬地站在原地,坐在真皮沙发上的神宫岚已经从沙发上站了起来,他松开手里的金币,朝着她招了招手:"过来。"

指甲几乎要掐进肉里,苏央然努力保持冷静,不让自己的情绪爆发。

神宫岚像皇帝一样,居高临下地看着苏央然。看到苏央然快忍出内伤的表情,他心情大好,把衬衣纽扣一颗一颗解开,将自己不被束缚的躯体靠在沙发的靠垫上。他要好好欣赏他的战利品。

神宫岚抬起头来。就在这一瞬间,苏央然的拳头猛地袭向他的发侧,打在了沙发上。强大的力量使沙发里的弹簧一下子折断凹陷,甚至可以听见断裂的"咔嚓"声:"放了他,不然别怪我不客气。"

神宫岚连眼睛都没有眨一下,只看着她:"是吗?"

他一笑,似乎并不畏惧苏央然。苏央然伸手要按住他的脖颈,谁知他竟然在一瞬间躲开了,并且反身挡住苏央然的攻击,借力使力将她一把推到了地上。苏央然要站起来,神宫岚已经上前一步压住了她的身体,并且紧紧将她的双手按在地上:"你连正规的搏击课程都没有上过,只是懂一些打架的方式,又怎么可能赢得了我呢?"

苏央然猛地一提膝盖,直接击中了神宫岚的腹部,他一僵,直接翻身滚到了旁边。苏央然立刻站了起来想要跑出去,谁知被神宫岚拉住了脚,拖到了他的身下。他毫不客气地在她后背重重一击,这一击力道极大,苏央然的五脏六腑仿佛要被震碎。

"这是我跟你们国家的老师学的功夫,待在武术这么好的国家,却不知道学一点儿真正应该学的东西,可真是浪费了。"神宫岚已经站了起来,他重新坐回沙发上,看着苏央然痛苦地倒在地上。

她哪里有时间去学这些东西?她的力量都是为了保护苏彦而练成的,为了生存而练成的!

"站起来。"神宫岚并没有就此放过她,他不冷不热地开口,"站起来,你如果继续这么躺着,我不保证你的弟弟会舒坦地坐在那里。"

苏央然咬了咬牙,她担心苏彦真的受到伤害,拼了命地站起身。她没有流一滴血,但是浑身痛得要命。这种痛是撕心裂肺的,让人恨不得立刻就死去!

见她站了起来,神宫岚招了招手:"来我的身边。"

一步一步艰难地走过去,她几乎是咬着牙用尽了全身的力量。神宫岚翘起嘴角:"你是第一个中了我一击还能够站起来走路的人,要是换作别人,早就倒下不省人事了。"

"你到底想做什么?"苏央然的嘴唇已经被牙齿咬破,她强忍着疼痛,大口大口喘气,"只要我能办到的,你尽管开口。放了苏彦!"

"好啊……"神宫岚冷笑道,他弓起身子,看向苏央然,"跪下来,朝我磕三个响头。"

"什么?!"苏央然一怔,她忽然意识到,神宫岚是想要她出丑。苏央然的眼睛往上方移了移,那里果然有一架摄像机。她向另一所学校的学生会会长下跪的视频被传出去的话,她恐怕再也无法留在洛兰科斯皮特学院了,这或许正中了那些男生的意。

她做了那么多,那么努力,还是得不到他们的认同,得不到认同也就算了,甚至要联合这个可恶的神宫岚羞辱她!

她猛地握紧了拳,几乎想暴揍眼前这个人,但她知道,以她现在的处境根本敌不过他,苏彦还被关在里面,神宫岚指不定会做出什么事情来。额间全是冷汗,她站得笔直,眼睛却缓缓闭了起来:"好,我可以向你下跪,但你必须保证放了苏彦。"

"只要你跪下,我就放了他。"神宫岚勾了勾嘴角。

第四节

苏央然深吸一口气，她不再犹豫，身子开始朝地面弯下去，准备跪在这个人面前。

这个时候突然传来"砰"的一声，旁侧的门被踢开。

苏央然扭过头，她看见苏彦已经不在防弹玻璃后面了，他出现在踢开的门后面，苏彦悬在半空的脚缓缓放了下来："姐，不用为了我做到这个地步。"

"你……你是怎么出来的？"苏央然还愣在那里，他刚才不是还被关在里面吗？怎么这会儿又从大门闯进来了？

"我刚刚在解绳子，玻璃房那一头也有门，进来的时候我记下了密码。"苏彦指了指玻璃房地上的那条绳子，"花了一些时间。抱歉，让姐受苦了。"

他是如此平静，平静得好像一点儿都不担心眼前的人到底会将他们带入怎样的地狱。昨晚在宿舍时，他接到了一个电话，说是苏央然来青云看望他了，明明知道有可能是骗局，但是只要一牵扯到苏央然，他就会变得不冷静，哪怕真的是陷阱，他也会跳下去。更何况，他料到或许他们抓了他，是想去威胁苏央然，那时他就可以看见她了。

所以，他沉默地让他们绑架了他，但在被绑的时候他做了一些小动作，以便他之后挣脱。

大概是第一次从苏彦嘴里听到"受苦了"三个字，苏央然还觉得很不适应。苏彦已将视线转向了神宫岚："神宫会长，如果我姐在沧之星出了事，你们恐怕也不好办吧？"

神宫岚眼睛眯了眯："怎么，想威胁我？沧之星四面都是海，你姐若是死了，我们可以说她是在回去的时候出了事，海上遇难的可能性也很大呢。"

苏彦勾起嘴角："那么我呢？我的学校四面可都没有海。"

"你不是她的弟弟吗？出来看望姐姐的时候一不小心死在海上有什么奇怪的？"神宫岚向来喜欢玩心理战术，他们想要逃出去，就得松懈他的心防，可他没有任何畏惧，就算死了人，也没什么可担心的。

苏彦也淡淡一笑，仿佛知道他会如此说。他伸手掏出了自己的手机，按下播放键，播放了一段录音："人抓到了吗？快点快点，快走啊，再不回沧之星，会长会责怪我们的。去机场！快，那里有神宫岚家的私人直升机！"

听到这些录音，神宫岚的脸色明显变了，但是他似乎仍旧不担心："在这个地方，你们的信号都被屏蔽了，录音想要发出去，可没那么容易。"

"在这之前，录音已经被留在机场了。"苏彦勾起嘴角，"我有两部手机，其中一

部是为学生会工作准备的。因为我是校学生会的副主席,便得到了一部由学校充值话费的手机,专门用来联系各个部门的成员和各个老师。我在两部手机里都存了录音,其中一部留在机场,他们若是要寻我,应该很快就可以找到那部手机,我若是死了,警察怕是会查到手机里的录音。"

"你以为我会相信你的话吗?"神宫岚一下子从沙发上站了起来。

苏彦挡在苏央然面前,他上前一步,与神宫岚对立:"我不会毫无把握地来到这个地方,明知道是陷阱还往里面跳,你觉得我们苏家的人会这么蠢吗?"

这是一场赌局,也是一场战役。苏央然在这一瞬间忽然觉得自己什么用场也派不上,她站在苏彦的背后,第一次觉得他竟然高大了几分,并不再是当初那个总是躲在自己背后,总是用悲伤的眼神看着她的小弟弟了。她发现,苏彦比她高出了很多,甚至她踮起脚都无法看到他的头顶;她发现,苏彦的肩膀也宽了很多,不再瘦弱,仿佛靠上去之后,她就会变得很安心;她发现,苏彦的力气也大了很多,刚才那一扇门,可不是普普通通的一脚可以踢开的。眼眶忽然有些湿润,仿佛是养育多年的孩子终于长大了,苏央然有一种被自己的小孩保护的感觉。

神宫岚不知道沉默了多久,苏央然身受重伤,本来就已经站不稳了,眼看快要倒下去,神宫岚终于开口:"你赢了。"

他打了一个响指,让守在门外的几个学生会成员进来:"把夏会长带下去医治,我要和她的弟弟好好谈谈。"这恐怕是他第一次受到威胁并且妥协了,这个男孩很有意思呢,而他的姐姐,更加有趣。

从资料上看,苏彦和苏央然是没有任何血缘关系的,只是从小一起长大。苏央然为了保护苏彦,吃了很多苦,受了很多伤。神宫岚原以为苏央然的弟弟软弱可欺,但是今天一看,这个弟弟并非那么无能,反倒是姐姐,向来是用武力解决事情,武力被压制后一下子便乱了阵脚。

苏央然担心神宫岚对苏彦不利,怎么也不肯离去。苏彦伸手拍了拍她的肩膀:"放心,姐,我不会有事的。"

放心,让她怎么放心啊?神宫岚可不是善茬!

苏央然死活也不走,神宫岚不爽了,直接让那些人将她拖了出去。她受伤很重,再不医治,说不定会有生命危险。见苏央然离去了,苏彦也松了一口气。

他不愿意看着她痛苦,更不愿意她为了他而受伤。所以,他一直在变强,努力地变强,只有强大起来,才能保护她。

第三章
神宫岚的阴谋

第五节

苏央然躺在病床上看着天花板,刚才医生检查了她的身体,伤得非常重,估计躺一两个月都未必好得了。她的肝脏有受损了,连肋骨都断了一根。神宫岚下手实在是太重了,若不是她本来就比较耐打,估计早就一命呜呼了。

那医生开了一些药,苏央然是不喜欢打点滴的,但是她身上的伤太重,不打点滴不行,所以她只好妥协,躺在病床上看着天花板发呆。

不知道过了多久,忽然门被打开了,她连忙坐了起来:"苏彦。"

"嗯。"苏彦从外面走进来,脸色无恙,淡淡地扬起笑容,"身体还好吗?如果太疼的话,还是吃一些止痛药吧。"

"止痛药有副作用,我才不要吃。"苏央然有些焦急地看着他,"神宫岚对你说了什么?他没有伤害你吧?你不要太小看他,表面上好像一个儒雅的绅士,背地里却是一只狼。如果惹他不高兴,会被他反咬一口的。"

苏彦笑了:"所以姐姐被他咬了?"

"要不是因为洛兰科斯皮特学院非要让我来沧之星,我也不会留在这个地方。第一次见到他的时候就觉得很不舒服了,只是实在没办法,这是我必须要做的,也没办法推辞。"苏央然垂下头。是的,其实她早就有预感了,在进入那扇门之前,在遇到神宫岚的时候,她就感觉到异样,虽然不知道这个异样到底由什么而起。

有时候她觉得很奇怪,自己到底是在为谁拼命。她可以不去管洛兰科斯皮特学院的学生会,那些男孩子爱怎么样就怎么样,学校一团乱和她又有什么关系?如果她没有管他们,就不用经历这一切,她只要念好书顺利毕业就行了。可是忽然又想,她得知自己被修改了志愿书,最后来到洛兰科斯皮特学院的时候,自己的心情不是很开心很激动吗?虽然每天的工作繁重,但她看到学院因为自己慢慢变好,也很快乐不是吗?

每个人活着,总要为了一个目标而奋斗,总要为了保护什么而努力。而她,从前是为了保护苏彦而努力,现在,自己也在为某一个目标而努力吧。

"姐,别担心了。神宫岚并没有和我多说什么,他只是希望我可以将那些录音销毁。我告诉他,只要我和姐姐可以安然无恙地离开沧之星,我会将那些录音销毁。"苏彦坐到床边,软软的被子凹陷下去,好像被压坏的棉花糖。

苏央然冷哼一声:"还要他赔我医药费!你不知道,刚才他打的那一拳差一点儿要了我的命。"

苏彦眼瞳微微颤动,他伸手擦去了苏央然额间的汗水,声音喑哑:"好……"

他不能再像以前一样懦弱,不能再像以前一样无能,他长大了,已经拥有了足够的力量,可以保护她。

"姐。"

"嗯?"

"以后,让我来保护你吧……"

这句话,她以为她这一辈子都不会听见。苏彦也说过类似的话,但是从来都没有这样坚定,他会说"我想保护你""我也想挡在你的面前",从来没有说过"让我来保护你吧"。

苏央然眼眶有些湿润,为了遮掩,故意凶了他一句:"保护什么,你又不会打架。"

"又不是只有会打架才可以保护你,保护有很多种方式的。姐小的时候也不会打架,但是你一直保护着我。如今我明白了……"苏彦的手从苏央然头顶上缓缓滑落下来,一直滑到她脑门上,轻轻一弹,"如果真心想要保护一个人,他可以变得很强。"

他愿意为了苏央然,吐尽自己的丝,做出一个茧,忍受无数风吹雨打,然后破茧而出,蜕变成一个强大的自己,保护她。

那天之后,神宫岚没有再为难苏央然,仿佛回到了与她初次见面的时候,神宫岚对她客客气气的,照顾得很周到。但是苏央然对他的态度却是一百八十度大转变,她不接受神宫岚的示好,甚至无视他送过来的礼物,还砸碎了学生会的茶杯,表示茶水很难喝。

神宫岚不但没有生气,反而对苏央然的态度越发好了,一直到她能够下床,并且能坐船回去为止。

在苏央然走之前,他也一同坐上了船,要亲自将她送回去。

在船上,苏央然的脸色很难看:"你到底想怎么样?在打什么鬼主意?我告诉你,我不会再上当受骗了,你对我做的事情,我不会报仇,但是这一辈子都无法忘记。"

"能够被你记在心里,我真的很高兴呢。"神宫岚就坐在她旁边,慢条斯理地喝着咖啡,"虽然是不好的记忆,但是总比被你轻易忘记的好。对了,想知道是谁央求我找你麻烦的吗?"

"你不用说,我自然知道是谁。"苏央然咬牙切齿,"他们等着,我会让他们知道,得罪我的后果有多严重!"

神宫岚笑了笑:"你不是说不报仇吗?"

"我不报仇,不过总得给他们一些教训……既然他们这么不希望我做学生会会长,我就辞职。以为每天为他们处理事情都是我应该做的吗?吃力不讨好,还要挨骂,等到整个学校变得一团乱,看他们怎么办!"苏央然从牙缝里挤出这句话。说到这里她还瞪了一眼神宫岚,"哪里像你,全世界最幸福的学生会会长,什么事情都不用干,还有人服侍在你身边。"

"幸福是靠自己争取的。"神宫岚忽然没来由地说出这句话,他将视线投到窗外,"没有一个人可以一出生就得到幸福。站得越高,也会跌得越重。"

有些人从一出生就站到了很高的位置上,他们步步艰难,稍有不慎就会跌落下来。而下面是万丈深渊,一旦跌落,必定粉身碎骨。苏央然是不同的,她一出生就站在最下面,她一步一步地往上爬,站到与神宫岚相同的位置上。她的脚底下早已经生了根,那些根牢牢地托着她,支撑她往上爬,她无所畏惧。哪怕有一日她真的跌落下去,她也会知道哪里的草地是柔软的,哪里有河流可以缓冲,然后再从地底爬上来,再站到最高的位置!

第六节

回到了洛兰科斯皮特学院,那些男生看到沧之星的学生会会长亲自送苏央然回来,一个个惊得眼睛都瞪大了。苏央然下了船对神宫岚道了谢,神宫岚恭敬地对着岸边的男生们鞠了一躬,然后离去了。

在下船的时候苏央然看到了那几个曾经被她赶出学生会的少年,他们脸色铁青,弄不懂她为什么可以安然无恙地回来。

苏央然张了张嘴,没有声音,只能靠嘴型来分辨:"如君所愿。"

那几个少年似乎愣了一下,有些不可思议地看着她。

苏央然回到学生会之后的第一件事就是辞掉学生会会长的职务,并且将她组织起来的一批人也带走了。

学校的老师前来劝说了好几遍,她都以学生不愿意支持她为由拒绝了。如此一来学生会没有了人,很多项目都没办法开展。老师们立刻发布通知,征集有能力的同学接管学生会,但是一连七天过去了,没有一个人愿意来。

学生们如今就像脱缰的野马,没有人管束,轻松自在,谁还愿意去做什么学生会会长,自寻麻烦?到时候还要忙一堆事情,还不如现在过得逍遥自在。

学校很快就乱了,男生们的宿舍臭气熏天,根本没有人打扫,外面看上去很干净(有保洁阿姨清扫),里头却一片混乱。社团之间的争斗也越来越激烈,还出现了很多莫名其妙的社团。跆拳道社有五个,高尔夫球社也有七八个,抢夺场地,每天都打架。当初得到审批的那个高尔夫球社不干了,来找苏央然,让她去评评理,他们是正规的球社,这些新出来的算什么?

苏央然只是平静地回了这么一句:"我不是学生会会长,不管这档子事。"

于是他们又回去吵,吵不过就打架,然后是无休止的闹腾,社团成员根本打不了球,球场还被弄坏了。校长一生气,干脆不拨款维修,就让它这么坏下去。

就这么熬了一个多月,学校里很多人都受不了了。苏央然当学生会会长的时候多好啊,每件事都井然有序,也没有乱七八糟的社团;苏央然当学生会会长的时候多好啊,宿舍里干干净净的,虽然她苛刻了一点儿,但是保障了宿舍不会臭气熏天;苏央然当学生会会长的时候多好啊,学校批下了很多款项,还成功组织了很多活动,还能和外校的美女学生联谊;苏央然当学生会会长的时候多好啊,食堂的饭菜人人都能吃到,吃不到的还可以去学生会办公室蹭点。不像现在,连中秋节也在吵闹中度过。

他们开始想念苏央然当学生会会长的日子,甚至有人提议,干脆让苏央然重新回来

第三章
神宫岚的阴谋

当会长吧!当然条件还是要说清楚,宿舍可以打扫,但是不要像军训那么严苛了。

那些被苏央然赶出学生会的少年也开始怀念苏央然了,除了前任的学生会副会长,他还是讨厌苏央然。难道她可以做到的事情,他就做不到吗?

他立刻申请当了学生会会长,开始整顿学校。

学生们十分支持,男生当会长的话,一定会更加偏向他们。而且事情一定会办得很好,他们一直认为男生比女生厉害。

但是学生们错了,当那个少年当上学生会会长之后,才发现很多事情根本不是他可以应付的。他召集人到学生会工作,给出优厚的酬劳都没有人愿意来。他就想不明白了,为什么那么多人愿意跟着苏央然,却没有人肯跟着他!

他一个人批文件,一个人审核社团,每天通宵工作,连成绩都下降了,可是学校根本没有任何好转。学生们起初的期盼也逐渐变成抱怨。

"咱们的新会长怎么回事?社团的事情还没有弄好?"

"就是啊,我们都等很久了。"

"上次他把活动举行的地点写成了教师宿舍,真是傻了,连地点都不看清楚吗?工人差点儿就去搭台了。"

"校长也不把资金拨下来。"

"已经拨下来了,他还在做预算啊。"

"那么慢?以前苏央然在的时候可是一天就搞定了!"

这些话传到了那个少年的耳朵里,他气得直接把手里的文件甩到了地上。他这么拼死拼活地工作,他们居然还埋怨!有本事他们自己来做,他已经很努力了!

忽然,他又怔住了。苏央然在的时候也是每天要做这么多事情,那些人也是如此抱怨,天天在背地里骂她。

但是,她从来都没有发过脾气。

她是那么平静地做着这些事情,每天忙碌,甚至到了很晚还在审核文件。而他们却当这些都是她应该做的,根本就没有想过她是在为了这个学校,为了洛兰科斯皮特学院的学生们无私付出。

牙齿猛地咬住下唇,他握紧了拳头,然后重重地打在桌面上!

那又怎样,就算她真的是为了洛兰科斯皮特学院,就算她真的很厉害,就算她真的很努力,就算她受着气还要为大家工作……那又怎样?要他妥协吗?他才不会妥协!

脑海里挥散不去的是苏央然下了船之后对他说的话,他看懂了她的口型。她在对他说:"如君所愿。"

045

　　她知道她离开学生会之后学校会变得一片混乱,他们会妥协,他们会想方设法求她回去,她就可以高高在上了,她就可以自鸣得意了!该死的,那个浑蛋!

　　他才不要妥协,他要坚持着,哪怕被人责骂,他也要坚持着,他才不会认输!

　　压下了怒气,他又将那些文件捡起来开始认认真真地审核,虽然偶尔还会抱怨几句:"谁写的字啊?狗爬字啊!鬼才看得懂……"

第七节

苏央然一个月不管事儿,她的生活要多滋润有多滋润。她买了一个冰箱,每天去超市买新鲜蔬菜和肉,做大餐犒劳自己,偶尔做做冰淇淋,感觉就像住在高级单身公寓里一样。日子过得要多潇洒有多潇洒,要多快乐有多快乐。这种不被约束的日子,对她来说简直就是天堂。

特别是学校里的男生,开始讨好她了。特意挑选很多漂亮的首饰送给她,还有裙子、包包,他们觉得女性应该都喜欢这些东西。希望苏央然收下后,可以回去做他们的学生会会长。

苏央然一边收着他们的礼物,一边又不提继续做学生会会长的事。她现在日子过得舒服了,谁还要回去过苦日子?以为学生会会长那么好当吗?当官的也有当官的烦恼啊,每天开会就够烦的,还要背演讲稿,还要审核文件。可真没那么轻松。

苏央然的淡定更是急坏了一群男生。

又熬过了一个星期,终于有一个男生忍不住了,在超市堵住了她:"你到底要怎样?我们都认错了,你是对的,让你回来做会长有么难吗?我们不会再为难你了,我们以后都听你的话,你想要怎样就怎样!"

超市里还有其他男生,他们早就想跟苏央然这么说了。

其实苏央然辞去学生会会长一职,并不是为了为难他们,也不是为了报仇。她是真的伤得很重,如果太累,病情会恶化,到时候没准就一命呜呼了,所以她才辞职的。如今看到这些男孩一个个都盯着自己,期待自己答应下来,生怕被拒绝的样子,她忽然觉得很好笑:"我在沧之星受了伤,医生说要调养好几个月,所以才辞去学生会会长一职的。"

"受伤了?""原来会长是受伤了……""在沧之星受的伤啊?他们把你怎么了?""沧之星本来就敌视我们,请会长过去,肯定不安好心。""难怪我有一次看到你在打点滴。"男生们立刻叽叽喳喳起来。

苏央然平静地看着对面的男孩,那男孩立刻局促起来:"对不起,我不知道你受伤了。"

"没什么。"苏央然随意地答了一句就要走,那男孩立刻大喊起来,"那你,以后还做我们的会长吗?"

"身体好了可以考虑,不过你们要听话。"苏央然应了一句。

他们立刻你一言我一语地回答:"嗯嗯,我们不会再为难你了。""是啊是啊,宿

舍我们也会打扫干净的。""就是要求不要那么严苛了,每天过得像军训,我们受不了啊。"

"好。"苏央然微微一笑,"你们若是按照我的要求做好,保持宿舍整洁,我不会太严苛的。"

"嗯嗯。""会长你真好,我们家是卖翡翠的,到时候给你带最好的珍品过来。""我们家还是卖钻石的呢,会长你要钻石尽管来拿,白送!""钻石了不起啊,我们家专门卖香水,一瓶几万,我可以拿十瓶送给你!"一群人又叽叽喳喳起来。

苏央然买了菜从超市回来,还没有走到月心苑,就看见一个人站在湖边,他来回走着,似乎有什么心事。当苏央然出现,他的脚步一下子停住了,怔怔地望着她。苏央然认出来了,是现任的学生会会长,此刻他正怔怔地看着她,然后咬了咬牙齿:"我不会向你妥协的!你不要以为他们讨好你你就赢了!"

苏央然觉得好笑:"知道我为什么辞去学生会会长的职务吗?"

"哼,还不是因为想要表明你多么能干,离开你我们就一事无成!"那少年冷冷地喝出一句,十分不屑的模样。

苏央然缓步走到他面前,然后伸手递了自己还贴着酒精棉花的手背给他看:"神宫岚打断了我的肋骨,伤了我的肝脏,我不能太劳累,否则身体必定会吃不消。所以我暂时辞去了学生会会长的职务,如果我的伤好了,只要你们开口,我一定会回来。因为这里是洛兰科斯皮特学院,而我是洛兰科斯皮特学院的学生。无论你们承认不承认,我已经在这里念书了,我的学生证上印着它的标志,我还穿着洛兰科斯皮特学院的校服。身为洛兰科斯皮特学院的学生,为学校做这些事情,是我该做的。"

这几句话,竟然让站在湖边的少年哑口无言。原来一切只是他一厢情愿,也只是他自以为是。一直以来,他觉得苏央然是为了报复他,才离开学生会。可是事实上,她从来没有这样想过。

尽管她得理不饶人,但是她是真的把这所学校放在心上。

"神宫岚,他……伤你那么重吗?我并没有……让他这样做啊……"他的声音忽然有一丝颤抖,开始不安。

苏央然淡淡一笑:"沧之星很危险。它不像我们学院,每一个学生都干净得像一张纸。洛兰科斯皮特学院从前之所以选择让洛兰科斯男子高中的学生直升上来而不从外面招生,就是因为相信洛兰科斯男子高中的教学质量和学生质量。但是沧之星不一样,神宫岚并不在乎别人的生命,所以我希望你以后不要和那边的人来往了。如果觉得苦恼,如果他们咬着你不放,你可以来找我,我会和其他洛兰科斯皮特学院的同学一起帮助

第三章
神宫岚的阴谋

你。"

"我为什么要向你求助?"让他向女孩子求助仿佛是在侮辱他,他恼羞成怒,"我自己就可以,根本不需要你们!"

"没有人不需要别人的帮助!寻求别人帮助不丢人,真正丢人的是明明已经竭尽全力,却仍旧不肯将手伸给旁边可以拉你一把的人。在这个世界上,一个人是无法生存的,只有依靠大家的力量,才可以把事情做得更出色。"苏央然紧紧地盯着他的眼睛,她忽然伸手一把握住了他的拳,并且握得牢牢的,容不得他挣开,"学生会也不是一个人可以撑起来的,只要你伸出手去寻求帮助,一切或许会豁然开朗。只要你开口说需要我的帮助,我一定来到你身边。"

也许在这一瞬间,这个倔强的少年是真的妥协了,他明明可以轻而易举地推开受伤的苏央然,但是他肩膀在颤抖,无论如何也做不到。

他咬住嘴唇,忽然很想哭,但是在一个女孩子面前哭是多么丢脸的事,他拼命地咬牙忍住,然后转过身去:"我一直都在努力!反正,等你伤好了,我也不想做这个破会长!还是留给你去做好了,学生会的沙发又那么硬,睡在上面一点儿也不舒服,真是讨厌!"

他转身急匆匆地离开了。苏央然只是笑笑,看了看自己的手背,然后拎着菜回到了月心苑。

洛兰科斯皮特学院……呵呵,来到这个学校之后,竟然发生了那么多事情,她受伤过,跟别人争执过,大吵大闹过,还和男生对立过。但是终究,他们还是接纳了她,接纳了这个陌生的女孩。

现在想想,在这一段时间里,她有过痛苦、有过烦恼、有过不安、有过愤怒,但是更多的时候,她还是快乐的。男生们讨好她迁就她,努力达到她的要求,为了申请社团项目熬夜写文件,交过来的时候站在门口拼命深呼吸……呵呵,如果这样还不能喜欢这所学校的话,那她也太冷酷无情了。

回到宿舍打开厨房的窗,她将青菜倒入洗菜池,想着自己还要在这里度过三年多的时间,那必定是一段丰富多彩的时光呢。

第八节

　　苏央然提前解救了现任学生会会长。就在那个少年痛苦地做着学生会会长的工作时，她吩咐一些以前在学生会工作的学生，去帮助少年一同完成学生会的工作。他的负担一下子减轻了很多，有些事情根本就不需要他插手，他们就可以做得很好，有时候他甚至要反过来问他们，这个活动为什么要这么安排，资金大概要申请多少。

　　他们一一为他解答，答不上来时，就直接丢出一句："央然就是这么安排的。"

　　她的安排向来稳妥，而且每一次都是不多不少。她甚至都不用看整个活动的安排，就可以报出预算。有时候学校给的资金多了，她会把这些钱集中起来，在月末举办一次大型的联谊活动，以前洛兰科斯皮特学院是没有联谊活动的，因为苏央然，才使这个让男生们兴奋不已的项目诞生。

　　少年有些震惊，他本以为自己做得已经够好了，他本以为他之所以不行是因为没有能干的下属。如今，这些人都来帮助他了，可是自己与苏央然的距离，依旧相去甚远。

　　"她比我们想象中厉害。"不知道什么时候，前前任的学生会会长杨木真抱着一堆资料站到了他身边，"以前我一直以为自己很没用，又笨，总是做不好事情。后来她为我安排了我能够胜任的工作，让我知道，其实自己也可以帮到大家，我并不是一个笨蛋。"

　　"你本来就不是笨蛋，"少年撇撇嘴，"你只是老好人而已。"

　　是的，他只是一个老好人而已，把所有事情都压在自己身上，还心甘情愿被他们欺负……他只是一个老好人罢了，那么自己呢？自己又是怎样的人？能干吗？如果能干的话，不会连一个女孩子都比不上。

　　学生会的那么多成员，都是苏央然一个人召集起来的，也是她逐一安排工作。她真的很厉害。

　　"大家都在？嗯，刚好，我给你们带了吃的。"正想着她，她就出现在学生会办公室。少年吓得差点儿跳起来："你……你来这里干什么？你不是受伤了吗？不是很严重还没有好吗？"

　　"我是伤得很严重，但是做个饭的力气还是有的。喏，给你们带了饭团，我做了不同馅料的。"苏央然拎着四个篮子，头上还顶了一个。

　　少年一把将那些篮子接过："你疯了吗？拿这么多，不怕手断了吗？"

　　"我又不是豆腐做的，拎个篮子就手断？"

　　她话音还没有落下，那些男孩已经从外面蜂拥进来了："有没有豆沙馅的？我喜欢

第三章
神宫岚的阴谋

豆沙馅！""我要吃肉的，精肉的！""有咸鸭蛋馅的吗？""哇，我吃了话梅馅的，好酸！""我这个是绿豆的，讨厌，我喜欢红豆，不要绿豆。""我跟你换，我是红豆的。""不换，你咬过了！""喂，你也咬过了好不好，我还不肯跟你换呢！"

苏央然看着快被瓜分完的饭团，无奈地笑着，篮子里还有两个，她拿了一个塞到少年手里："你也吃吧，味道应该不错。"

她回头对那些吃得正欢的人说了一句："其中一个饭团里我放了一颗珍珠，吃到这颗珍珠的人，明天我为他做一份便当。"

"哇，真的吗？""快点找快点找！""那珍珠有多大啊？""要不把我皮带上的珠子放一颗进去。""我只吃到红豆，没吃到珍珠。"一群人埋头找，就在这个时候，才咬了一口饭团的少年忽然停住了嘴，他从饭团里拿出了一颗圆滚滚的东西。

"哎，被这个家伙吃到了。""真是讨厌，最近运气不佳啊。""算了算了，吃了饭团回去干活吧。"一群人吵吵嚷嚷，纷纷离开了学生会会长办公室。苏央然提着空篮子对少年一笑："你运气不错，刚才我做了八十多个饭团呢，能够吃到珍珠的概率，只有百分之一点二五呢。"

吃饭团得奖励……多土的事情啊。少年心里这样想着，可是不知道为什么嘴角就是拼命地往上扬，脸上尽是笑容："是吗？"

也许，自己的运气真的会一点儿一点儿好起来吧。

洛兰科斯皮特学院总算趋于平静了，但是在另一所学校里，似乎又有什么暗流正在涌动。坐在沙发上的神宫岚手里握着一枚金币，不停地转动着，站在他对面的，是还没有回青云的苏彦。

苏央然离开之前，明明亲眼看着苏彦上了直升机，去往青云大学，可是没有想到，几个星期后，他自己来到沧之星的岛屿上。

"你想要的，我可以给你。"坐在沙发上的人是神宫岚，"然而我想要的，你未必给得了我。"

"只要与她无关，你想要什么，我都可以帮你得到。"苏彦平静地站在对面，他脸上风轻云淡，仿佛面对的根本不是神宫财团未来的继承人，仅仅是一个普通少年。

神宫岚笑了笑："是吗？看来外面的传言是真的，你喜欢她。"

不等苏彦回答，他又开口："不过，既然你这么说了，我答应你的要求。我会给你你想要的，而你，也要帮我拿到我想要的。"

第四章
校庆和约会

第一节

苏央然的身体终于好了一些，休养了将近两个月，她又活蹦乱跳地出现在学生会会长办公室了。那个少年最终还是把位置让给了她，他意识到自己与她之间还存在很大的差距，这个差距是他无法弥补的。或许有一天他会追赶上她，那时候他才可以真真正正地拍着胸脯对她说："我来做。"

就在这些天，天气微微凉了一些，床上的竹席也改成了垫被。苏央然坐在办公室里，手里捧着暖茶，她翻看了一下最近的活动流程表，忽然发现，洛兰科斯皮特学院一年一度的校庆将在下个星期举行。

她立刻挑选好了场地，就在最宽敞的草坪上，搭建一个直径六十米的圆形大舞台。她原想搭建方形舞台，但是洛兰科斯皮特学院的人实在是太多了，如果不是圆形舞台的话，观众席要排到离舞台非常远的地方，到时后排的观众肯定看不清表演。只是圆形舞台的节目安排比较难，总有观众只能看到表演者的后背，得费点心思。

她一门心思扑在校庆策划上，不知朔连城已经站在了办公室门口。

他看到苏央然一直将注意力集中在学生会的事情上，自从来到这所学校，她鲜少关心自己。其他女孩子来到大学，早就去谈一场恋爱，抑或好好享受大学时光了。可是苏央然呢，她只知道工作，只知道学习。以前是因为要保护苏彦她才没有工夫关心自己，而如今她不用保护苏彦，却做了学生会会长，要保护整个洛兰科斯皮特学院。

他真的很想问一问她，一直这样，不累吗？她就有那么多的精力，那么多的时间放在别人身上，从来都不问问她自己，到底想要什么，到底想做什么吗？

他有时候真想冲过去拉着她的手，从这个学校里逃走，带着她去很远很远的地方，带着她看看外面的世界。她已经得到自由了，那么就展翅飞翔啊，不要总是盘旋在这一片天空里。她可以飞得更高，飞得更远，飞到他们无法看见的地方。

"你来啦？"不知道在门口站了多久，迟钝的苏央然终于发现了朔连城。她朝着他招了招手，起身要为他倒咖啡。朔连城立刻按住她的手背："不用了，我是来送一些文件的。央然，我看你一直在忙，什么时候休息一下吧。"

"唉，休息不了啊，下个星期就是校庆，下下个星期还有一场足球赛。我怎么就那么忙啊？"苏央然也抱怨了几句，却又埋头苦干起来。

朔连城忽然开了口："如果你觉得累，可以辞掉这个职务，像你受伤的时候一样，每天过得不一样很充实吗？这所学校，值得你这样做吗？你的伤并没有彻底好，如果落下病根，以后可怎么办？"

第四章
校庆和约会

"别担心,"苏央然抬起头,"我没那么脆弱。"

根本就不是什么大不了的事,她以前就是这么做下来的,她当学生会会长也有几个月了吧。

朔连城不说话了,他只是沉默地看着她,忽然叹了一口气,坐下来帮她一起批那些文件。秋天的夜晚总是来得特别快,下午三四点的时候天已经快黑了,夕阳透过玻璃窗照射进来,苏央然的头发披在身后,搅碎了阳光。他目光忽然迷离,就这样呆呆地看着她……

他已经陪伴在她身边那么久了,过往的记忆在他眼前闪过,自己到底还能这样看着她多久?他想小心翼翼地伸出手试探,希望可以握住她指尖的温暖。

那是他一直渴望的,就算只能轻轻地触碰一下。

至少要让他知道,这样的等待是有希望的,这样的等待或许是有结果的。不要给他一扇通往黑暗的门,打开之后看不到一丝光明。

"你还喜欢我吗?"朔连城正想着,苏央然忽然开口问了这样一句话,着实把朔连城吓了一跳,他连忙抬起头来:"你……你问我?"

"不然我在问谁?"苏央然有些无奈。

朔连城的脸微微发红,他转过头去:"喜欢这种东西,能够说不喜欢就可以不喜欢的吗?你又没有对我很坏,自然是依旧喜欢着的。"

苏央然咬了咬笔:"喜欢到底是什么感觉呢?"她从来都没感受过。像喜欢家人一样的喜欢吗?是像保护苏彦一样的喜欢吗?

朔连城整张脸都涨得通红:"这种事情,我怎么能说得清楚?就是无时无刻,不在想着你。"

苏央然见他满脸通红,也不再笑他,而是一本正经地说道:"很小的时候我对老天发过誓,只要可以给我保护家人的力量,保护苏彦的力量,我可以卖掉我所拥有的一切。可能我的爱情,就在那个时候被卖掉了吧?"

第二节

爱情真的被卖掉了吗？苏央然不知道，她唯一知道的是，从很小的时候开始，她所关注的一直只有家人，一直只有苏彦。虽然会有男生跟她表白，但是她看他们的目光，和看其他人没有什么不同。

或许是因为她只关注着苏彦，而从来都没有关注过别人吧。

爱情也是情，亲情也是情，而她这么多年来，只把心放在家人身上。爱情的滋味似乎是美好的，因为朔连城看上去很幸福，但有的时候似乎又是苦涩的，倘若无法靠近心中的那个人，只能远远地看着。或许，她应该尝试一下这种滋味，人的一生如果连爱情也没有品味过，就这样死去的话，应该会很不甘心吧？

"我们要不要试试看？"苏央然再次莫名其妙地问了一句。这下朔连城是真的呆了："你……你说什么？"

"试试看，谈恋爱。我没试过，没准试过之后，就会喜欢上一个人。"苏央然答得平静。

"好，"朔连城一下子从座位上站了起来。不知道是太激动了还是太震惊了，他就这么盯着苏央然，"你说的，试试看。那我们明天就约会，去看电影。洛兰科斯皮特学院的电影院都很空的，我今天就去买票。"

苏央然一把拉住他："明天我还要批文件，这周末吧。我把所有的事情都安排好，再陪你一起玩。"

玩……

朔连城的脸色微微暗了暗，他们是要去约会，才不是玩。苏央然怎么可以用"玩"这个字？以前他们也一起去玩过，他和户、尚佐硬拉着苏央然去游乐园，苏央然就像一个大妈一样照顾他们，让他们在那里疯狂地玩乐。如今她好不容易想要谈一场恋爱试试了，不会也像大妈一样对待他吧？万一到时候她将他当作自己的弟弟怎么办？苏央然不会将他当作苏彦吧？

"我也好久没有放松一下了，感觉最近事情特别多，忙得腰酸背痛的，出去逛逛也不错。"苏央然自言自语了一句，伸了个懒腰，"我得加倍努力了，赶快把这些事情处理好。"

之后她又去忙工作了，把朔连城晾在一边。朔连城有些纠结，他担心苏央然会将他当作苏彦，像照顾弟弟一样照顾他，可是他真的很想和苏央然去约会一次。想到这里，他立刻跑去图书馆，借了《100条约会守则》《约会时要注意的事项》等，甚至打电话给

第四章
校庆和约会

家里的管家,问他以前是怎么约会的,要准备什么东西。

管家沉默了一会儿,然后回答他:"以前我带着我老婆在田畈上走了一圈,又给她买了一个烤番薯。她就嫁给我了。"

烤番薯是吗?田畈……可这学校四周都是海,哪里来的田啊?

洛兰科斯皮特学院有蛋糕店、咖啡厅、西式快餐店,干脆买一些吃的给她。

距离周末还有好几天,朔连城已经等得不耐烦了。他研究着约会时穿的衣服,一本书上说要穿得正式一点儿,不能让女方觉得自己不重视约会;另一本书上又说要穿得休闲一点儿,不要让女方有压抑感。到底应该穿什么?一会儿这样一会儿那样!

他又看第二条,一本书上说约会可以去公园,去风景好的地方聊聊天,不能去电影院,电影院是已经确定恋爱关系,并且两个人之间已经很亲密了才能去的地方,因为一场电影一两个小时就放完了,而过程中两个人并不能有多少交流。而另一本书又说电影院是好地方,如果带女孩子看恐怖片的话,女生或许还会因为害怕而握紧你的手。

朔连城想象了一下苏央然害怕的样子,他还真没见过。像她那样的人,估计不会有害怕的东西吧?认识她这么久,她一直都是无所畏惧的样子,无论发生了什么事情她都能够挺下来,并且用自己的力量化解。

或许是因为她的无所畏惧,她才能吸引那么多人吧。她总是很强大……是的,她之所以强大,是因为她一直坚持着,从来都没有放弃过,一直很努力,从来没有停歇过。

"啊,很期待周末的约会呢。"

057

第三节

周末,苏央然忙完了工作,从学生会办公大楼里出来。她没有换衣服,反正她穿校服的样子朔连城又不是没有见过,如果是相亲第一次见面希望给对方留个好印象,的确需要打扮一下,她跟朔连城都那么熟了,打扮不打扮无所谓。

约会地点就在商业街的喷泉边,她到达时就看到朔连城一身西装,笔直地站在那里,顿时她愣了愣:用得着这么正式吗?

朔连城是凌晨两点起来挑选衣服的,同宿舍的另一个男生恨不得直接拿皮带把他勒死!到底还要不要睡觉了啊?一件又一件地换,又不是女生!随便套一件不就行了?

最可恨的是朔连城从昨天晚上就开始没完没了地折腾,一会儿碎碎念,一会儿自言自语,一会儿发疯似的撞墙壁,一会儿猛往肚子里灌水,就像疯了一样。如果不是因为这里是学校宿舍,他早就把朔连城送去精神科了!

朔连城最后还是选了一套比较正式的西服,一方面看上去会有一种成熟的、绅士的感觉,另一方面也表明了他对这次约会的重视程度。

只是苏央然看他的表情,好像有些奇怪。难道他穿得不够好吗?难道是他衣服挑选错了吗?啊,这条领带好像有点儿问题,颜色和衣服不匹配?不对不对,这件衬衣也有点儿奇怪,昨晚没有送去干洗店熨平,被她看出来了吗?

"穿校服就可以了,干吗还换这样的衣服?我们又不去参加宴会。"苏央然的话直接对朔连城造成了一万点伤害,他悲伤地转过身蹲到地上开始画圈圈。苏央然伸手拍了一下他的背:"走吧,你不是说请我看电影吗?"

朔连城一下子从地面弹了起来:"啊,呃……这个电影,我忽然想到这几天其实没有什么好的电影上映,我们不如不看电影了。"

苏央然挠挠后脑勺:"没有好电影吗?我记得好像有一部那个……"

"我们去吃烧烤吧!"朔连城立刻打断她的话。他再三考虑,觉得电影院的确不是约会的好去处,好不容易才得到和苏央然约会的机会,竟然要浪费在电影院,还不如带她去吃东西,这样还能多看苏央然两眼,多和她聊聊天。

苏央然有点儿郁闷:"烧烤?我们学校有烧烤店吗?"

"学校里有一家料理店,他们有烤肉的铁板,我们可以买一些菜自己烤。"朔连城立刻接了一句。

苏央然觉得莫名其妙:"料理店,他们会同意让我们烧烤吗?"

"会的会的!"

第四章
校庆和约会

的确会，因为朔连城提前把那家料理店包下来了，整个店里只有他们两个顾客，五个服务员站在旁边服侍他们，苏央然感觉特别别扭。大厨亲自为他们烤肉、烤青菜。苏央然听着肉被烤得发出"吱吱""吱吱"的声音，目光呆滞地看着铁板上的肉。朔连城想要找一些话题，但是他很紧张，双手紧紧地抓着衣角。

"其……其实……"他还没有其实出个所以然，大厨已经烤好了几片肉，放到了托盘上。苏央然没有管支支吾吾的朔连城，拿起筷子夹了一片塞进嘴："嗯，味道还是不错的，就是感觉少了点东西，这里有酱吗？"

服务生连忙为她端来酱。朔连城第一次鼓起勇气跟她说话，就这么被打断了。

气氛再次陷入尴尬，店里只有烤肉、烤青菜的声音。苏央然吃得欢快，朔连城小心翼翼地问出一句："好吃吗？"

"嗯，味道很好啊。"苏央然抬起头，"你怎么不吃？"

他立刻拿起筷子夹了一片肉塞进嘴里，结果差点儿烫到了舌头，连忙拿起旁边的一碗汤喝了一口，差一点儿又把汤喷了出来……啊！是大酱汤，比烤肉还要烫啊！

苏央然连忙把旁边的一杯冰水递给他："你怎么这么不小心？"

朔连城只觉得这辈子都没有这么丢脸过，整张脸羞得通红，恨不得立刻找个地洞钻下去。苏央然舀了一勺大酱汤，吹了吹："这个汤其实热着喝比较好，不过你这么马虎，我帮你吹凉一些吧。"

他们俩在料理店吃饭，路过的学生看到整个店被包下来了，顿时气愤不已，想要进来问问是哪个小崽子包的，结果看到他们的学生会会长竟然和一个少年在吃饭！

这是约会？这是约会？这是约会！

"学生会会长约会啦！""学生会会长在谈恋爱！""学生会会长跟一个男生在料理店吃饭，还卿卿我我的！""学生会会长在料理店吃饭，跟一个男生卿卿我我、搂搂抱抱！"越传越离谱了……

他们还在淡定地吃饭，料理店门口不知道什么时候围了一群人，有人甚至拿出了相机对着他们拍照，还有一些人吹了吹口哨，喊："亲一个，亲一个。"

苏央然手里的不锈钢筷子差点儿就被她握断了："你们这群家伙，在这里干什么？如果吃饱了撑的没事干的话，就好好把自己的宿舍打扫干净吧！如果查出问题，我就让你们打扫厕所去！"

男孩们可没那么容易打发，依旧兴致勃勃地站在那里看。

第四节

苏央然无奈地拉着朔连城从后门逃走,挤在料理店门口的男孩们一见他们溜了,立刻追赶上去:"快,别让他们跑了!""咱们的学生会会长谈恋爱了,这可是大新闻啊!"

一群人呼啦啦地往后门追,苏央然拖着朔连城逃离了商业街。她身体刚好,多跑一会儿就气喘吁吁的。身后的一群男孩追得紧,苏央然觉得快要喘不过气来,就在这个时候朔连城忽然一把将她从地上抱了起来,他脚步飞快地跑入旁边的树林里,将一众男孩甩在身后。

男孩们追得气喘吁吁,却没有办法追上朔连城,气得破口大骂:"搞什么,跑那么快,又不是豹子。""他是害羞了,不过那小子有一手啊,连我们学生会会长都可以追到。""呜呜呜,其实我也喜欢会长,却被那个小子追去了。""我也挺喜欢她的,只要她不那么凶,我愿意立刻娶她回家。"

一群人终于放弃,渐渐离开了,躲在树丛里的苏央然这才舒了一口气:"真不知道这群笨蛋想要干什么。"

她回过头,朔连城就蹲在她的后面,两个人靠得很近,气息都缠绕在一起。

苏央然身体一僵,她怔怔地看着他,朔连城紧张得心脏都快要跳出来了。他的呼吸越来越急促,暖暖的气息吹到苏央然的脸上,将她垂落的头发吹得颤动起来。

"他们走了,"苏央然忽然开口,"我们接下来干什么?"

"接……接下来……"朔连城没有料到苏央然会忽然开口说话,吓了一跳。他呆呆地蹲在那里,苏央然等了好一会儿他都没有回答,有些不耐烦了:"去海边吧,海边的风景也挺漂亮的。而且那里都是礁石,他们找不到我们。"

的确,洛兰科斯皮特学院的海很漂亮,只是这座岛屿没有沙滩,洛兰科斯皮特学院也不像沧之星那样奢侈,人工铺上沙子。

洛兰科斯皮特学院的海岸布满黑色的礁石,下面都是碎石块,偶尔翻一翻还可以看到许多螃蟹。苏央然站到一块礁石上,看着远处的地平线:"太阳落山的时候,海面一定很漂亮。"

那个时候,太阳把所有的光芒都锁进了海水里,海水容纳了无数的璀璨与夺目的光彩。

"我希望有一天,我可以成为一名海盗,驾着船驶进这片美丽的海域,无论刮风下雨,都可以与海浪拼搏;我希望有一天,我可以拿着藏宝图四处寻找宝藏,无论前方多

么险恶,我都无所畏惧;我希望有一天,我可以乘风破浪,没有任何束缚,比那水里的鱼儿还自由,比那天空的鸟儿还幸福。大海真的给人很多憧憬,或许对它许愿,我们的愿望也可以实现。"苏央然从石缝里捡起了一个乳白色的贝壳,好像当初她送给苏彦的那个贝壳一样,"知道这样的一个传说吗?"

她转过头看着身边的朔连城:"在很久很久以前,有一个英俊的王子,他为了找寻心中完美无缺的爱情,和巫婆订了契约。契约订下之后,巫婆就交给他一只紫色的贝壳,并且告诉他,另外一个紫色贝壳的拥有者就是他的完美爱人。于是,王子就带上紫色贝壳,踏上寻找爱人的旅程。"

朔连城一愣,他没有想到苏央然会忽然同他讲这个故事:"紫色的贝壳,好像很少有吧。他……找到真正喜欢的人了吗?"

苏央然将手里的贝壳举了起来,对着太阳。阳光给贝壳的边缘镶上金边,泛起一圈柔和的光芒:"一路上,有很多贪图富贵的女子拿着假的紫贝壳来找王子,但是都被王子看穿了。因为巫婆告诉他,两只真正的紫色贝壳一旦被拥有者拼接起来,就会变成一个漂亮的爱心形状。他寻找了很久很久,但是命中注定的爱人一直没出现。直到有一天,一个穿着脏兮兮裙子的女乞丐敲开了王子的房门,信誓旦旦地对王子说她就是他命中注定的爱人!王子疑惑地接过女乞丐手中的紫色贝壳,仔细地把它们拼接起来,结果竟然成功了!两只紫色贝壳变成了一颗爱心!紫色贝壳里发出了璀璨夺目的光芒,将女乞丐身上的污秽一一去掉,她变成了漂亮的公主。后来他们就幸福地生活在一起,永远都不分开。"

"我相信,我的手里也一定有一枚紫色贝壳,等到有一天,另一个人握着他的紫色贝壳来到我面前的时候,我或许就能知道,什么才是爱情。"苏央然淡淡地道出一句,她其实有些悲伤,一见钟情的爱情真的很少,那么她的爱情,又是怎样的呢?

天黑了,朔连城送苏央然回到了月心苑,她的心情还是不错的,伸手拍了拍朔连城的肩膀:"今天你很绅士啊,和以前大不相同呢。"

朔连城有些脸红,不过幸亏天色很暗,苏央然看不到,他急忙说:"我回去了。"

"下周就是校庆了,你也要努力啊。"在他离开之前,苏央然说了这样一句话。朔连城抿抿嘴,他想要说些什么,但是又忍住了,正要走,苏央然一把拉住了他:"等等,我送你一样东西。"

她急急忙忙地回了月心苑,拿了一个东西就跑出来塞到他的手里:"是饭团,早上发现有多余的饭,就做了饭团,本来想着带给你的,后来忘记了。"

★ 第五节 ★

饭团？为什么要突然送他饭团……还是早上的饭有剩余了才做了这个饭团，该不会馊了吧？朔连城握着饭团研究了很久，他甚至想凑到鼻下闻一闻，看看到底有没有酸味。

苏央然猛地对着他的后背拍了一掌："放心，我给你吃的东西怎么可能会馊？是干干净净的，一点儿味道都没有。对了，我在饭团里面塞了东西。"

塞……塞了东西！什么东西？蜈蚣？蚂蟥？他的牙齿有些打战，抬起头来却发现苏央然早就回了月心苑。他只能无奈地握着这个饭团离开……

朔连城在回去的路上，就一直观察着这个饭团，他终于还是忍不住剥开保鲜膜咬了一口。第一口只吃到白饭，他吞了下去又咬了一口："咦？"

竟然……

他将饭团掰了开来，里面藏着一团红糖，红糖里裹着的是一个玫瑰花球。玫瑰的汁液统统流进了红糖里，散出一阵浓郁的芳香。刚才咬第一口白饭的时候他就觉得有些奇怪，似乎闻到了很香的味道。他忍不住又尝了一口，在这一瞬间，他仿佛回到了过去，回到了洛兰科斯男子高中，他还佩戴着那枚白色徽章，周围都是玫瑰的香味。

"呵呵……哈哈……"朔连城忽然像傻了一样笑了起来，三两口就将饭团吃完。

苏央然还是苏央然，她一点儿都没有变。而他，也一定会是原来的他，什么都不变。他还是那个喜欢着她，会在大庭广众之下跟她表白的朔连城；他还是那个无论她走到什么地方，都会跟随她的朔连城；他还是那个会拉着她的手大声说"喜欢你是我的事，你也不必感到困扰"的朔连城；他还是那个信誓旦旦地说永远都不会做伤害她的事情，更不会让任何人伤害她，一定竭尽全力保护她，支持她的朔连城！

于是第二天，学生会办公室里，所有人都看着原本应该在楼下工作的朔连城每隔三分钟就跑上来对他们的学生会会长表白。

通常对话是这样的。

朔连城："我喜欢你！"

苏央然："嗯。"

朔连城："无论你对我是什么态度，我都不会改变我的想法，我会陪伴在你身边，保护你，守护你，一步都不离开。"

苏央然："是是是。"

朔连城："哪怕你厌恶我，我也不会离开的。我不会做任何伤害你的事情，更不会

让任何人伤害你！我会保护你，支持你！"

苏央然："对对对。"

周围的人："……"

苏央然忽然抬起头："校庆活动的预算表在哪里？"

周围的人忍不住担心："她有在听吗？"

校庆即将来临，学校也被装点一新。从正门一直到教学楼，沿路都陈列着洛兰科斯皮特学院创立至今的所有成果。它培育出了无数优秀的人才，有独自建立了一家软件公司，并且在几年里就爬到了世界前列的电脑软件天才；有继承了家业并且经过几年时间将家族企业发展壮大的少爷小姐；有成为世界顶级赛车手的富二代。他们从学校毕业之后一步一步走向辉煌，虽然偶尔有挫折，但是没有一个人停下脚步。

因为他们知道，一旦停下就是对未来的放弃。而他们拥有未来，拥抱未来，亲吻未来！他们绝对不会因为跌倒而放弃前进。

许多学生了解洛兰科斯皮特学院的历史，却不知道它到底培养出了多少人才。苏央然将这些信息陈列出来，让每一个洛兰科斯皮特学院的学生都能更进一步地了解学校，了解这些优秀的学长学姐。或许有一天他们也会像这些成功的学长学姐一样，绽放自己的光芒。

"我想我需要的不是这样的乐队……我的意思是，我用不着什么主唱、架子鼓手。我要的只是会吹萨克斯会弹吉他的普通乐队。他们不用那么狂野，也不用穿得那么闪！"正在准备下午校庆演出的苏央然，看到前红王华尚带进来的乐队，她气得差点儿将手里的笔捏断，"我要的乐队是在后面配个伴奏那种！你找这些人来干什么？"

"我以为央然想要活跃气氛嘛。他们可是我所能找到的最红的一支乐队了。你知道主唱是谁吗？就是演过《普夏》的那个男主角，那里面的主题曲也是他唱的，他有多红你知道吗？他们一出场，我保证校庆热闹起来。"华尚立刻解释，生怕苏央然会责骂他。

苏央然抬起头无奈地看了一眼那几个男孩，男孩们似乎也一头雾水，其中担任主唱的那个男孩还很有礼貌地说了一句："夏会长所说的伴奏和配乐，我们都可以做。"

"你们是明星，让你们做伴奏，岂不是太委屈你们了？"苏央然可不信任这几个年轻又看上去不可靠的男孩。

谁知那男孩竟然咧嘴一笑："我们只做自己喜欢做的事，唱歌演奏乐器就是我们喜欢的，没有任何委屈。"

第六节

我们只做自己喜欢做的事……没有任何委屈。

苏央然忽然怔了一下,似乎自己也说过这样的话。只做自己喜欢做的事,任何人都无法左右她。纵然她现在也很快乐,但是过去她说的话,似乎已经被遗忘在脑后。在这个世界上,人们要生存,人们要让周围的人都认同自己,根本没有办法做到只做自己喜欢做的事。

你可以,还是他可以?

只做自己喜欢做的事情,其实也不难,但是有多少人是真的允许自己如此活在这个世界上?我们会在意周围人的看法,我们会紧紧跟随潮流,我们害怕忽然有一天醒过来,周围的一切都与我们格格不入了。

在下午的校庆表演上,那五个男孩好像摆脱了身上的束缚,张开翅膀,在舞台上绽放光芒!

"我只想高声歌唱,给我一双翅膀,我愿飞过海洋!"吉他声、架子鼓声、电子琴声,那五个男孩疯狂地在圆形舞台上唱着,呐喊着,台下的学生们被这种热情感染,尖叫欢呼不断。

"我们又来到这里,脚下是浑浊的泥沙,我不愿再停留,加快步伐。远处是高山,两边是悬崖,还有瀑布,从上坠落,砸入我的心脏。给我一双翅膀,让我拥有风的力量!哦,不要停歇,哦,不要害怕……那是属于我们的力量,我愿飞过海洋!飞过天边灼灼燃烧的太阳!"

歌声响彻整个草坪,连树上筑巢的鸟儿都被惊吓到了,纷纷飞向天空。

"无论狂风多可怕,无论海浪多大,我愿飞过整个海洋!"

台上的男孩们疯狂地歌唱,下面的学生们也疯狂地尖叫着。苏央然站在舞台下面,明明四周那么吵,她却可以清晰地听见他们唱的东西。他们渴望自由,渴望飞翔,渴望无拘无束。

老人常说青春不可挥霍,因为每个人的青春仅此一次。但我们仍然希望,能够给予我们自由,让我们放纵一回,让我们在老了的时候可以拥有值得回忆的过去,在那个过去里,我们是多么自由奔放。

校庆表演一直很热闹,除了学生会准备的乐队表演、小品,每个班级都准备了节目,有合唱的,也有表演武术的,还有表演搞怪街舞的,每一个人都很高兴,至少在这一刻,他们放纵了一次。

第四章
校庆和约会

第七节

洛兰科斯皮特学院有一个规矩,每一年都会选出一名学生担任洛兰科斯皮特学院的形象代表,称为洛王。洛王的工作是代表学校与外界进行社交活动,一旦成为洛王会变得非常忙碌,甚至没有时间回学校。身为洛王,要代表学校与各个行业的人打交道,能为自己积累人脉,给自己的未来奠定基础,所以很多男生都想当上洛王,但洛王也不是那么好当的,上一届的洛王就因为社交能力不够被许多人耻笑了。

洛王的选拔很严苛,首先候选者要抱着沙袋跑三千米,取前五十名录取为候选洛王。然后再进行各种考核,包括是否够绅士,穿着打扮是否得体,通几国语言,家庭能否负担得起社交费用。

苏央然作为评委之一,看着男生们为了洛王的位置争个没完,忽然"扑哧"一声笑了:"他们一旦喜欢上什么,就想牢牢抓在手里。"

"但不是所有东西,牢牢抓住就可以属于你。"身后的华尚忽然回了一句,他绽开笑颜,"就像紧握在手里的沙子,它们统统会从指缝里流走。就像飘在空中的蒲公英,你越去抓,它就飘得越远。"

"你错了,"苏央然忽然站了起来,"沙子会流失,是因为你手指并得不够紧,如果你紧紧聚拢手指,沙子是没有办法从指缝里流失的。而蒲公英,你可以在它刚飘向空中时,把整朵都握在手里。只是一旦抓紧了,手里的东西会被蹂躏得不像样子,所以我们只能看着它们离我们越来越远,直至无法看见。"

华尚有些无奈,苏央然就是伶牙俐齿,没有道理的事情到她的嘴里就变得有理:"你怎么不去竞选洛王,以你的能力成为洛王的可能性很大吧?在第一关你就可以脱颖而出。"

"我可不喜欢做那种事情,社交什么的还是让他们去做吧。更何况,我还要照顾一个学生会,哪有那么多时间?"苏央然耸耸肩。

华尚不再说话了。

其实谁都知道,苏央然并不是讨厌社交。她只是更加喜欢学生会,更加喜欢守护着这个学院。

几次筛选下来,洛王候选人已经被刷掉大半了。苏央然坐在评委席上喝着茶,几个留下来的少年都是很出色的,无论是家世、穿着打扮,还是文化程度。他们能够流利使用八国语言,各自有一两项特长,高尔夫球、桌球、国际象棋、围棋……虽然没能玩到顶尖,但也算是精通了。无论遇到哪一种类型的人,他们都可以轻松应对。

最后一题是由洛兰科斯皮特学院的校长出的。他问道:"如果以后你们有了自己喜欢的人,而她不希望你们做这样的事情,不希望你们总是参加宴会,不希望你们陪伴在别人身边,你们会愿意脱下洛王的这件衣裳,做回你们自己吗?"

当时所有人都愣住了。

如果自己喜欢的人不希望他们这么做,那么……有几个人微微犹豫了一下,还是很肯定地回答要继续做洛王。有几个人挣扎了很久,最后说出一句:"女人不算什么,男人有男人的事业,女人在背后支持就可以了。"

只有两个少年给出了与他们不同的答案。他们觉得,既然是自己喜欢的人不希望自己做这些,那么他们一定会尊重他们喜欢的人的意见。因为到那个时候,那个他们所喜欢的人,就是他们的天空,他们怎么会让喜欢的人悲伤难过?如果天空下雨了,他们就无法看到晴天了。

于是,洛王就此诞生。校长宣布,这一届的洛王有两个。他们将代表洛兰科斯皮特学院,在外面与各个行业的人交流来往。直到他们遇到自己喜欢的人,放弃这个工作为止。

校庆是在很快乐的气氛中落下帷幕的,洛王也选出来了,苏央然松了一口气。接下来的几天,她应该可以稍微空闲一些了。不过,她今天才知道,学校里的男孩还是很有趣的,竟然会为了争抢一个洛王的位置那么拼命。记得当时他们跑三千米的时候,有些男孩早就累得不行了,但就算是像毛毛虫似的爬过去,他们也要坚持爬到终点,实在是太可爱了。

苏央然笑着回了月心苑,在那片平静的湖面上,还映着天空的圆月。中秋节已经过去一个多月了,月亮不似中秋时圆。

时间过得飞快,没有人摸得到时间的衣角,但时间会将无数美好的东西留在人们心里。回想起几年前,她刚上洛兰科斯男子高中,与一群男生争夺生存地盘,她有了许多朋友,她可以和他们一起打闹,可以毫无理由地信任他们,几年的时光眨眼就过去了,那些快乐她会一直留在心里。

其实仔细想想,她在洛兰科斯男子高中的那些朋友从来没有对她说:"我们做朋友吧。"他们都是从相遇,到纠缠,再到陪伴,不经意间发现,原来他们已经成为朋友了。

终有一天,大家都会离开这个地方,过各自的生活,各自老去,到那个时候,她又会怎么样呢?他们,又会怎么样呢?

第五章
学院危机

第一节

"你说什么？洛兰科斯皮特学院要被关停？"苏央然今天原本还在淡定地批文件，以为这又是平常的一天，沧弛染寒忽然进来跟她汇报了这样一件事，她差点儿从椅子上跳起来，"这是从哪里得来的消息？这所学校至少也有百年历史了，怎么可能说关停就关停？"

沧弛染寒将手里的一份文件递到苏央然面前："这是当初皮特先生创建洛兰科斯皮特学院的时候写下的契约，洛兰科斯皮特学院可以独立运营一百年，一百年之后，这所大学的运营权就要交到神宫家族手里。当初皮特先生受到神宫家族的帮助，才有了自己的集团，他建立洛兰科斯皮特学院也是为了感谢神宫家族。"

苏央然一页一页翻着手里的那份契约复印件，脸色越来越难看。的确，上面写着百年之后这所大学就会转手他人。皮特先生很明确地指出，他建立洛兰科斯皮特学院有很大一部分原因是想要给神宫家族的继承人一所学习环境好、水平高的大学。可是没有料到神宫家族早就为自己的继承人建立了大学，于是皮特先生立下了这个契约，百年后，将这所大学转手给神宫家族。

可神宫家族已经有一所大学了，他们并不需要再运营一所洛兰科斯皮特学院，所以最大的可能性是，洛兰科斯皮特学院会被关闭，或者与沧之星合并。

苏央然的手越握越紧，要是学校和沧之星合并，那岂不是也要像他们那样接受那种奇怪制度？她忽然一把将这契约复印件拍在桌上："既然要关停，为什么还让我们来这所学校念书？如果早知道未来的洛兰科斯皮特学院会变成别的学校，甚至要被关停，我打死也不会到洛兰科斯皮特学院来！我喜欢的只有洛兰科斯皮特学院，没有其他学校！"

沧弛染寒僵在那里，他忽然弯起嘴角："你不是被人修改了志愿，不得已才来这所学校的吗？"

"填志愿的时候我也犹豫过，虽然青云的确很好，但是我也为要不要来洛兰科斯皮特学院犹豫了很久！因为我知道，一旦我进入这所大学，就会拥有另一种人生，这是其他学校无法给我的。"苏央然抬起头，她紧紧盯住沧弛染寒的眼睛，"而现在，这所学校想要抛弃我们，但既然我来了，我就不会让它那么容易倒下！无论付出多大的代价，我也要它好好的，屹立在这个海面上！"

她说做就做，立刻将洛兰科斯皮特学院面临的困境告知全校师生。那些希望保住这所学校的老师和学生立刻联名写了请求书，她要把这份请求书送到神宫家族的掌权人手里，让他看到他们的决心！让他不要毁掉他们的学校。

第五章 学院危机

那些学生也纷纷回家告知父母，希望父母能够利用各自的关系保住洛兰科斯皮特学院。

沧之星的学生会办公室里，神宫岚饶有兴趣地看着桌上的那份契约书。这份契约书之前一直被保存在国际银行里，外面还被塑封了两次。这份是真正的契约书，还有一份复印件在洛兰科斯皮特学院。他的父亲将这份契约书交给他，意思就是说今后洛兰科斯皮特学院的命运，就掌握在他的手里了。

呵呵，现在她应该看到这份契约书了吧？此刻她会是什么表情呢？一定很急躁吧？哈哈，毕竟那是她喜欢的学校呢。

想当初，她当着那么多人的面教训他，还常常自创一些歪理……

——刚才身边那么多人，你只把我推开，这些人要是受伤怎么办？会长大人，你是沧之星的会长，你不仅要守护这个学校，也要守护这些学生。不能因为救我这个外人，而忽略了他们。

——我觉得，那些经过各种调和的咖啡，也有属于自己的意义。就好像刚出生的婴儿，他要成长，必定要经受很多磨难，在不同的地方，不同的环境，不同的社会条件下，学会各种技能，最后拥有属于自己的性格和专长。就像卡布奇诺有卡布奇诺的味道，拿铁有拿铁的味道，它们经过了无数次的调和和搭配，最终拥有了自己独特的味道，这也是咖啡的意义。

他会好好睁大眼睛，看着她到底是如何守护她的学校，如何守护那些学生。她当初不是信誓旦旦地说了吗？既然是一会之长，就要守护好这所学校。

苏央然做的一切还是得到了回应的，神宫家族果然给出了正面回答，只是回答让她很无语。原来神宫家族早就把契约转交给了他们未来的继承人神宫岚，所以说这件事情如果要求人，就得求神宫岚！一想到那个浑蛋差一点儿把她打得吐血，她就一肚子气。洛兰科斯皮特学院的其他学生也记得苏央然去了一趟沧之星就浑身是伤地回来，自然不希望她再去。

他们本来就讨厌沧之星，那里可不是什么好地方。

但是苏央然已经下定决心要保护洛兰科斯皮特学院了，她不希望这所学校就这么被毁了，更不希望沧之星那样的学校把洛兰科斯皮特学院给吞并了。

她咬了咬牙，哪怕再去一趟沧之星，哪怕竭尽所能地求神宫岚，也不会让神宫岚碰他们学校一根汗毛！

哎，等等！上次沧之星发了邀请函让她过去，这一次她干脆礼尚往来，把神宫岚骗过来，无论用什么方法，也要他答应不动洛兰科斯皮特学院。

第二节

神宫岚收到苏央然寄来的邀请函时嘴角不自觉地上扬,她果然害怕来沧之星。也是,那一次她来了之后,的确受了很重的伤。其实他很少对女孩子下重手,但是苏央然的气场真的很强大,让他有些失控,不过他也很惊讶,在那样的情况下,她竟然还能起身。如若是别的女孩,都会选择妥协,哭哭啼啼起来,根本不会反抗。

唯有她,会反抗他,敢反抗他,而且用尽全力反抗他!

这一回她既然邀请他,他自然会前往,更何况她想要保住学校,必定会求他。如果让他觉得有一丝不悦,那么洛兰科斯皮特学院,就会像这张契约一样……他用力一拧,竟然将那契约连带塑封拧成了一团。

神宫岚竟然接受了她的邀请,并且在本月的月中就来洛兰科斯皮特学院做客。他答应得那么爽快,倒是苏央然始料未及的,她本来以为他还会摆架子拖一段时间。

不过既然他答应来了,苏央然便要思考如何让他答应不关停学校的事了,毕竟不能威胁他,更何况就算真的威胁他了,神宫岚也不会怕的,而且他们不能扣留他,全世界都知道神宫岚去了洛兰科斯皮特学院。

神宫岚来的那一天,苏央然亲自到码头接他。只是原本约定的时间是下午两点,苏央然一直等到晚上六点都没有看见船的影子。这几天都很冷,她冻得差点儿感冒。

到了晚上七点的时候,神宫岚忽然来了电话:"咦,夏会长还在等吗?今天海面起大风,所以已经改成明天才来呢。哎呀呀,我的下属忘记通知您了,真是很抱歉呢。您不会在外面等了一下午吧?那多冷呢。"

神……神宫岚!你这个浑蛋!

"哈哈哈哈……"挂了电话之后,只穿着一件衬衣,连纽扣都没有扣的神宫岚大笑着把手机放回了桌面。他从来都没有觉得这么舒心过,能够想象,她现在必定气得咬牙切齿,估计想要杀了他的心都有了。

"会长似乎很在意那个女孩。"神宫岚身边的一个金半星少年端来一杯黑咖啡,轻轻放在他的面前。

神宫岚忽然抬起头:"我很在意她?"

少年吓得一僵:"因……因为……因为会长以前从来不会将注意力放在女孩子身上,而且已经……那么多天了。"

微微用指尖蹭了蹭咖啡杯,他扬起嘴角:"听你这么一说,似乎真是这样呢。"

话音刚落,他手中的咖啡杯忽然被猛地一甩,直接砸了出去,杯子砸在墙壁上,碎

第五章 学院危机

了一地。咖啡色的液体顺着墙壁流下来，沾湿了墙上历届学生会的奖状："我只是想撕裂她而已。"

他要撕碎她的决心，毁掉她为朋友、破坏她为学校而拼命的力量，他要她跌入谷底！

终于在等了三天之后，苏央然等到了神宫岚。

苏央然见到他的时候虽然脸上挂着笑，但是谁都看得出来她十分不爽。整整三天，拜他所赐，她在码头吹了三天冷风。

神宫岚还温和地询问着："夏会长看上去脸色好像不佳呢，是不是身体不好？"

苏央然真想破口大骂，她在码头吹了三天冷风，她能不感冒已经很好了！脸色当然好看不到哪里去！

但是她忍了，还面带微笑地回答："可能是前几天天气突然变冷，所以身体有些不适吧。谢谢神宫岚会长的关心呢。"

看到她想要发怒却不敢发怒的样子，神宫岚就想笑，实在是太有趣了，他收敛笑意："这一次收到洛兰科斯皮特学院的邀请，我真的很荣幸呢。只是我们沧之星的宿舍条件向来是酒店五星级标准的，我不知道你们洛兰科斯皮特学院……"

"我会将我的月心苑空出来让您休息，月心苑虽然未必能达到酒店五星级的水准，但在我们洛兰科斯皮特学院已经算是最好的宿舍了。神宫岚会长向来是一个吃苦耐劳的人，在我们学校住的这几日，就勉强在月心苑休息，可以吗？"苏央然咬着牙道。

神宫岚挑了挑眉毛："这怎么好意思？那可是会长您住的地方呢。"

"没关系，我这几日也有很多事情要处理，睡在学生会办公大楼就好。只是洗漱可能还要去月心苑，到时候可能会给神宫岚会长带来麻烦，您可千万不要介意。"

苏央然努力地在心里对自己说：不生气不生气，淡定淡定，我们现在要供着他。

可是说不生气是假的！但是她必须得忍着，至少要忍到这个家伙答应不会毁了洛兰科斯皮特学院，她才可以放下心来。

接下来苏央然带着神宫岚参观洛兰科斯皮特学院，她尽量带神宫岚看美丽的景色、古老的建筑："那边的湖是岛屿上第一大天然湖，景色很美。我所住的月心苑也是建在湖上，只是那个湖是人工湖，不及这个天然湖那么美。"

"嗯，是挺漂亮的。如果以后洛兰科斯皮特学院可以变为沧之星的一部分，在这里建造宿舍，风景应该很不错。"神宫岚微微一笑。

苏央然一怔，她转过头一本正经地看着他："神宫岚会长，皮特先生的契约在您手里吧？您真的要将洛兰科斯皮特学院与沧之星合并吗？洛兰科斯皮特学院是我们所有人的回忆，它是无法代替的，我们全校师生都不愿看到这所学校就此在这个世界消失。"

第三节

苏央然还是开了口，她原本想忍到晚饭时，挑一个神宫岚心情好的时间跟他谈，但是她实在是忍不住了。神宫岚嘴角一扬："哎呀呀，夏会长不提，我还把这事儿给忘了。的确，皮特先生与我们神宫家族的契约在我的手里。父亲说，当初皮特先生专门为了神宫家族的继承人而建造的洛兰科斯皮特学院，所以契约自然应该交由我保管。"

"所以……拜托了，这所学校对我们而言有很重要的意义！"苏央然有些急躁，她忽然靠近他一步，两个人之间的距离变得相当近。

"只要你放过洛兰科斯皮特学院，所有条件都好商量！如果你要钱的话……"苏央然的话还没有说完，神宫岚脸色一冷："你觉得我会缺钱吗？"

他说这句话的时候如同之前在沧之星斥责那些手下一样，声音一下子冷厉了几分。苏央然也不甘示弱，她抬着头，眼神冷厉地看着他："那你说出你的条件！洛兰科斯皮特学院最初的确是为了你们神宫家族的继承人而建造的，但是已经过去一百年了，如今的洛兰科斯皮特学院不会认同你们的，纵然法律上它是属于你们的，但是它真正愿意接纳的学子，只有我们！只有守护洛兰科斯皮特学院的我们！"

"好啊，"神宫岚慢慢伸出手，抓住苏央然，"你来我们沧之星，成为我们沧之星的人，我就放过洛兰科斯皮特学院。"

苏央然一怔，随即有些恼火："你能不能不开玩笑？我在认真跟你说话。"

"我也在认真回答。"神宫岚慢条斯理地应道。

"不，你不是认真的。"苏央然盯着他的眼睛，斩钉截铁地道，"你只是想戏弄我，你的话根本不可信。"

"你这样说让我很伤心呢。"神宫岚的表情明显变化了，虽然还带着笑容。苏央然并没有猜错，他已经决定关停洛兰科斯皮特学院，无论苏央然做什么都不会改变。所以他说的确实是玩笑，确实不可信，但这个世界上又有多少能信任的人呢？

就像他一样，他也曾言而有信，但最终他的信任被人恶狠狠地丢在地上践踏。

神宫岚在很小的时候口吃，为此，他的父母不允许他在外界和宴会上开口说话。哪怕万不得已要开口，也只能说一个字。如果不想喝饮料，就说："不。"如果觉得烦躁就说："烦。"如果感到满意就说："好。"如果感到讨厌就说："滚。"如此一来，他不但没有被人嘲笑，甚至被人夸奖，称他会是最有前途的孩子。因为他又安静，又听话，从来不惹是生非。可是天知道，他多想有一个伙伴，可以跟他多说说话，掏心掏肺地将自己的一切都告诉他。

后来，真的有一个小男孩接近了他。他们虽然交流不多，但因为两家关系密切，小男孩常常来他们的别墅玩，久而久之，他渐渐将小男孩当作朋友，想要对他多说一些话。

有一天，他鼓起勇气，拉住他的手跑到了院子里，很认真地一个字一个字地跟他说："我……我……我想要……和……和……和你……做朋……朋友。"

小男孩以为他是紧张，立刻安慰地拍了拍他的肩膀："我们本来就是朋友嘛，这个还要一本正经地说吗？真是的。"

神宫岚摇了摇头，他紧紧拉住小男孩的衣摆："我……我……我告诉你，一件……一件事。你……你不要……要……说……说出去。"

第二次说话也是如此结结巴巴的，那个小男孩开始感到有些意外了："什么事？你放心吧，我们是朋友，我一定会为你保守秘密的。"

"好。"神宫岚扬起一个笑脸，"其……其实……实……我……我有……有……有口……口吃。"

一瞬间，周围的空气好像被冻住了一样，小男孩呆呆地看了他几分钟，忽然爆笑起来："哈哈哈哈，原来你有口吃。难怪每次只说一个字！哈哈哈哈，实在是太搞笑了，我还真的以为你很酷，没想到竟然有口吃！"

神宫岚没有料到他竟然会笑得那么大声，顿时整个人僵在原地。他不安地拧着衣角："你……你……你会……会保守……秘……秘密……吗？"

"哈哈哈哈，实在是太搞笑了，居然有口吃。放心吧放心吧，我们是朋友嘛，我不会说出去的。"小男孩还在笑，一边笑一边给神宫岚保证。神宫岚宽了心，他用力点了点头："嗯。"

神宫岚是那么信任他，将他当作真正的朋友，他相信小男孩不会将他的事情说出去。

可是没有想到，第二天，神宫岚口吃的事情一下子传了开来。每一个人都在嘲笑他，有人甚至给他父母推荐医生："原来你们家的少爷有口吃啊？不用担心，我认识一个治口吃的专家，也许可以医好他的病。"

听着好像是在关心他，其实话里都是嘲讽的意味。神宫岚的父亲冷漠地回道："我的孩子没有病。"

回到家里，他重重地给了神宫岚一巴掌："我对你说过多少遍，你有口吃的事情不要告诉任何人！如今所有人都知道我们神宫家未来的继承人有口吃！真希望我没生过你这个儿子！"

屈辱、背叛、绝望、痛苦……心中的难受像是溢了出来蔓延到他喉咙里，酸涩得让他感觉好像吃了一个柠檬！

他从来没有想过那个小男孩会把他口吃的事情说出去，他明明答应过的，明明答应会替他保守秘密的！可是他错了，什么朋友？根本就不是朋友！他还不是把口吃的事情给说出去了？让他被羞辱，让他遭到父亲狠狠的掌掴。

拳头一下子握紧，他不会让他们再嘲笑他，他不会让那个"叛徒朋友"得逞！他要练习，他要把口吃改掉！

他开始含着石子练习讲话，一遍一遍练习着，舌头磨出了血泡，鲜血从嘴角溢出来，他还是继续练习着！他不会屈服，他也不要屈服！

一个星期过去了，尽管他的口吃并不能完全改掉，但是至少他已经可以毫不停顿地流畅地读完他这几天一直在练习的那篇演讲稿。而且一些简短的句子，他都可以说得很好。

正好神宫家新的公司上市，神宫岚的父亲安排由他来对公司的经营理念和未来前景进行演讲。

所有人都惊讶地听着他流畅的演讲，站在台上的他充满了魅力，仿佛全身散发着光芒一样，明明只是一个小孩子，却拥有十足的继承人的气场。他们怔住了，并且在演讲完之后鼓起了掌："什么口吃啊，不是说得很流畅嘛？""啧啧，原来是谣言啊。""哪家的孩子编出来的谣言？我就说嘛，那可是神宫家，未来继承人怎么可能有口吃呢？""听说是跟神宫家关系挺好的山崎家的小孩传的谣言。""啧啧，他们家的小孩竟然那么会骗人！长大了肯定不得了，以后少跟他们合作吧。"

第四节

台下，那个穿着英式小礼服，脸涨得通红的小男孩焦急地辩解起来："我……我没有撒谎！我没有撒谎！那天是他亲口告诉我的，他说话也结结巴巴的，他说他有口吃！他自己说他有口吃！还叫我保守秘密，我听得清清楚楚的！"

"如果神宫家的少爷要隐瞒口吃的毛病，为什么要告诉你？""就是，如果要隐瞒的话，肯定不会告诉任何人。""肯定是这个小孩撒谎。""现在的孩子，小小年纪嫉妒心就这么重。""或许是觉得神宫家的少爷威胁到自己了吧，才说了这样的谎。"周围的人议论纷纷，眼神里带着对小男孩的鄙视和讽刺。

小男孩通红的脸变得惨白："我……我……我才没有说谎，我才没有说谎！因为我是他的好朋友，他就把秘密告诉我了！我没有说谎！"

台上的神宫岚将视线移到他的身上，缓缓地从上面走了下来，一步一步来到小男孩面前，他平视着他："你说，我亲口告诉你我有口吃，是吗？"

小男孩恶狠狠地看着他："是啊，你亲口告诉我的！我可记得清清楚楚，我怎么可能会说谎！"

"你又说，我之所以告诉你我有口吃，是因为你是我的朋友，是吗？"神宫岚的脸上看不出任何表情，平静得如同一潭死水。

小男孩忽然有些害怕，他从来没有见过这样的神宫岚，和曾经与他玩耍的神宫岚完全不一样！那个时候的神宫岚是温柔的，虽然很少说话，却拥有美丽的微笑。神宫岚对他很好，只要有好的玩具，一定会第一时间给他玩，哪怕只有一个，也会先放到他的手里。可是现在的他，仿佛整个人蒙上了一层阴影，他根本看不清他眼睛里的东西："是，是啊……因为我是你的朋友，所以你告诉我你有口吃的，还让我保守秘密！"

"你答应了吗？"神宫岚忽然扬起嘴角。

小男孩一愣："什么？"

神宫岚盯住他的眼睛："我让你保守秘密，你答应了吗？"

"答……答应了啊。可是我……"小男孩想要辩解。神宫岚忽然大笑起来，他的声音响彻宴会厅，令人不寒而栗："你答应了，却又把别人的秘密说出去。无论我是否口吃，那也说明，你是一个不可信的人啊。不是朋友吗？如若真的是朋友的话，又怎么会把朋友的秘密说出去？我想，我是不会有你这样的朋友的。"

神宫岚的确有口吃，但是很意外地，他在说这段话的时候竟然连一次停顿都没有，更没有结巴。

或许这些话早就憋在了神宫岚的心里，他一遍又一遍地在心底说着，一遍又一遍地在心底问着，当神宫岚见到他的时候，一开口，这些话就像拦不住的流水，一下子从里面涌了出来。

神宫岚的一句话，令那个小男孩僵住了，他连一句话都说不出来，全身好像被冻结了一样，呆站在那里。周围的人还在窃窃私语着，对他的评价从一个"撒谎的小孩"升级到了"不适合做孩子朋友的小孩"，他恨不得立刻钻到地底下，再也不要出来。

小男孩的父母脸色也很不好，起身说身体不适要回去了，小男孩被硬拽着拖了出去，在离开之前他忽然大声对着神宫岚吼道："你这一辈子都不会有朋友！你那样的人，一辈子都不会有朋友！"

如今，已经十二年过去了，他的确如那个男孩诅咒的一样，没有一个朋友。可是那又如何？他有用人，他有下属！这些人如若背叛了他，他可以毫不犹豫地将他们踢开，可以想发火就发火，不用像当初那样，用尽一切方法讨好朋友，最终却遭受了背叛。

苏央然的话让他想起了过去。但是他毫不介意，他不需要别人的信任，也不想完完全全地信任别人。这样也就不会遭受背叛了。

第一天的参观就这样结束了。神宫岚被安排住在了月心苑，月心苑建造在湖面上，其实很美。不远处的石块上还写着"月心苑"三个字。

屋子不是很大，但是十分干净。苏央然东西不多，衣服放在柜子里，厨房也被打扫得干干净净。客厅的桌子上有一个饭盒，饭盒里放着一排凉了的饭团。神宫岚有些惊讶，难道是留给他吃的？

神宫岚才拿起一个饭团咬了一口，苏央然忽然回来了，她打开门看见神宫岚手里握着的饭团，脸色立刻暗了暗："我忘记拿晚饭了。"

她走进来手脚麻利地把饭盒盖上拎了出去。神宫岚哑然失笑：原来是她的晚饭……这么说，他还是很荣幸的，都可以吃到她亲手做的晚饭了。他无奈地又咬了一口，忽然低下头去寻找，只见饭团里夹着莲子，入口清凉，带着一丝苦味。

莲子周围裹了一层糖粉，莲子被泡开了，和糖粉融合。甜甜的，凉凉的，又苦苦的，或许人生就是这样的味道吧。

第五章
学院危机

第五节

苏央然已经不是第一次睡在学生会办公大楼了。每次事情多了，或者预算出错了，得立刻返工的时候，她就会在学生会办公楼通宵工作，实在支撑不住了就在沙发上睡一会儿。

今天因为陪神宫岚逛了小半个学校，文件早就积压了一堆，她来到办公室后就一直趴在桌上奋笔疾书，签名，盖章，修改不规范的申请书。

啊，那些小鬼难道就不能认认真真写几个人看得懂的字吗？已经教过多少遍了，申请书的后面不用加"此致敬礼"！又不是写信，还有，他们难道不知道段首要空两格吗？她实在看不下去了！

"作废！作废！作废！统统作废！这些申请没有一个能通过，统统作废！"苏央然咬牙切齿地盖着作废章。

门外有一个人一直站在那里，苏央然因为忙自己的事情，根本没有注意到门外的人。那个人赤着双脚，衣服全湿了，地面上都是水。白色的衬衣透出他肉色的肌肤，头发上的水滴落下来。他看上去好像是刚淋了雨，可是天上一片乌云都没有。

忽然，听到办公室里的人发出一阵惨烈的号叫，站在门口的人微微探头看过去，只见那个抱着枕头趴在桌上的少女骂骂咧咧："鬼才看得清楚这些字啊！这帮浑蛋，除了签名漂亮之外没有一个字是能看的！到底还让不让人活了？今晚又得通宵了，讨厌。"

门外的人差一点儿就笑出了声，他一下子捂住嘴，从学生会办公大楼离开了。

神宫岚全身湿漉漉地走在泥路上，脚底早就脏得不像样。那是他第一次看到那副模样的她，她好像很生气，却又无可奈何。又爱又恨、毫无办法，那是对待她喜欢的人，才会这样吧。而对他呢，她大概只会觉得讨厌。

忽然想起自己的下属曾经说过的话。

——会长似乎很在意那个女孩。

——我很在意她？

——因……因为……因为会长以前从来不会将注意力放在女孩子身上，而且已经……那么多天了。

——听你这么一说，似乎真是这样呢。

他是真的很在意她啊，从第一次见面开始，她浑身散发出的青春活力，她无时无刻不在微笑的脸，她轻柔的声音，她对着他的反抗，她为了自己的亲人不顾一切的冲劲，都吸引着他。他是真的很在意她啊，一次又一次地放过她，连和她打斗的时候都尽量收

住力量。他是真的很在意她,喜欢捉弄她,喜欢看她被捉弄后明明生气却不敢表现出来的样子……只是希望她在自己面前的时候也可以有不同的表情,而不是像面对一个陌生人一样冷淡。

办公室里,苏央然正忙得焦头烂额,忽然一旁的座机响了。她一脸怒容地接起电话,在开口的瞬间放柔了声音:"您好,这里是洛兰科斯皮特学院学生会会长办公室。"

"会长!沧之星的那个会长刚才好像掉进湖里了!"电话那头的男孩是剑道部的,剑道部的位置就在月心苑附近,他们社团活动结束之后回宿舍,在经过月心苑的时候看到有个人掉入了湖里,赶过去却发现那个人不见了,而月心苑里也没有人。他们原本以为是学生会会长掉进去了,后来听说会长把房间让给了神宫岚,便猜测是神宫岚掉进去了。

苏央然一下子从位置上站了起来:"什么?掉进湖里?不是吧?"

怎么回事?那个神宫岚到底在发什么疯啊?竟然会掉进水里?他会不会游泳?难道他被淹死了吗?

苏央然急匆匆地从办公室离开,连外衣都没有披就向月心苑的方向飞奔。苏央然赶到的时候,发现湖面很平静,一丝涟漪都没有。湖上两个男孩还在窃窃私语,手里握着木剑。苏央然扭过头:"你们看到他是从哪个地方掉下去的?"

"在那儿。"其中一个男孩一指,苏央然毫不犹豫地跳了下去。要知道,这个时候已经很冷了,这样没有任何准备就跳下去,整个身子都会冻僵的。好在很快,她游了两下之后身体渐渐热了起来。她拼命地在水里寻找,都没有找到神宫岚。就在她上来换气的时候,几个学生会成员赶过来,站在岸上对着她喊:"会长,会长,我们在南边的树林里看见了神宫岚,他在那里!"

在南边的树林?刚刚不是说他掉进水里了吗?苏央然立刻攀住边上的石头爬上岸。她身上全湿了,每走一步,鞋子就往外溢水,她一把抓住其中一个男孩的衣袖:"他在南边的树林?他在那里干什么?"

"不……不知道啊……我只看到他全身湿淋淋的,对了,我还在办公大楼里看到过他,那时他也是湿淋淋的,我们以为他来找过你啊。"男孩挠了挠脑袋。

苏央然一愣:"他来找过我?"

她即刻奔向南边的树林。赶到那里的时候,她看见神宫岚全身湿淋淋地站在树林中,他仰头看着天空,此刻天色如墨,只有几颗明亮的星星点缀。他听到有人靠近,猜是苏央然,便轻轻开了口:"那么担心我吗?"转过身来,他看见她居然也全身湿透了,一下子笑出声:"你也掉水里了?"

第六节

苏央然并没有回答他,她反而像是有一股怒火,直接冲上去就在他脸上结结实实地揍了一拳:"你脑子坏了吗?这么冷的天还跳进水里去!能不能做一点儿正常的事情?神宫岚,就算你是疯子,也不要在我们学校里发疯!"

被打了一拳的神宫岚呆呆地看着泥路边枯黄的草叶,忽然大声地笑了起来:"哈哈哈哈……"

他被别人打了一拳,竟然感到那么舒畅!他不但没有生气,反而心情很好。因为他知道,苏央然全身湿透,是跳到湖里去找他了。

"你笑什么?"苏央然有些莫名其妙,这人真是疯了,被她打了一拳,居然笑得这么开心。

神宫岚擦了擦眼角的笑泪,忽然一把握住了苏央然的手腕。苏央然被吓到了,拼命地想要摆脱他的束缚,却发现他的力量很大,自己的手好像是被压在一座山下似的,无论怎么用力都没有办法抽出来:"你松开我!该死的,你要干什么?"

神宫岚的手指轻轻蹭了蹭她手腕上的肌肤,大概是受了寒的缘故,她的手冰冰凉凉的,却非常柔软,像雪糕一样。他嘴角一扬,忽然将她的手拉到了自己的唇边,轻轻在她手背上落下一吻。

苏央然只觉得全身的鸡皮疙瘩都起来了,她抽回手之后拼命地在衣服上擦拭。神宫岚挑了挑眉毛,从衣袋里取出一块手帕:"要擦吗?"

"滚开!"苏央然嚷嚷着。她真是越来越讨厌神宫岚了。

苏央然擦干净手之后立刻转身打算离开树林。

神宫岚在后面喊住她:"如果我说,之前开出的条件是真的,你会如何?"

苏央然原本要离开的脚步忽然停了下来。

神宫岚重复了之前他说的话:"跟我签订一份契约。只要你愿意成为沧之星的学生,我可以立刻将洛兰科斯皮特学院的契约还给你们。"

"你到底想要我做什么?"苏央然可不敢胡乱跟这个人做交易,他不守信用。她很难信任他,"让我去沧之星念书对你有什么好处?你开出这条件到底有什么意思?"

神宫岚却很认真地看着她:"只要一年,如果你愿意来沧之星,我就放过洛兰科斯皮特学院。如果你不愿意,就不用对我多费口舌了,除非你答应这个条件,不然我不会将契约还给你们,而洛兰科斯皮特学院也必须毁掉。"

"你……"苏央然咬牙切齿。

神宫岚微笑着:"夏会长最好还是考虑清楚了再回答我,可不要错过这个机会。对了,期限就定在我离开洛兰科斯皮特学院之前吧。你若是在这段时间里还没有考虑好,那么……很抱歉,那份契约我会即刻转交给法院,然后回收这所学校的运营权。"

那一天之后,苏央然一直浑浑噩噩的,无论是处理学生会的事情,还是上课,都是一副心不在焉的样子。神宫岚知道她在考虑他提出的要求,所以也不去打扰,自己逛校园。洛兰科斯皮特学院的人对他意见很大,有几个男孩在路上看见他恨不得打他一顿。

有几个男孩每次看见他都咬牙切齿的,好几次要冲上去揍他,却被旁边的人拉住了:"别去惹事,到时候收拾烂摊子的又是会长,我们已经很麻烦她了。""是啊是啊,而且……我们学校还握在他的手里,可不要冲动。""我也看不惯他,但是没办法,得忍着!""以后等学校拿回来了,我见他一次打他一次。""嘘,别被他听见。"

神宫岚有些想笑,洛兰科斯皮特学院的这些人,没想到这么团结,跟沧之星很不同,沧之星的学生都只顾着自己,有些人甚至踩着朋友的肩膀往上爬,差距还真是大啊!

什么时候,他们的学校,也可以这么团结呢?

第六章
苏央然转学

第一节

苏央然要转学去沧之星了!

她已经向当地教育厅提出申请,沧之星也把同意转学的申请递交了上去。

这个消息传出时,就像在洛兰科斯皮特学院丢了一颗炸弹,整个学校炸开了锅。他们有些难以置信,前几日还好好的,怎么沧之星的会长神宫岚来了之后,她就要转学了?难道是被神宫岚收买了?难道她要丢弃洛兰科斯皮特学院了?

男生们自然是气愤无比的。当初说要拯救洛兰科斯皮特学院的是她,他们是多么信任她,纷纷在请求书上签了字,请求神宫家族不要摧毁洛兰科斯皮特学院,他们还回去央求自己的父母。有些人甚至答应了父母很多"不平等条约",原本打算做考古学家的学生不得不答应继承家业,原本打算走演艺路线的学生也妥协经商。他们都为保护洛兰科斯皮特学院而努力,付出了代价,偏偏这个时候苏央然要转学了,而且是转去沧之星!

他们怎么可能允许她这样做!实在是太过分了!她欺骗了他们,就像一个阴暗的小人,答应会保护他们的学校,却临阵脱逃,还因为利益转学去沧之星。她明明说过的,像沧之星那种学校,她一辈子都不会去的,可是现在又算什么?

苏央然是真的打算走了,她在几天前就递交了转学申请书,也将皮特先生与神宫家族签订的契约送到了校长手里。

"这是我所能做的最后一件事情,在我离开洛兰科斯皮特学院的这段日子里,请您好好保护他们。"苏央然说这句话的时候声音有些沙哑。性格倔强如她,最后还是在神宫岚面前妥协了。校长很惊讶,她居然拿到了这份契约,立刻感激地点了点头:"没想到……最后拿回这份契约的,竟然是你。"

他们用了多少方法和手段,都没有办法将这份契约拿回来啊。

"请你,一定要好好地守护洛兰科斯皮特学院……"在离开校长办公室之前,苏央然忍不住又说了一句,"我会回来的。"

只要在沧之星待满一年,她就可以回来,她一定会回来的!

神宫岚就坐在月心苑的门口,脚下是波光粼粼的湖面。他想起那一天苏央然来见他,她下定决心要转去沧之星。她将那份转学申请书递给他时,眼睛里是满满的坚韧,仿佛沧之星对她来说就是地狱,而她为了保护自己的学校,心甘情愿下地狱。

如若沧之星是地狱,那他岂不是在地狱里待了很久吗?

而且她的语气很强硬,要求他写下契约书,还要一式三份去公证处公证。当一切都

第六章
苏央然转学

弄好了,他将皮特先生签下的塑封了两次的契约书递到她手里的时候,她的眼眶一下子湿润了:"我会活着回来的……"

喂喂,他们那里也是正规的学校好不好?又不是战场,干吗弄得那么悲壮?他压力很大好不好?

苏央然并不希望自己为了保住洛兰科斯皮特学院而转学去沧之星的事情被别人知道,所以一切手续都是悄悄办理的。但是在学生会工作的人,基本上都已经知道了她要转学去沧之星的事情,他们也知道,苏央然之所以会转学,是因为和神宫岚做了交易,保住了他们的学校。

可是学生会之外的人却不知道,他们以为苏央然临阵脱逃了,以为她投靠了神宫岚。他们十分气愤,十分恼火,终于在苏央然走的那一天,爆发了。

那也是苏央然登船离开洛兰科斯皮特学院的一天。所有洛兰科斯皮特学院的学生都集中在了码头附近。苏央然和神宫岚到码头的时候,被当时的场景震惊了。那么多的人,密密麻麻地站在码头上,如果不是这个码头很牢靠,估计该坍塌了。

苏央然才走到码头附近,那些男生立刻围了上来,他们质问她,斥责她,声音洪亮得几乎要把天给震下来:"会长,你为什么要离开我们学校?你当初不是说,会一直努力守护着我们的吗?""会长,你实在是太让我失望了,我以为至少你是坚定的,哪怕我们所有人都走了,你也会留在洛兰科斯皮特学院,谁知道你竟然是第一个逃跑的。""如果你今天真的离开,我们永远都不会原谅你!"

苏央然根本无法解释,他们一群人围上来,说话就像机关枪一样噼里啪啦的,她无奈地摇摇头,决定还是不解释了,直接上船走人。

谁知在这个时候人群中忽然有人伸出一只手来,重重地推了她一把,差一点儿就将她推倒在地上。幸亏旁边的神宫岚眼疾手快,一把拉住了她:"看来团结的力量也是恐怖的,如果你背叛了他们,可是会被生吞活剥呢。"

他笑着,饶有兴趣地看着此刻的苏央然。苏央然也没有料到有人会推她,顿时觉得一阵心灰意冷。但是想到自己并没有告诉他们真相,没有告诉他们她是为了保护洛兰科斯皮特学院而离开的,他们自然会以为她背叛了他们,背叛者受到这样的对待也是应该的。

只是,她忽然抬起头:"有时候,你们看到的、听到的不一定是真相。你们应该学会用心去看、用心去听、用心去感受……而我,自始至终都不会背叛洛兰科斯皮特学院!"

她依旧是不解释,只是响亮地说了这样一段话。

第二节

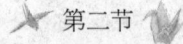

站在旁边的神宫岚怔住了,他呆呆地看着她。她竟然那么自信,背叛者若是不把事情解释清楚,那是很难得到原谅的。她那么自信这些人会相信她所说的话吗?会信任这么一句没头没尾的忠告和誓言吗?

奇迹真的出现了,那些原本还在谩骂她的少年居然渐渐都闭了嘴,虽然有几个人忍不住还在不悦地嘟囔,但是竟然不再羞辱她、责骂她。他们信了她的话,他们信了她的一句随口的誓言。她只是说了一句"自始至终都不会背叛洛兰科斯皮特学院"而已,他们就真的信了。

神宫岚睁大了眼睛,他用不可思议的眼神打量着这些人,以及苏央然。

如果对立的双方换成是他和沧之星的学生,除非他用权力压着沧之星的学生,否则他们绝对不可能如此听话。而这些人,不仅都听她的话,顺从她,在遭到背叛的情况下,居然还愿意信任她,只因为她的一句誓言就不再纠缠。

苏央然淡淡地呵出一口气,她回过头对神宫岚说:"走吧。"

两个人上了船,苏央然站在甲板上,码头上的少年全部恶狠狠地看着神宫岚,一副宝贝被抢走了的模样。如果他们眼中的怨气可以化成力量,估计这艘船都要被掀翻了。

苏央然朝他们挥了挥手:"回去上课吧,不要迟到了。"

"会长什么时候回来?""会长是去沧之星考察的吗?是不是马上就可以回来?""你要是不回来,咱们学校又要有人打架了。""会长,会长,你千万不要被神宫岚那种人给欺骗了,他就是一个骗子,我听一个W国的朋友说,他在很小的时候就会骗人了。""会长啊,你走了我们怎么办?你什么时候可以回来?你还会回来吗?""呜呜呜,会长,你走之前把社团的申请都批完了吗?我们社团要申请资金扩建道馆啊,您批了没啊?"船渐渐驶远了,一群少年站在码头还一个劲儿地嚷嚷着。

苏央然真是想笑,这么舍不得她走,就是为了那些社团的申请吧?放心,她都是批好了才走的。更何况学生会里还有前蓝王沧弛染寒在,他的能力也绝对不会差的。

"他们很喜欢你啊。"船开出了十几米之后,神宫岚才敢从船舱里出来,他担心那帮人会拿鸡蛋或者柿子砸他的脑袋。苏央然看着平静的海面,以及渐渐远去的岛屿,眼眶有些湿润:"是啊,我也很喜欢他们。"虽然他们有时候脾气很坏,虽然他们有时候调皮捣蛋,虽然他们有时候得理不饶人……不,是没理也不饶人,但是她依旧很喜欢他们。

因为他们真诚,他们有话直说,他们从来不会当面一套背后一套。他们喜欢就是喜

第六章
苏央然转学

欢，讨厌就是讨厌，高兴就是高兴，不高兴就是不高兴。

他们就是他们，真真实实的，毫不虚伪。

忽然，她抬起头来转身看着神宫岚，重复了一遍刚才那句话："我也很喜欢他们！"

神宫岚僵了僵，嘴角一扬："看得出来。"

她喜欢他们，就像他们也喜欢她一样。她信任他们，就像他们也信任她一样。那个找神宫岚帮忙的少年，在苏央然回去之后没多久就打了电话给他，少年大声地斥责他，为什么要伤害苏央然，只是想要他威胁她一下而已，只是想要他吓唬她一下而已。多么天真的孩子，难道他的请求他就必须做到吗？既然苏央然来到了沧之星，他想要对她做什么，那都是他的自由了不是吗？

可是，他却没有想到，从前是那么崇拜他的少年，竟然会为了苏央然和自己反目。她到底拥有什么力量，在不用任何强权压制、不威逼利诱的情况下，还可以让他们心甘情愿地跟随她？

船抵达沧之星的时候，几乎所有沧之星的学生都守在了码头等候神宫岚。他们的等候和洛兰科斯皮特学院里的那群少年对苏央然的相送是不同的，他们默不作声地站在那里，井然有序，就好像早上起来做操一样。只是为了完成任务，所以才出来迎接他。

神宫岚抬起手臂做了个"请"的手势，对着站在身边的苏央然一笑："夏会长，一起下船吧。"

苏央然鼻子一哼："不用，我可不想使用你的特权。既然我答应来做沧之星的学生一年，那么一切都按照规矩来。你们怎么考核，我就怎么考核。"

"是吗？那可真是可惜了，我原本想要给你金半星的。那可是一人之下万人之上的待遇啊。"神宫岚故意装作无奈的模样耸耸肩膀。

苏央然嘴角抽搐一下，又不是丞相，还一人之下万人之上，听着实在是太搞笑了。

第三节

沧之星虽然没有明面上的等级规定，但其学生会内部却有一套明确的通过考核来划分各个等级的制度。考核的内容包括家世、学习成绩，当然神宫岚的评分是有决定性作用的，言外之意就是，只要神宫岚批准了你是什么等级，那么你就是什么等级。

苏央然的家世在沧之星只能算是中下水平，但是她的成绩十分出色，到了沧之星之后，经过第一轮考核，她的分数排在了第一位。无论是主修课成绩还是辅修课成绩，她都名列前茅，甚至她的体育和美术成绩均排在第一位，这样的成绩可以让她升一颗星上去。神宫岚没有对她做出任何评定，不说她差，也不说她好。他的两个金半星属下便按照规矩将苏央然提升到了蓝半星的等级。

沧之星的学生知道苏央然是被神宫岚带回来的，所以并不敢在她面前惹是生非，加上她的蓝半星正好处于中间等级，不上也不下，所以没有多少人欺负她，她自然也就逍遥快活了。苏央然每天按时上下课，空余的时间还可以在图书馆看看书。沧之星有一个好处就是食堂离宿舍特别近，而且全校有十二个食堂，无论走到哪一个区域都可以进食堂休息一会儿吃点什么，她也不用忙着做饭了。

加上她是蓝半星，宿舍条件不会太差，只不过没有室友，一个人住还是有些孤单的。

原本她应该有一个室友的，只是听说那个室友被降级了，就从宿舍里搬了出去。

沧之星内部的降级制度很复杂，如果没有触犯特殊的条例，是不会被降级的。当然，还有一条就是不要惹怒了神宫岚，在这所学校，正如神宫岚所说，他就是王。再来，就是不要惹怒两个金半星，他们是仅次于神宫岚的学生会副会长，也就是神宫岚之前所说的"一人之下，万人之上"。

苏央然并不担心自己会因为触犯了什么条例而被降级，她连入校手册都没有看过。对她来说，哪怕被降到最低的等级，她也可以活得逍遥自在。因为以前她就是从最底层爬上来的。

而且她从来都不守规矩，低等级的学生要向比自己等级高的学生鞠躬行礼，但是苏央然总是大摇大摆地走在学校里，让她行礼？除非对方是老师。别说行礼了，她连招呼都很少和别人打！除了……

"衬的弟弟！喂，衬的弟弟！"苏央然老远就看见一个胸前别着银笔的男孩捧着蛋糕从对面的食堂里走出来，激动地挥着手，"喂，你还记不记得我？我是央然，你给我做过大海的蛋糕和天空的蛋糕呢。"

第六章
苏央然转学

男孩一怔，他抬起头看到苏央然，眼睛里闪过一丝光芒，但是很快这丝光芒被收了回去，他低下头，假装没有听见似的要往旁边走。

苏央然自然不高兴了，走过去拦住他："你忘记我了吗？我吃过你做的蛋糕，非常好吃呢。咦，这个蛋糕也是你做的吗？好像没有以前的漂亮呢，给我尝一下。"她伸出手就要去拿那个蛋糕，忽然被男孩挡了一下，男孩将蛋糕紧紧地护着："对不起……"

"什么？"苏央然愣了一下。

男孩的眼眶湿润了，但是他拼命地咬着下唇，不让自己哭出来："我已经不做蛋糕了！"他说出这句话后，飞快地转身逃走了。

苏央然僵在原地。不做蛋糕了？所以刚才那个蛋糕只是从食堂里买来的吗？怎么那么突然，莫名其妙就不做蛋糕了？

看着他渐渐远去的身影，苏央然忽然有一种看到了当初的自己的感觉。那个时候她也是像他这样，放弃了属于自己的梦想，或许那时候她还没有梦想，她连寻找梦想都没有尝试过，就这样被折断羽翼待在笼子里。而现在，那个男孩也要放弃属于自己的梦想了吗？他明明说过，他最喜欢的就是做蛋糕，他希望自己的蛋糕能够被所有人喜欢啊。

"衬的弟弟——"忽然，苏央然站在原地对渐渐远去的他大声地吼出一句，"我喜欢你做的蛋糕！我喜欢大海的味道，也喜欢天空的味道！最喜欢你对我说，你一定会更加努力，做出更好吃的蛋糕，更棒的蛋糕！我会一直等着……等你做出最棒的蛋糕，一定要给我尝尝！"

——央然一定要来尝尝，我会做出最棒的蛋糕。

仿佛有什么话在男孩的脑海里一闪而过，捧着蛋糕的男孩明明已经用尽全力让自己忍住不要哭泣，可是眼泪还是滑落下来。他紧紧地握着盛蛋糕的托盘，心里无数次地回应着苏央然的话：我也想做出世界上最棒的蛋糕，可是已经没有办法再继续了。

"你以后不要跟她来往了，会长不希望见到你跟洛兰科斯皮特学院的会长有任何牵扯。

"还有，你喜欢做蛋糕的事情，也让会长很不高兴。虽然这是你的梦想，但是和咱们孟家实在太不相称了。你若是喜欢吃蛋糕，以后我会找最好的厨师给你做，这个做蛋糕师的梦，你还是搁下吧。"

衬的话一遍遍回荡在男孩脑海里……

第四节

少年不知不觉跑到了海边，这一片由神宫岚投资人工铺沙的黄金沙滩，冰凉的海水冲到他脚下，五光十色的贝壳躺在沙滩上，它们虽然光彩美丽，却已经没有了生命力。就像他一样，虽然他在沧之星是银色等级，虽然他是高高在上的孟家二少爷，虽然他拥有数不尽的财产，但是他却不能实现自己的梦想，只能毫无活力地庸庸碌碌地活着。

拥有那么多东西又如何？拥有许多人梦寐以求的地位又如何？如果一个人连自己的梦想都无法完成的话，也只是一个可悲的人吧！

"我喜欢……喜欢做蛋糕……我想成为蛋糕师，我希望我做的蛋糕可以被很多人喜欢，我希望自己可以设计一个系列的蛋糕，我希望自己的蛋糕店遍布全世界，我希望全世界的人都可以吃到我做的蛋糕。"一开始他的声音只有自己能听见，后来他越喊越大声，像苏央然一样大声吼，他对着大海倾诉，"我想要做出最棒最棒的蛋糕！我希望可以一辈子都做蛋糕！我希望自己可以成为蛋糕师！因为我最喜欢，最喜欢做蛋糕了！"

"那就继续坚持下去吧。"忽然一个声音从少年身后传来，站在海边的男孩微微一怔，他回过头，看见苏央然气喘吁吁地站在他身后，她为了追上他，用尽全力在奔跑。她没想到这个小子看上去瘦瘦小小的，跑起来却那么快。

男孩僵在原地，脚下的海水还在不断地扑腾着，一遍又一遍地冲刷着他的脚踝："为……为什么……我明明已经说了，不会再做蛋糕了……你为什么还会跟过来……"

"我怎么可能放心得下，怎么可能不跟过来啊？你的脸上分明写着'我真的很喜欢做蛋糕'啊！"她看得出来，他是多么想要实现自己的梦想，多么希望自己未来可以做一名蛋糕师。

眼泪夺眶而出，男孩终于忍不住瘫坐到地上哭号起来，他拼命地擦拭着眼泪："我是很喜欢，我是真的很喜欢做蛋糕！可是哥哥说会长不希望我做蛋糕，孟家少爷不能把做蛋糕师当梦想，我没有办法不按照哥哥说的做，我没有办法不听从会长的命令，可是我又那么喜欢……那么那么喜欢……"

"你只要听从你自己的心就行了！喜欢做蛋糕又不犯法，未来想要做蛋糕师是多么伟大的志向啊，你哥哥是你哥哥，你们家族是你们家族，会长是会长，你是你！别人的想法你不要去管，如果你真的很喜欢做蛋糕，那就做蛋糕吧！如果害怕被人责骂，那就这样做！"苏央然忽然拿起了自己胸前别着的笔，她捏住了笔端的蓝半星，然后用力一扯，将蓝半星扯了下来，"丢掉它！"

"唰"地一下，她用尽全力将手里的东西抛入大海。

第六章 苏央然转学

男孩愣住了，他呆呆地看着她——谁都知道，这支笔是沧之星学生的象征，它可以打开图书馆的门，可以启动电脑房的电脑，在食堂吃饭的时候可以当卡刷，而上面的星，代表着你在沧之星的地位、权力！如果你丢弃了它，就是丢弃了你在沧之星的一切特权。

"世界上没有一个人可以真正地束缚你，其实束缚你的只是你的心而已。你害怕神宫岚吗？你害怕因为丢掉银星而受到责骂吗？周围所有人都听从他的命令，你就要听从吗？因为你们孟家从来没有人做蛋糕，你就不能做蛋糕吗？"苏央然伸出手，指尖轻轻触碰他胸前的那支笔，"只要你想，你就可以不受到这些束缚，做你想做的事！"

"可是……可是沧之星……"男孩彻底呆住了，他很想立刻就像苏央然一样把胸前的笔上的银星丢掉，但是如果真的丢掉了，他要怎么在沧之星生存？

"根本不需要任何代表和象征！沧之星从来都没有规定没有星级标志就不是学校的学生，这些制度不过是学生会和那些学生自己弄出来的东西！对真正的学生而言，能够代表你的，不是一支笔或者一个标记，而只能是你自己！"苏央然一下子抽出了他胸前的笔，将那银星掰了下来放进他的掌心，"做你自己想做的事，还是做一辈子的傀儡，你自己选择。"

——我喜欢做蛋糕……我想成为蛋糕师。

——我希望我做的蛋糕可以被很多人喜欢，我希望自己可以设计一个系列的蛋糕，我希望自己的蛋糕店遍布全世界，我希望全世界的人都可以吃到我做的蛋糕！

"我希望……"少年的手忽然一下子握紧，他猛地转过身，"我希望我可以成为一名蛋糕师！做出世界上最棒的蛋糕！"他一下子甩了手，将那银星丢进了大海。

丢掉之后他大口大口地喘着气，仿佛在这一瞬间释然了，他忽然笑了起来，泪水从面颊滑落到脖颈上，星星点点，折射出阳光的绚烂。

"那么，你还喜欢大海吗？"苏央然扬起一笑，她蹲下来从地上捡起一个贝壳放到了他的笔端，"这才是你的象征。以后你可以一天换一个花样别在笔上，何必去在乎那些星不星的？你就是你，未来的蛋糕师。"

"嗯！"男孩用力点了点头。

"如果以后有人敢欺负你，我会保护你的！从现在开始，咱们两个就是沧之星里没星的等级啦。哈哈哈哈，我要在笔上画一个小鬼脸，那一定很有意思。"

"我想画一个蛋糕。"

"好啊，你画蛋糕，我画小鬼脸！"

第五节

自从苏央然摘掉了蓝半星而且在笔上粘了一颗画着鬼脸的木纽扣后,不论她走到哪里都非常引人注目。有些人脸上带着震惊,有些人脸上带着鄙夷,有些人更是不屑地哼出声。苏央然却大摇大摆的,一点儿也不在意他们的目光。笔又没有丢,她还是能进图书馆,还是能启动电脑房的电脑,还是能买东西吃。但是她在进宿舍的时候,却被蓝星宿舍的楼长拦住了。

"你没有蓝半星,不能进蓝星的宿舍。"楼长其实是故意的,她知道苏央然是蓝半星,但是既然苏央然把蓝半星丢了,那么她自然不会让苏央然进到宿舍里来。

苏央然看着横在她面前的玉臂,连手都没有从裙子口袋里伸出来,而是平静地抬起头看了看那个楼长:"你确定你要挡着我?"

苏央然气场强大,这一句反问吓了楼长一跳,她整个人不由自主地往后退了一步,之后竟不敢再多说一句话。苏央然绕过她走进了自己的房间,压根不理睬她。开玩笑,要是随便一个人就可以挡住她,她还叫苏央然吗?

对了,她似乎忘记孟怜了,在海边扔完星星后,她终于知道那个爱做蛋糕的少年叫孟怜。那个孩子一看就不像是个会打架的,也没有像她这么强大的气场,要是被别的男生拦在门口不让他进宿舍怎么办?

想到这里她又走了出去,那个楼长还站在原地,看到苏央然折回来的时候又吓了一跳:"你……你……你想干什么?你想要干什么……我……我们学校是不允许打架的,你要是敢打架,会被降级的!"

"你看我有级吗?"苏央然笑了笑,然后伸出手拍了拍她的肩膀,楼长差一点儿一屁股坐到地上。

苏央然一咧嘴:"我只是出去一趟,怕什么?又不会把你怎么样。"

她哼着曲子走出宿舍大门,那个楼长早已经站不住了,一把扶住了旁边的栏杆——为什么这个苏央然……只是看着她,她就觉得全身僵硬,根本无法动弹?

苏央然来到银星男宿舍的时候看到门口围了一大群人,心想果然是那群浑蛋不让孟怜进宿舍。于是她二话不说冲了上去,拼命地拨开人群挤到里面。待她看清那里头的人时,苏央然怔住了。的确是银星男宿舍的学生不让孟怜回房间休息,但是没想到孟怜的哥哥孟衬也来了银星男宿舍,如果他的哥哥在的话,应该会帮他说话,让他进房间休息吧。

她松了一口气正打算离开,谁知竟然听见孟衬说出这么一句话:"既然你丢掉了自

第六章 苏央然转学

己的银星,那这个宿舍你就不用进了,在外头露宿吧。"

周围的人本来不敢得罪孟衬,一开始只是想教训这个靠着哥哥挤上银星的小子,没想到他的哥哥竟然出现了,原本以为他们会挨骂,可是没有料到孟衬竟然是站在他们这边的,还叫他的亲弟弟露宿街头。如此一来他们气焰更嚣张了:"副会长,我们也不是为难他,您是知道规矩的。""是啊是啊,这里是银星宿舍,不是银星的人根本不能进。虽然我们知道孟怜以前是银星的,可是他自己把银星摘掉了,也不能怪我们啊。""如果他回去重新补一颗回来,我们必定会让他进的。""毕竟孟怜是您的弟弟。"

一群男生欺负一个男生,而且连孟怜的哥哥都站在别人那一边!苏央然气得就要冲上去,刚迈开脚步就听见站在人群中的孟怜开了口,他握着拳头,几乎是用尽全身的力气喊出来:"我不会再补了!我已经下定决心,我要做蛋糕师,我不要因为一颗银星,就让我的梦想被毁灭!"

周围瞬间安静下来,那些男生愣愣地看着孟怜,这个平日里看上去那么胆小瘦弱的男孩,什么时候拥有了这样的胆量?

"蛋糕师……哈哈哈,算什么梦想?""就是,别人有多么想要银星,你居然还把银星丢掉。""既然丢掉了,你就不用进宿舍了,去追逐你那个什么狗屁的蛋糕师梦想吧。""哈哈哈哈,笑死人了,做蛋糕还叫梦想。"

"做蛋糕怎么不算梦想?"忽然一个清脆响亮的声音从后面传来,男生们愣了一下,然后立刻转过身,他们看见苏央然就站在他们身后,她脸上带着笑,一步一步从后面走上来,"难道只有想做企业家才能称得上是梦想?想当总裁才能称得上是梦想?全世界的人都去做企业家都去当总裁了,谁来给你们做吃的?谁来给你们做穿的?对了,或许你们才是真正没有梦想的人吧?父母让你们做什么你们就做什么,父母给你们定什么路就走什么路,一帆风顺是不是?路上连一颗石子都没有是不是?啧啧,真是可悲啊……"

几个男生脸色铁青,他们都是银星级别的学生,从来都是高人一等的,听到苏央然说这种话,气得咬牙切齿:"你算什么东西,有什么资格在这里说话?"

"我算什么东西?我是孟怜的朋友,你说我算什么东西?朋友帮助朋友,不是理所当然的吗?你们一大群人欺负他,我自然要站出来为他说话了。哦,对了,我忘记了,像你们这样的人,应该是没有朋友的吧?想一想,你们在受到一群人欺负的时候,肯定没有人愿意站出来帮助你们。"苏央然句句带刺,她声音虽然细软,但是语气非常重,说得几个男生握紧了拳头,恨不得冲上来揍她一顿。

第六节

她慢条斯理地走到孟怜身旁,连看都不看对面的孟衬一眼,一把拉住孟怜的手:"不就是一个破房子吗?还什么银星,啧啧,咱们不住也没什么大不了的!你不是喜欢海吗?我去买两顶帐篷,搭建在海边。每天早上醒过来,一睁开眼睛就可以看见海,多好啊。"

孟怜其实很想哭,被那么多人攻击,连自己的亲哥哥都不站在自己这一边。但是他咬着牙,硬是挺了下来。如今看到苏央然,她还对他说那么温暖幽默的话,让他忍不住"扑哧"一声笑了出来。

"可我不喜欢帐篷。"委屈的眼泪从他眼角扑簌簌地滑落。

"住帐篷可以做蛋糕,不住帐篷就不能做蛋糕,你要怎么选择?"苏央然挑了挑眉毛。

孟怜毫不犹豫:"住帐篷!"

他要做蛋糕,他喜欢做蛋糕,哪怕没有地方住,哪怕要去睡草坪,只要可以让他做蛋糕,他都愿意接受。苏央然听到他的回答,立刻高兴地拍了拍他的肩膀:"那就行了,不要跟这帮小崽子一般见识,他们连自己的梦想都没有,比我们可怜多了。"

几个男生真的是气坏了,其中一个男生向前跨了一步,要挥手打苏央然,但是被苏央然一把握住手腕直接摔到地上:"哟,还生气呢。难道我说错了吗?你倒是说说看啊,你有什么梦想?那些梦想是你自己的,还是别人的呢?"

"我就喜欢做企业家,我就喜欢继承我父亲的公司!谁要做一个低贱的蛋糕师!"那个男生倒在地上,手被磨破了皮。苏央然伸手抓住他的衣领,将他从地上拉了起来:"低贱的蛋糕师?那你告诉我什么是高贵的?嗯?做企业家?你做什么企业?服装?石油?运输?服装要靠女工一件一件做出来,石油要靠工人钻土挖,运输也要靠无数司机辛苦劳作!职业不分高低贵贱你懂吗?真正分出高低贵贱的是你自己的能力,你自己的心!拿着别人的成绩当作自己的还很得意,你真是可悲!"

所有人都不敢说话了,苏央然本来就口齿伶俐,根本没有人敢再跟她争辩。而孟怜的哥哥孟衬,站在原地,一句话也不说。

苏央然一把拉住孟怜的手就往自己的宿舍方向走:"我们走吧,别跟这帮人一般见识。你要是真不愿意住帐篷,没关系,沧之星不是还有酒店吗?我们去住酒店就行了。要是酒店不让我们住,我就去买砖,自己搭建一个宿舍。我就不信了,这么大个岛没有我们的容身之所。想来沧之星也真是可怜,住着的都是一群没有自己的思想,只知道为

第六章
苏央然转学

别人而活的人。"

孟怜跌跌撞撞地跟着她走，半路回过头看了看身后的那群人，孟衬连头也没有抬，根本就不看他。他咬了咬牙，忽然握紧了苏央然的手："嗯，我们走。"

苏央然带孟怜去了酒店，那些酒店也分好几个级别，都是没有星级标志就不允许入住的。但是有一家酒店是专门用来接待学生家长的，不需要识别星级标志，苏央然就和孟怜住进了那家酒店，在登记名字和关系的时候，苏央然写她是孟怜的姐姐，而孟怜写他是苏央然的弟弟。

两个人相视一笑，然后住进了酒店。

神宫岚知道这件事情之后一直沉默不语，他握着手中的金星笔反复地在桌面上来回翻弄，不知道在想什么。而站在旁边的金半星少年孟衬，则是咬住了嘴唇。他担心喜怒无常的神宫岚会因为这件事情而伤害孟怜。苏央然本来就像是铁打的一样，她已经得罪神宫岚会长无数次了，所以根本就不怕他，但是她竟然把他的弟弟也拉下了水！曾经会长就对他说过，让孟怜不要接近苏央然，无论是什么原因，都不要接近她。如今弟弟不但接近了，还跟她一起去酒店，甚至学她把星级的标志给丢掉了。

苏央然自己不要命也就算了，为什么还要带着他的弟弟？那可是他的弟弟啊……原本他想要逼迫孟怜再去补一个星级标志回来的，谁知道苏央然就这么大摇大摆地出现了，还将孟怜带走了。

话说得那么冠冕堂皇，蛋糕师？做出全世界最好吃的蛋糕又怎么样？如果没有权势没有钱，做出再好吃的蛋糕，他也什么都不是！

"也真像是她会做出来的事情。"莫名其妙地，坐在那里的神宫岚忽然笑起来，这一笑让孟衬惊呆了，他不知道现在神宫岚心里到底在想什么。

"由他们去吧，他们爱做什么就做什么。沧之星这么多年的规矩是不可能被打破的，等到他们无法忍受了，自然会把星级标志补回来。"神宫岚站了起来，孟衬立刻跟在他后面。他走到落地窗前，孟衬为他拉开了窗帘。透过玻璃向外看，海边的落日正缓缓地往海平面坠去……无论他们做什么，沧之星就是沧之星，永远也不可能改变，就像这海，即使现在被光芒染红了，等到第二日，你看到的海水依然是蓝色的。

苏央然就这么跟孟怜混熟了。孟怜对学校比较熟悉，带着苏央然逛了很多地方。虽然他们丢掉了星级标志，但是笔的权力依然在，孟怜还是可以开启学校为家政课配备的厨房，和苏央然在里面一起做蛋糕，苏央然虽然不会做蛋糕，但她会做烤饼，所以两个人一人做蛋糕一人做烤饼，做完之后蹲在门口大吃一顿，笑得很开心。

孟衬在对面的大楼里用望远镜偷偷看着他们，看到孟怜的笑容，他微微怔了怔，似乎很久都没有看到弟弟如此开心地笑了……

其实有时候孟衬会想，要不要放孟怜自由，要不要让他做他喜欢做的事。如果孟家一定要把一个人关在笼子里，那么他愿意代替他的弟弟做那个被关在笼子里的人，只要孟怜可以自由自在地做自己想做的事情就好。就算孟怜会被人耻笑，他可以挡在孟怜面前。可是有时候他又想，那样的自由，真的会让他幸福吗？

孟怜本来年纪就小，不够成熟。他现在喜欢，未必以后也会如此喜欢。而现在又是学习的最好阶段，如果现在放手让他去做自己喜欢做的事情，将来说不定他会后悔。他不希望孟怜后悔，他希望孟怜能够有一个美好的未来。所以他一直牢牢地守着孟怜，紧紧地握着孟怜的手。

每当他离远了，他就立刻将他拉到身边来。他给了孟怜所有他能给的，荣耀、沧之星的特权，以及他能够享受到的一切，只是不让他继续做蛋糕了，只允许他做和孟家未来有关的事。

可是他没有想到，孟怜会说出那么决绝的话。

——我不会再补了！我已经下定决心，我要做蛋糕师，我不要因为一颗银星，而让我的梦想被毁灭掉！

不会为了一颗银星而毁掉自己的梦想吗？可是在沧之星，他们又能有多少梦想呢？他缓缓抬起胳膊，看着这张曾经为了练小提琴而磨出茧子的手掌，如今手上的茧子已经消失了，连脖子上的茧子也消失得无影无踪……可是在过去，小提琴陪伴了他很多时光。一开始他只是遵照母亲的要求去学，可是后来不是爱上那悠扬的琴声了吗？只是在母亲说了"已经足够"的时候，他又毫不犹豫地放弃了。

他不需要拉得有多好，只要让人知道——孟家的小孩修养很好，还会拉小提琴呢。

孟怜原本也该和他一样，不能为了一些不重要的事情偏离轨道。

可是那个女孩……他忽然又抬起头。坐在孟怜身边的少女正用手指卷起奶油塞进嘴里，脸上的笑容灿烂又夺目。她才与孟怜认识多久，就轻而易举地将孟怜从他身边夺走了。

淡淡地呵了一口气，他不再看他们，而是转身离开了落地窗。

第七章
沧之星的生存

第一节

丢掉笔上的星级标志之后,苏央然依然大摇大摆地出现在学校。她和孟怜勾肩搭背,一副十分要好的模样。

"等会儿你有什么课?"吃着孟怜新做的蛋糕,苏央然扭头问他。孟怜和苏央然在同一年级,只是孟怜在银班,而她在蓝班。他们拿掉笔上的星级标志之后,的确有人找过他们麻烦,但是大多数人还是不敢动他们的,孟怜有自己的哥哥孟衬罩着,虽然孟衬对此事没有表态,但是他们都知道孟家兄弟关系很好,他们欺负孟衬的弟弟,就等于欺负孟家,孟衬表面上不说,心里必定记恨。

而苏央然,他们搞不懂神宫岚与她到底是什么关系。按道理,如果神宫岚要找她麻烦的话,应该早就动手了啊,可是神宫岚偏偏不找她麻烦,甚至放任她在沧之星为所欲为。

对,就是为所欲为。苏央然做了这么多违背学校规定的事,却没有受到任何处罚。最让人嫉妒的是,她的成绩真的很好,她来沧之星两个多星期了,每一次测试她都拿满分,连体育都打破了学校的很多纪录。他们是又气又羡慕、又嫉妒又恨,说不清对她到底应该是什么样的感觉。

而且她是那么自信,考试最后一个进场,考完第一个离场,还总是第一名!

有几个女生实在看不惯苏央然,开始密谋找机会耍她。这天下课,她们故意接近苏央然,一副和她关系很好的模样。其中一个女生把自己手腕上的一条手链送给了她:"这是Oxette的手链,欧洲纯手工制作,是我在巴黎逛街的时候在商城里买的,我看你的手那么细,配这个手链一定很好看。"

苏央然笑了笑:"我不喜欢戴手链,因为我以前老打架,如果戴上手链打架,会把别人的脸划破的。"

一众女生愣住,不知该怎么接话。

苏央然掏了掏口袋,然后抓出一把钻石,这些钻石都是洛兰科斯皮特学院那帮学生为了贿赂她专门送给她的,还说以后如果包饭团可以当作奖品放进去。其中有几颗钻石特别大,一点儿瑕疵都没有,苏央然摊开手掌:"如果你们喜欢这些东西,喏,可以随便挑,都是男孩子们送给我的,我也用不上。"

女生们的嘴角开始抽搐了,男孩子送的,哦不,是男孩子们送的,到底有多少人在追求她啊?

原本想要通过给点小恩小惠的方法接近她,然后再整整她,但是知道苏央然对这些

第七章
沧之星的生存

小恩小惠根本不屑一顾的时候,她们的脸色有些发白,但脸上还是带着笑容:"是……是吗?央然同学好受欢迎啊。"

接近苏央然并不难,但是她们用小恩小惠接近苏央然那真是大错特错了。而且这帮女生渐渐发现苏央然并不是那么好对付的人,她们的小伎俩她都能看破,要么装作不知道,要么反过来折腾她们一把,几个回合下来,女生们都开始害怕起苏央然了,她们不敢再接近她,也不敢对她动坏脑筋。

这个时候,男生开始蠢蠢欲动了,其中有一个叫久藤介的蓝星男生因为长得很帅,加上为人处世很圆滑,在学校很受欢迎。久藤介想先追求苏央然,到手后再将她甩掉,让她因此悲恸欲绝。

有人好心提醒他:"那个夏央然还是不要惹的好,听说神宫岚会长还是很重视她的……"

"重视?重视她怎么可能还把她放在蓝星?我看神宫岚会长是不好意思自己出手,就等我们动手了!"久藤介还自鸣得意,嘴角扬起一丝微笑。

久藤介是久藤企业的继承人,家底丰厚,标准的富二代,在学校校草排行榜中名列前茅。他表面上对每个人都很好,其实真正了解他的人都知道,此人内心十分阴暗,伤害过很多女孩子。通常交往不到一个月,他就会跟女方提出分手。

有些女孩子实在不堪忍受这样的事情,离他远远的,但有一些不知情的女孩子,因为他的容貌和家世,还是会扑上去。

苏央然自然不知道久藤介是这样的人,所以当久藤介接近她的时候,她只是比较奇怪。

那一天苏央然正和孟怜吃蛋糕,久藤介忽然出现,他很自然地蹲到了他们对面,笑嘻嘻地看着他们手里捧着的蛋糕:"好像很好吃的样子。"

苏央然一愣,她抬起头看到他的那张脸时也微微吃了一惊,久藤介真的长得很好看,他的脸精致得像人偶,皮肤细腻白皙,而且他与他们贴得很近,连睫毛都可以数清楚,根根分明,微微上卷,苏央然皱了皱眉头。

孟怜并不认识久藤介,他只关心自己的蛋糕,对外面的事情一点儿都不了解,所以当久藤介接近他们,而且是一副对蛋糕很感兴趣的样子时,他还是挺高兴的:"你喜欢吃蛋糕吗?"

"喜欢啊。我家的那个厨师,就是有名的糕点师叶夫多基娅的徒弟,嘻嘻,她做的蛋糕,堪称完美呢。"久藤介微微一笑。孟怜听后眼睛都亮起来了:"你是说俄罗斯最

负盛名的糕点师叶夫多基娅·奥日娜?她烤制的蛋糕可是得到英国女王伊丽莎白二世和比利时国王的喜爱的啊!"

久藤介笑了笑:"是啊,在我们那边还有一座公园是以她的名字命名的,因为……"

"因为有一个亿万富翁为了感谢她为糕点业做出的贡献,就用她的名字建造了一座公园!"不等久藤介说完,孟怜就接了下去,他很激动,伸手一把握住了久藤介的手腕,"她徒弟做的蛋糕一定也很棒,我好想去尝一尝。"

"嗯,等学校放假,我可以带你去我家尝尝她做的蛋糕。"久藤介说着,不忘转头对苏央然一笑,"你要来吗?"

苏央然愣了一下:"那不会很麻烦吗?"她跟这个家伙又不熟,话说这个家伙第一次见到他们就约他们去家里玩?这么自来熟吗?

"不麻烦。看到你们喜欢吃蛋糕,我也很高兴。以前我的朋友总是说我,一个男孩子那么爱吃蛋糕,真的很丢脸。但是蛋糕对我来说是世界上最美味的东西。"久藤介微笑着,脸上灿烂得好像要盛开无数朵花似的。

苏央然转头看了看身边的孟怜,他还是一脸兴奋的样子,看样子是挺喜欢这个突然出现的陌生人。

在接下来的日子里,久藤介似乎理所当然地跟他们混在了一块,一起上课,一起玩,一起吃蛋糕。有一次,孟怜做蛋糕给久藤介吃,让他评价,久藤介尝了一口,然后思考了很久:"比我们家的糕点师做的还要好。"

孟怜羞得脸都红了:"怎么可能?你们家厨师可是叶夫多基娅的徒弟啊。"

"他给我做蛋糕是因为我雇用了他,是为了完成工作才做的,而你做的蛋糕,放了你的真心。你的真心感动了我,所以一定比他做的好吃。"久藤介温和一笑,孟怜高兴得双手不停地绞着衣角:"你过奖了……"

第七章 沧之星的生存

第二节

苏央然站在旁边怎么看怎么别扭，为什么她总感觉这个男生一直在奉承孟怜呢？可是孟怜现在的处境并不好，这个男生接近他们，反而会被周围的人排挤吧？

不过根据她的观察，那些人并没有排挤他。她发现，久藤介八面玲珑，懂得什么时候说什么话，什么时候帮个小忙，又总是一副很热情的样子，大家心里都很高兴，也很喜欢他。

只是苏央然实在喜欢不起来。因为她总觉得，在这个人热情洋溢的表情背后，还有另外一副面孔。虽然第一天她的确被他的温和骗了过去，但是她跟他是在同一个班，看得多了，接触久了，自然能够了解一个人的脾性。久藤介并不是真心在帮助周围的人，平常小忙他能够帮的就会同意，若是比较麻烦，或者劳累到他的时候，他总会找一些借口拒绝。他会说："哎呀，等会儿我的社团正好要开会呢，怎么办？不如这样，我开完会过来帮你。如果你实在很急，那我打电话推一下，让他们等我几个小时。"

如此一说，那人自然不好意思麻烦他了："没关系啦，也不是什么大不了的事，让你社团那么多人因为我而等着，我太过意不去了。我自己就可以了，你去吧。"

久而久之，苏央然也看出了端倪，当久藤介找她说话的时候，她都是只回答不互动，她可不希望自己跟这样的人扯上关系，尽管孟怜很喜欢他。

久藤介并不笨，很快，他感觉到了苏央然的排斥。她似乎并不喜欢他的接近，虽然表面上对着他微笑，但是笑容有些敷衍，有一次久藤介看到她一转过身去，脸上的笑容立刻凝固，瞬间变得毫无表情。

这让他有些不悦。

孟衬知道久藤介接触了苏央然和自己的弟弟。在沧之星里久藤介还是比较出名的，这样的一个人莫名其妙接近苏央然和孟怜，肯定不会有好事。可是他心里清楚，自己的弟弟向来单纯容易受骗，能够警告的，就只有苏央然了。

平日里他很忙，有了空闲去找他们时，却发现久藤介一直跟在他们两个身边。观察了一段时间，他意外发现苏央然是很讨厌久藤介的。虽然表面上她的态度一直很好，但是背过身的时候她却是一副"真受不了"的模样。

她不是笨蛋，什么样的人可以接触，什么样的人不可以接触，她心里很清楚。

孟衬忽然笑了笑，转身要离开，谁知道身后竟然站着人，他头一抬，看到那个人的时候全身一颤，立刻毕恭毕敬地对着他鞠了一躬："会长。"

"啧啧，"神宫岚也往那个方向看去，"她一直很受欢迎呢，看，连久藤介都想尽

办法接近她。"

"或许是想要给她一个教训,夏小姐在沧之星太显眼了。她的功课又总排在第一,还不遵守沧之星的规矩,很多学生都对她有意见。"孟衬答道。

神宫岚笑了笑:"的确。她是太显眼了,把蓝星摘了不说,还在笔上面画鬼脸。若是从前,我早就将她逐出学校了。可偏偏是我拉她来沧之星念书的,赶也赶不走,踩也踩不扁,真是拿她没有办法呢。"

孟衬安静地站在那里,没有回话。其实他心里很清楚,如果神宫岚要折腾苏央然,她早就遍体鳞伤了,不可能还这么耀眼地活在他面前。所以,神宫岚其实是不打算动她的。只是他不清楚,神宫岚不动苏央然,为什么要把她带到沧之星来?是因为对她感兴趣吗?还是因为……他喜欢她?

"你去看着他们,如果久藤介做出什么出格的事情,你护着她。"神宫岚忽然开口说了这样一句话。孟衬微微一怔,随后垂下头:"是,会长。"

"央然,明天我带你们去海边吧,是真正的海边,一个很好玩的地方,不是人工铺成的沙滩哦。"在和孟怜聊了一会儿之后,久藤介忽然转过头对苏央然开口。

苏央然皱了皱眉头:"不去。"

"是在海边的天然洞穴,不知道里面会有什么东西,你们就不想去看看吗?我是很早以前就发现了那个地方,只是胆子比较小,不敢一个人去。或许会有宝藏哦。"久藤介笑嘻嘻地说道。

最后在孟怜可怜巴巴的眼神的凝视下,苏央然还是无奈地同意了。没想到孟怜除了喜欢做蛋糕,对冒险也很感兴趣。苏央然倒是对山洞什么的一点儿兴趣都没有,当初在发掘这座岛屿的时候恐怕这里的山洞早就被人探测过了,又哪里来的什么宝藏藏在这种山洞里?

但是孟怜想去玩,而她也正好无聊。既然久藤介这么热情地邀请他们,去就去吧。

第七章

沧之星的生存

第三节

第二天苏央然来到了约定的海滩附近,她等了好一会儿,结果只看见久藤介一个人来了。苏央然的眉头微微皱了起来,她有些不悦:"孟怜呢?他说要去找你,问问你要不要准备探险的工具。"

久藤介挠了挠后脑勺:"啊?是啊,我本来是要陪他去超市买的,可是他走到半路忽然说肚子疼,就去了厕所。我在门口等了一会儿,他说他有些难受,不想去了,让我们去。"

"是吗?"苏央然有些不信任他,但是她脸上还是挂着笑,"那我打个电话安慰他一下。"

久藤介要阻拦,苏央然却已经拨通了电话。孟怜在电话那头显得很痛苦,声音有些压抑:"啊,是央然姐吗?我……我肚子有一点儿不舒服,就不去了。你们若是找到宝藏的话,就告诉我,我下次再同你们一起去。"

"你没事吧?听起来好像很难受的样子,"苏央然有些担心,"我们回来照顾你吧,山洞什么时候去都可以的。"

"不,不用了……真的,我就只是肚子痛……可能是早上吃坏肚子了。你们去吧……"孟怜听起来一副很可怜的样子。

苏央然拧着眉头:"不用我们陪吗?"

"嗯,你们去吧。"

最后苏央然只能和久藤介两个人去海滩。

山洞就在海滩尽头的一片礁石后面。这片海滩周围是山,遮挡了光亮,即使是白昼也有些昏暗,所以很少有学生来这里玩。脚下的沙子细细软软,海滩上布满了贝壳。苏央然穿着凉鞋跟着久藤介爬上了那片礁石,在礁石的后面果然有一个山洞。

久藤介手里拿着一个小手电筒,他微笑着转过头对苏央然道:"你跟着我吧,我走在前头。"

苏央然想说,谁跟着谁都一样,又不是科幻片,难道这洞里还会突然冒出一只怪物来吗?估计这种地方连蝙蝠都不怎么有吧?

她撇撇嘴,跟着久藤介走进了山洞。脚下是硬邦邦的石头,两边的石壁冰冰的,摸上去好像有水滑过手指的感觉,的确令人很不舒服。久藤介走了一会儿,忽然停下脚步,苏央然问:"怎么了?"

"好像没路了。"久藤介一副很失望的样子,"我本来以为这个山洞会很长呢。"

"那回去吧。"苏央然可不想在这里浪费时间,她转身要走,久藤介也跟了过来,但他不知道踩到了什么东西,一下子摔倒在地上,手里的手电筒被甩出十几米,撞在了石壁上,立刻熄灭了光芒。

"好疼!"久藤介咬了咬下唇,他要站起来捡手电筒,但因为看不清,加上脚似乎扭伤了,再次跌倒在地上。苏央然闭上了眼睛,她无奈地叹出一口气:"我去捡。"

她知道手电筒滚落的地方,虽然只有一瞬间,但是足够让她看清并且记住。果然,她根本就没有犹豫,走出十几米之后弯下腰,手一伸就碰到了那个手电筒。按了几下,发现手电筒已经坏了,里面的小灯泡破了。久藤介还坐在原地,他小心翼翼地问:"央然,你在吗?"

"你放心,我不会丢下你不管。"苏央然拿着手电筒回了一句,"你在那边坐着,我试试看能不能修这个手电筒,它的灯泡坏了,有备用的吗?"

"手电筒旁有一个可以推拉的钮,拉开就能找到备用的灯泡。"久藤介立刻说。

苏央然伸手一摸,果然有一个推拉的钮,她拉开那个钮,下面藏了一个备用灯泡。苏央然将那个灯泡装在了手电筒上,再次拧开手电筒,灯光照射在墙壁上:"好了。"

久藤介抬起头,他没有想到苏央然在这种情况下居然还可以这么冷静。以前他也带过很多女孩子来这个山洞,她们都会害怕得尖叫,或者吓得紧紧抱着他,他就会趁着这个时候安慰她们,博得好感。可是苏央然跟着他进了山洞后,她还是那么平静,似乎一点儿都不畏惧。直到走到尽头,她还是一副"真没意思"的表情。

为了拖延时间,他装作摔在了地上,还打破了手电筒,没想到苏央然竟然那么平静地走出十几米去捡那个手电筒……

久藤介想要站起来,却发现自己的脚真的扭到了,久藤介有些懊悔,他双手支撑在地面上,刚要起身,忽然看见苏央然不知道什么时候已经站在了他的面前,她的眼神牢牢地盯着他,好像尖刀一样冒出杀意。

久藤介心头一窒,只见她举起了手电筒,向着他的脑袋砸下来!

这一瞬间他完全吓住了,呆呆地坐在地面。她要杀死他吗?她要在这个山洞里杀死他吗?

第七章
沧之星的生存

第四节

鲜血在石壁上绽开，久藤介精致的脸上也溅满了鲜血，他坐在地上，怔怔地看着面前的苏央然。呼吸差一点儿就停止了，整个手臂都僵硬着，连动都无法动一下。

"死了。"苏央然平静地开口，然后伸手将石壁上的一根东西扯了下来递到他面前，"蛇。"

苏央然就这么握着手里那条死去的蛇，手电筒的玻璃片上还残留着殷红的血迹，将整个山洞都照得很诡异。他看不清苏央然的脸，只能看到她手掌上的血，死去的蛇，还有那个手电筒。刚才那一瞬间，他真的以为苏央然会杀死他。她的力量是那么强大，手电筒砸下来的时候可以感觉到风从耳边掠过。哪怕是现在，他连大气也不敢喘一下，只是怔怔地盯着那条蛇的头部。蛇是被一击毙命的，人说打蛇打七寸，但是她竟然直接打碎了蛇的头骨。

如果刚才那一击打到他的头上，或许他会立刻死在这里……

苏央然将手里的蛇甩到一边，然后一把将久藤介从地上拉了起来。她扶着他缓缓走向山洞口，用带血的手电筒照着路。久藤介不敢说一句话，他连呼吸都尽量放轻。

苏央然见他这副样子，忽然松开手站到他的面前："我知道你接近我们别有目的。"

久藤介全身一僵。

"你以前怎么样我确实不清楚，但既然你跟孟怜做了朋友，就不要让他伤心。如果你做了什么不好的事情，我会用别的方法让你在沧之星消失。"苏央然看着他的眼睛，"虽然我在这所学校根基不稳，但是我不介意到时候跟你硬碰硬。你一直站在高高的位置上，还没有尝试过跌到地底下的滋味吧？"

苏央然忽然伸出手一把拉住了他的衣领，贴近他的脸："我可是从地底下爬上来的呢。"

离开山洞之后，苏央然就回到了住的地方，而久藤介还站在原地，脸色苍白。他的脑海里只有苏央然对他说的最后那句话，充满霸道和威胁。

——我可是从地底下爬上来的呢。

站在远处树林中的孟衬眯了眯眼睛，他似乎小瞧了苏央然，可以把久藤介吓成这副样子的女生，她还是头一个。虽然不知道在那个山洞里发生了什么事情，但是这个久藤介，以后应该不会再对她轻举妄动了。

他回去将这件事情汇报给了神宫岚，神宫岚正在喝红酒，他听了之后觉得很有意

思,站起身看着落地窗外的天空,自言自语了一句:"似乎是越来越有趣了。"

久藤介自从被苏央然吓到之后,再也不敢接近他们了。而孟怜则是一副很难过的样子:"介怎么了?最近一直没有和我们玩,他是不是讨厌我了?是因为上次我肚子疼,没有陪你们去山洞吗?"

"怎么会?他大概是社团的事情比较忙,最近都没空,所以不能常常来找我们玩吧。"苏央然笑得平常。

班上的同学知道久藤介都不敢接近苏央然之后,更是不敢去惹她了。连久藤介都败下阵来了,还有谁可以教训苏央然呢?

苏央然依旧别着那支画了鬼脸的笔,在沧之星里快活地生活着。她的成绩依然遥遥领先,排行第一。女生们又恨又嫉妒,气得咬牙切齿,男生们却用探究的眼神看着她,好像她是一个很不可思议的人。

沧之星校园设施完善,所以课外活动也非常丰富,体育课还开设了沙滩排球、冲浪等项目,休闲活动有高尔夫球、保龄球等。这一天苏央然所在的班级在沙滩上玩排球,她无聊地在沙滩上坐下,看着那一层一层席卷上来的海浪。

忽然,她看到了一个亮闪闪的可乐瓶,那瓶子看上去在海上漂浮了没多久,还是崭新的。苏央然拿起来一看,生产日期还是上个月的,估计喝这瓶可乐的人是在前几天将瓶子丢进海里的吧。真是的,现在的人怎么这么不讲卫生,乱丢垃圾?

她恼火地转过身要把瓶子丢进垃圾桶,忽然发现瓶子里似乎放了什么东西,打开一看,居然是一封信,而且上面的字要多难看就有多难看……等等,这字怎么那么像那帮洛兰科斯皮特学院里的家伙写的?

展开信,开头就写着她的名字:

夏央然,你要在沧之星那个鬼地方待多久啊?再不回来,我们宿舍的臭袜子就要堆成山了!

苏央然无奈地笑了笑,她又不是给他们洗袜子的,谁那么无聊啊?写这种漂流瓶。她把信塞了回去,就要丢进垃圾桶,身后玩沙滩排球的几个少年忽然高呼起来:"看,海面上漂来了很多瓶子啊!""是真的,好多的瓶子啊!"

其中一个学生推了一下眼镜:"这几天正好赶上暖流,应该是从洛兰科斯皮特学院漂过来的,这些瓶子看着也很新的样子。"边上的人立刻不满了,愤愤地骂着洛兰科斯皮特学院的学生没有环保意识,乱丢垃圾。

只有苏央然,几乎像是疯了一样冲进海里,她一个一个将那些瓶子捡起来,里面塞满了字条,写满了对她的不满和催促:"怎么还不回来,沧之星那么好玩吗?""我

们等你很久了好不好?""再不回来,我都要饿死啦,我不要再吃食堂的饭了!""会长,我们有点儿想你了。好吧……其实是很想你了。""会长,回来吧。"

眼泪一下子夺眶而出,苏央然从来都不知道,原来那群家伙会写出这么煽情的话来。还有,这个牺牲的"牲"字是不是写错了?为什么本来该是牛字旁,变成反犬旁?

苏央然抬起手捂着嘴,眼泪一个劲儿地往下掉,远处站着的学生觉得奇怪,纷纷上前来捡瓶子,发现每一个瓶子里都塞着信纸,有的是正经信纸,有的是便笺条,有的竟然是考试的草稿纸,上面无一不写着:快回来。

是洛兰科斯皮特学院的那些人……他们在催促她回去。

周围的人似乎怔住了,都呆呆地看着苏央然。他们很了解洛兰科斯皮特学院里的那帮人,他们脾气差,向来以自我为中心,很高傲,从来不会主动向别人低头,更不用说写这么煽情的话。可是现在他们对那个女孩子,那么不同。而且眼前这一大片的可乐瓶,应该是一群人约定好一起投入海里的结果。换作沧之星,神宫岚离开了,他们绝对不会这么做,最多就是排队送送他而已。

他们是真的喜欢苏央然。而看到苏央然的眼泪,大家忽然明白了,她也是真心喜欢他们的。

因为真心喜欢,所以才会得到大家的尊重;因为真心喜欢,所以才会让他们如此惦记。

如果沧之星也有这样一个会长的话……

第五节

"怎么搞的？怎么海边都是那种瓶子？不知道这样会污染环境吗？"体育老师从后面急急忙忙地赶过来，他瞧见一群学生都不打球而是站在海滩上看海，气急败坏地冲了过来，有几个女生立刻告状："老师，这些都是漂流瓶，是洛兰科斯皮特学院的人送给夏央然的，看看，把我们美丽的大海都弄脏了。老师，让夏央然一个人把这些瓶子捡干净吧，一定是她指使那些人这么做的，否则怎么会那么凑巧，那么多人在同一天丢瓶子？"

老师立刻看向苏央然，苏央然擦干了眼泪，她抬起头来，眼神瞬间变得犀利。那个女生吓得缩了缩头，不敢再看过来。苏央然道："这些瓶子的确是从洛兰科斯皮特学院漂过来的，但是我绝对没有指使任何人做任何事。不过，想来沧之星这所学校向来是没人情味的，所以这里的学生不能体会到朋友之间的思念之情，也可以理解。"

她这话完全是在讽刺沧之星没有人情味。老师知道苏央然的来历，清楚她是神宫岚带来的人，不好责备她，便开口道："等会儿找人把这些垃圾收拾收拾丢了就行了，你们回去继续打球。"

"不，"苏央然忽然抬起头来，她看着站在面前的老师，"这些瓶子对我来说很重要，我会一个一个捡回来。"

因为，这些字条是他们一笔一画写的，瓶子是他们一个一个丢进海里传递给她的。

体育课已经结束了，海滩边，苏央然正弯着腰捡海面上的瓶子。旁边堆了几个蛇皮袋，里面装满了瓶子。她想着，等会儿捡完了，回去一个个拆了看，一定很有意思。

孟怜原本在等她下课，等了很久却一直没有见到她。后来他寻过来，到了海边，看见她弯着腰在那里捡瓶子，急匆匆地赶过来："央然姐，你在做什么？"

"捡漂流瓶。"苏央然扬起一个笑脸，额头上的汗顺着脸颊滑落下来。

"漂流瓶？这么多……是从哪里来的？"孟怜卷起了裤脚，也踩进了水里。他帮着她一起捡，发现果然每一个瓶子里都有字条。有些字条还画着图案，他觉得有意思，拧开一个瓶子抽出字条看："会长，早点回洛兰科斯皮特学院吧，我们已经很乖了，我们不会再不整理房间了。只要你愿意回来，我们每天都会很认真地上课，也不会再胡闹了。会长，我们等你等得好辛苦。"

"是洛兰科斯皮特学院的学生写的！"孟怜看完之后立刻说了一句。

苏央然点点头："嗯，他们很想我。"

"啊，央然姐，你好幸福！如果有人这么想我就好了。"

第七章
沧之星的生存

"当然也有人这么想你啊,只是你还没发现。"

"真的吗?谁啊?"

"我啊。"

"啊?除了央然姐呢?"

"哈哈哈,秘密!"

夕阳渐渐落下,海面终于变干净了,苏央然和孟怜倒在海滩上大口大口喘着气,旁边是十几袋装满瓶子的蛇皮袋。他们望了望对方,然后忽然笑了起来,苏央然站起身:"走吧,回去把信都看完!"

"嗯。"

第六节

苏央然买了一个册子,把洛兰科斯皮特学院那帮男生写给她的信统统存进了册子。虽然有好几封信上的字实在是难看得让她辨认不出来,但是这份心意至少已经传达到了,她还是很高兴的。没有想到他们竟然一直惦记着她,希望她回去,如此一来她更加信心十足了。不就是一年吗?就当是在沧之星度假好了,一年之后她一定会回洛兰科斯皮特学院的。

沧之星学生会的办公室里,神宫岚眯着眼睛看着手中的字条。没有想到洛兰科斯皮特学院的那些人竟然一直惦记着苏央然,苏央然还为了那些人在海滩捡了那么久的瓶子。

他有些不悦,微微地皱了皱眉头,低头看着一张从瓶子里取出来的纸。

"会长,早点回来啊,我们已经等了很久了好不好!那个神宫岚有那么好吗?他都没有我帅!你要是回来,我……我可以每天都跟你约会!如果你喜欢的话,我可以把我们家最大的那颗钻石给你,那是世界上独一无二的黑钻石,很贵的!"

神宫岚的手一下子握紧,手中的纸立刻被揉成一团:"那帮小子倒是挺会写情话的!"神宫岚显然是生气了,他眼睛眯成一条线,站起身,一把抓起桌面上的纸团,狠狠地向落地窗砸去。

旁边的孟衬一句话也不敢说,现在开口,无论自己说什么,必定是火上浇油。

"他们想要她回去?哈哈哈哈,我偏不让他们如意!"神宫岚脖子上的领带被粗鲁地解了下来,他重新坐到了椅子上,"让她来一趟办公室,我有话跟她说。"

"是,会长。"孟衬毕恭毕敬地应了一句,然后退下去。

苏央然还在宿舍里看册子里的信,忽然听见敲门声。她站了起来走到门口打开门,还没有看清门口的人是谁,就听见旁边传来一阵惊呼:"是衬大人!""我第一次看见金半星的人出现在这里啊。""衬大人怎么会出现在这里?""是来找那个夏央然的。"

孟衬丝毫没有受旁边那群女孩子的影响,他平静地看着苏央然:"会长想见你。"

苏央然虽然不想去,但自己还在他的学校,得罪他以后的日子必定不好过。只能跟了出去:"你知道他找我是为了什么事吗?"

"会长看到了漂流瓶里的信,大概是想要问你一些话。"孟衬如实地回答她。苏央然更加一头雾水了,漂流瓶里的信?她以为漂流瓶全部被她捡了呢,难道是漂到了别的地方,被神宫岚捡到了?不过就算看到漂流瓶里的信又怎么了,人家写个信难道他还要

第七章
沧之星的生存

责骂不成?

到了办公室门口,苏央然抬起手刚要敲门,门居然自动打开了,原来里面还站着一个金半星少年,他恭敬地将苏央然请了进去。

这是她第三次进他的办公室,第一次进的时候她站着出来了,第二次进的时候她是横着出来的,被打成了重伤,并且休养了好久才康复。所以苏央然对这个办公室还是很恐惧的,并不是很想进,迫于压力才勉强进去。

神宫岚就坐在办公室里,他喝着咖啡,脸上扬起了温暖的笑容。对,温暖的笑容,不是她形容错了,那笑容真的很温暖,只是这样的温暖更让苏央然感到一阵寒意,似乎有猎豹在盯着她,还对她说:别怕,我不会吃你。

"找我什么事?"苏央然开口,她并没有靠他很近。

神宫岚搁下咖啡杯:"没什么,你来沧之星这么久,我却没有好好问候你,是我的失职。如何,在沧之星过得还好吗?"他的视线落在了苏央然胸前别着的钢笔上,上面的那个鬼脸忽然有点儿刺眼,他其实不喜欢太无拘无束的人,至少在他的管辖范围内,他希望手下的人都是顺从的。可苏央然偏偏就是这么一个不守规矩的人,她只做她自己喜欢做的事,不受任何限制。如果觉得有压力,她会毫无顾忌地想方设法地摆脱压力。

或许,也正是因为这一点,她吸引了他,她就好像一只被关在笼子里的鸟,用尽全力撞破笼子,飞向天空,越是向往天空的鸟越有魅力。

"很好啊,有吃有喝的,还住酒店。"虽然酒店有些贵,但是现在她不怕花钱,家里有个夏川城,对他来说,这点花销不值一提。苏央然耸耸肩膀,一副你不需要这么关心我,我日子过得很潇洒的样子。

神宫岚坐在那里,手指沿着咖啡杯的杯沿绕了一圈:"是吗?既然过得那么好,不如一直留下来如何?沧之星可以给你一份很好的工作,或者你想投资开公司也行,可以给你提供十亿的资金。"

苏央然没有料到他会突然邀请她留下来,有些诧异地站在原地,随后笑了笑:"神宫岚会长真会开玩笑。你知道我不可能留在沧之星,洛兰科斯皮特学院的人还等着我回去呢,我只是在这里履行我们的契约而已,一旦一年的时间到了,我就会离开。"

神宫岚的身后就是落地窗,阳光照射进来,但是因为他背对着光,整个人看上去反而更加黑暗了,苏央然看不清他的眼睛,只感觉到有一丝凉意袭来。

不知道过了多久,他抚咖啡杯杯沿的手缓缓放下。他忽然抬起头:"好,我知道了。"

他说这句话的时候十分平静,但苏央然却感觉到一阵怪异。她抬起头去看神宫岚,

发现他的眼睛正牢牢地盯着她,像是发现了猎物的狮虎,将她锁定。

"你回去好好休息吧。"神宫岚就这样莫名其妙地下了逐客令。

走在回去的路上,苏央然不知道为什么忽然觉得全身冰冷,手臂甚至都有些颤抖。回想起神宫岚的眼神,她意识到这个人恐怕不会那么轻易放过她。

其实在来沧之星的时候苏央然就想过,在这个学校待一年就可以拿回洛兰科斯皮特学院,这样和白送没有什么区别。神宫岚可不会那么好说话,他必然是要在沧之星折腾她了。之前神宫岚对她完全放任,而现在,他又这样莫名其妙地与她对话,难道是准备动手了?

第八章
抢夺会长之位

★ 第一节 ★

苏央然这几天心情一直不好,跟在身边的孟怜已经看出来了。他小心翼翼的,不敢惹她。虽然尝试着想要问问她到底发生什么事情了,但是怕自己一开口她会更加生气,只能卖力地做各种蛋糕讨好她。苏央然拿着叉子插在蛋糕上不断搅动,忽然抬起头来:"孟怜,你们学校的学生会会长几年换一届?"

"啊?学生会会长选举吗?一年一届的,不过选票都是给神宫岚会长的,所以选举和不选举也没有什么两样啦。"孟怜回答道,"也只有金星的人才可以参加选举。"

"其他颜色星级的人不能参加吗?难道他们就不是沧之星的学生吗?"苏央然有些不平。

孟怜摇了摇头:"我也不清楚。因为从来都是神宫岚会长当选的,也没有其他人去竞选啊。竞选学生会会长是要报名的,一直以来,都是神宫岚大人一个人参加竞选的,没有人敢跟他竞争。就算跟他竞争,也竞争不过啊。"

"我要参加!"苏央然忽然一下子站了起来,手里的蛋糕举得高高的,"我要参加这一届的学生会会长选举,我要当上学生会会长,打破学生会建立的奇怪制度!我要让他们把胸前的星拿下来,我要所有人都可以开心地笑。我要他们想说什么就说什么,想做什么就做什么!"

她突然提高了声音,最后一句话几乎是吼出来的,孟怜当下就呆住了,怔怔地看着她:"你……你要竞选学生会会长?可是……可是没有一个人敢投你的。"

"你也不敢投我吗?"苏央然忽然低下头来看着他。

孟怜的脸一下子红了:"当然敢,如果央然姐想要那一张票,我一定会投给你的!"

"那就行了,你敢,我会让他们也敢。学校里那么多人,总能找到愿意给我投票的!我会让他们知道,我值得信赖!我一定可以当上学生会会长!"苏央然斩钉截铁地吼道。

孟怜明知道这是一件根本就不可能的事情,可是他的心却在告诉他:要信她,她可以做到的,她一定可以做到的。

天啊,明明是不可能的,他竟然也有这种莫名的冲动和期盼,期盼有一天,苏央然真的可以站在学院的最顶端。

苏央然真的说做就做。其实距离学生会会长的竞选还远着呢,至少还有三个月。沧之星学生会的选举都是在年末,因为每天学生会都有很多工作要忙,所以就安排在最后

第八章
抢夺会长之位

这几天象征性地选一下。一直以来,坐上学生会会长这个位置的都是神宫岚,所以选举对沧之星的人来说是一件简单而且无聊的事情,他们只要打一个钩就行了。因为整张选票单上只会有一个名字,那就是神宫岚。

可是这一次不一样,这一次苏央然要参加学生会会长的竞选,她想得到最高的票数,她要跟神宫岚一争高下。

她开始卖力地发宣传单,宣传自己要竞选学生会会长的事情,还在宣传单上印了一只巨大的老鹰,在天空翱翔,标题是:拿掉你的星级标志,让一切等级制度都见鬼去吧。

这无疑是对沧之星多年来传统的一次冲击和挑战。学校里的学生都很震惊,他们本来就知道苏央然有点儿不正常,可是没有想到她竟然这么不正常,居然要参加学生会会长的选举!她根本不可能赢的!

一开始,根本没有人愿意接她手里的传单,但是苏央然依旧是站在那里,依旧是见人就迎上去面带微笑地宣传。

那单子到了神宫岚的手里,他看着上面写的那句宣传语,笑得差点儿背过气去。她可真是大胆,竟然要跟他争学生会会长的位置!恐怕整个学校没有一个人敢选苏央然,哦,或许有一个,孟衬的弟弟。

神宫岚眯了眯眼睛,苏央然发传单的时候,他似乎看见孟怜也在那里。

看样子,那个孩子真是不能留了。

第二天,沧之星学院的公告栏上,就出现了一张退学通知书,被处分的不是别人,正是孟怜。理由是,孟怜不遵守沧之星的校规,擅自离开宿舍居住在酒店。

苏央然气愤不已,孟怜会居住在酒店纯粹是因为他回不了银星宿舍,而且那么多天都不处分,偏偏在她参加学生会会长竞选,开始发传单的时候处分!根本就是有意针对她!孟怜看到那个通知倒是很平静,他甚至转过头来对苏央然温柔地笑:"其实在我丢掉银星的时候,就已经做好随时离开的准备了。因为央然姐一直陪伴在我身边,让我开始觉得,沧之星也是很温暖的,也是有人情味的。央然姐,不要担心,只是离开这所学校而已,我可以去别的地方上学。也许,我可以得到更多的自由。"

"你已经自由了!"苏央然一把握住他的手,"就算外面是海阔天空,但你的哥哥还在这里,我知道你也是舍不得离开的。你的银星是我摘的,回不了宿舍也是因为我,责任由我来负,我不会让他将你赶走的!如果要走,我跟你一起走!"

苏央然一把撕下了那张贴在公告栏上的退学通知,然后拉着孟怜直接杀向学生会。一大群学生知道有好戏看了,纷纷跟在后面。苏央然拉着孟怜去敲学生会的大门,两个

113

银星的学生打开了门,看到是苏央然,都不由自主地后退一步。这个苏央然很厉害,他们心里都清楚。唯一能够镇住她的,恐怕只有神宫岚了。

苏央然毫不客气地把手里的退学通知单甩到他们脸上:"叫神宫岚出来,否则我今天就踏平你们整个学生会!"

"口气这么大?"神宫岚早就知道她会来,已经在一楼等了很久。他穿戴整齐,慢条斯理地从大门口走出来,看了一眼地上的退学通知单:"孟怜不遵守校规,受处分是自然的。沧之星校规第一百三十六条,擅自离开宿舍外宿十天以上者,将予以退学处分,我这么做有错吗?"

苏央然一下子护在孟怜的前面:"那好,我也离开宿舍十天以上,你们也开除我啊!"

神宫岚眯了眯眼睛:"真可惜,学校还有一条规定,凡是学科成绩中有一项在全年段排第一的学生,拥有免除退学处分的机会。夏会长成绩如此优秀,当然是学校的荣耀,你想住哪里,学校都予以支持。"

"你……"苏央然一下子被噎住了,气得脸通红。神宫岚微笑地看着她,很想知道她接下来会有什么反应。

孟怜拉了拉她的衣角:"没关系,就算我离开沧之星,以后也可以回来看望你。央然姐,我永远都不会忘记你。"

苏央然一把按住他的手:"你说的什么话,我不会让你被人白白欺负,也不会让你受委屈!你是我在沧之星的朋友,朋友遇到了麻烦,我一定会站出来帮忙!就算这个学校冷冰冰的,至少我们的友谊还是温暖的!就算这个学校里没有一点儿人情味,至少我和你还有!"

她说完又抬起头,眼睛紧紧地盯着神宫岚:"神宫会长,真的没有商量的余地吗?"

神宫岚笑了笑:"他若是能重回宿舍,这退学通知单,我自会收回。"

"他不是不想回宿舍,是你们不让他回去!只是因为他丢了笔上的银星,一颗银星能代表什么?"苏央然怒吼道。

第八章 抢夺会长之位

第二节

神宫岚眯起眼睛:"那代表了沧之星。"

"代表沧之星?沧之星哪一条校规规定不佩戴星级标志就不能进宿舍?这只是你们学生会弄出来的东西!"苏央然针锋相对。神宫岚勾了勾嘴角:"星级标志如何不能代表沧之星?沧之星中,沧代表水,指的是沧海,沧之星建立在海中央。星表示希望、梦想,绚烂如同沧海之上闪耀的星辰。佩戴星级标志,就是牢记沧之星的意义。"

"你说星代表了希望和梦想……那么,现在孟怜胸前挂着的又是什么?"苏央然一下子转过身,"这就是他的希望,他的梦想!尽管他的梦想不如大海辽阔,不如星辰闪耀,但这是他努力追寻的东西!代表了他身为一名沧之星学生,一直为梦想在努力!"

周围的学生都一怔,他们纷纷转过头来看向孟怜胸前的那支笔,笔上的小蛋糕徽章闪耀着光芒。他们都安静下来,互相看了看,然后又把视线集中在了神宫岚的身上。

神宫岚沉默了许久,终于缓缓转过了身:"我会将那张退学通知书撤下来。"然后头也不回地跨进了学生会办公大楼。

外面围着的所有人都呆住了,神宫岚会长竟然妥协了?他竟然妥协了!

孟怜也呆在原地,他本来已经放弃了,当看到那张退学通知书的时候,他觉得离开沧之星是板上钉钉的事,根本不可能挽回的。就算苏央然带着他去找学生会理论,必定也会败下阵来,更何况神宫岚会长亲自出面与她辩论。可是没有想到,她竟然赢了,她竟然真的赢了。

"你终于可以留下来了,太好了!"苏央然回过头来,对着孟怜扬起一个微笑。

"嗯!"孟怜大力地点了点头。只要是苏央然说的,哪怕真的是不可能的事,他也会信她。她本身就有一种让他信服的力量,这种力量沧之星里的人是没有的。那是朋友之间的一种信任,那是当遇到危险第一时间就会想到向对方寻求帮助的信任!而苏央然的到来,让他感受到了这种信任。

周围的学生渐渐散去,苏央然伸出胳膊一把将孟怜揽进了怀里:"走吧,继续发宣传单去,我一定要坐上会长的位置,把神宫岚拉下来!哈哈哈哈!"

孟怜额头冒汗:"央然姐,要低调啊……"

沧之星学生会会长办公室里,神宫岚意外地没有生气,如若往常有人这么顶撞他,他必定会大发雷霆,就算在外面的时候,他表面装作什么事情都没有发生,但是只要回到办公室里,他肯定会怒气冲天。今天不同,他被苏央然顶撞,甚至逼得他收回了那张退学通知书,他不但没有生气,还很平静地坐在椅子上,只是双手支着下巴,眼睛微微

眯着。

　　站在旁边的孟衬一句话也不敢说，只是看着大门的方向。学生会的其他成员正在忙碌，来来去去的，为沧之星一年一度的校园之星歌唱大赛做准备。

　　"你恨我吗？"忽然，神宫岚莫名其妙地开口，他侧过头，眼睛细长，嘴角微微向上扬，看着身边的孟衬。孟衬全身一僵，有些不明白地回道："会长大人，是在问我吗？"

　　"不然呢？"神宫岚轻轻一笑。

　　"没……没有……"孟衬自从神宫岚升学进入沧之星之后，就一直跟在神宫岚身边，以前两家生意上也有往来，他也是跟着神宫岚。忽然问孟衬恨不恨他这种话，真是把孟衬吓了一跳。

　　神宫岚放下手，手指在桌上有节奏地敲着："我以为我让孟怜退学，你会因此而恨我呢。毕竟他是你唯一的弟弟，你一定很疼他吧？"

　　"他犯了错，受罚是应该的。"孟衬回道。

　　"是啊，可是夏央然会帮他。只要是她认为对的事，无论规矩是怎样的，她都要去做。看见了吗？今天她将我击败了。"神宫岚脸上的笑意越来越浓了，声音也越来越重。

　　神宫岚想起了苏央然的眼神，他一下子兴奋起来。她的眼睛太干净了，干净得那么理所当然，干净得那么理直气壮，每每看到那双眼睛，他都想狠狠地将她毁灭啊。

　　他的眼神忽然锐利起来，好像猛兽遇到了自己喜欢的猎物，紧紧地盯住猎物，一动也不动。

　　孟衬握紧了自己的拳头，他知道，神宫岚是不会放过那个女孩的。

第八章
抢夺会长之位

第三节

自从苏央然在学生会门口和神宫岚辩论，帮孟怜撤掉退学通知书之后，沧之星的学生不知道为什么对她的态度稍微好转了一些。她送出去的竞选传单也有人接了，虽然他们看了之后很快丢进了垃圾桶，但是至少他们接了，苏央然依旧是很高兴的。

孟怜也很卖力地帮助苏央然宣传，偶尔有几个路过的学生还好心提醒她："你不要多想了，会长的人选不会是你的，就算我们所有学生选了你，学校也不会同意的。""就是就是，神宫岚会长就是学校的投资人，他们家建立这所学校都是为了他。""他不当会长的话，谁还能当会长？"

苏央然听了之后也不反驳，只是笑笑："世界上没有不可能的事情，只是我们没有去努力，没有去争取罢了。"而她，一定会努力，努力坐上那个位置，努力打破这所学校的陈规！

或许是她的坚持和拼劲终于感动了几名学生，他们虽然表面上还是一副很讨厌她的样子，但是背地里还是偷偷商量投票给她。反正选票是不记名的，投个几票给她也没什么关系，再说了，最后坐上学生会会长宝座的终究是神宫岚。其实他们不投给神宫岚也无所谓，干脆投给苏央然好了。

因为至少苏央然在努力，哪怕看到一点点成果，也会高兴吧。

竞选传单已经发了一个多星期了，无论是下雨天还是大晴天，苏央然都坚持去发传单。孟衬几次去教学楼的时候，都可以看见她。

那天她穿着沧之星的校服，衬衣全湿了，头发湿漉漉地贴着脸，雨水不断从她的头发滑落下来。她一直恭恭敬敬地将手里的竞选传单递给路过的学生，从一开始没有人愿意接那单子，到后来几乎每一个路过的学生都会从她手里拿过单子。

她到底要站多久？到底要站到什么时候？每一个人都这么想。

除了发放竞选传单，苏央然还报名参加了大部分的社团，插花、赛马、跆拳道、空手道、沙滩排球、冲浪、围棋、国际象棋，每一个社团活动她都去参加，高兴地和他们一起玩，一起闹。她有时候会对社团的发展提出自己的意见，有时候冲动起来甚至会跟社团社长干一场，比比谁更厉害。

社团里的人都认识苏央然，也渐渐了解她。

她的脾气很直，稍微有一点儿不高兴的事情都会表现在脸上。但是她对人很好，哪怕有人伤害过她、攻击过她，她都可以很快忘记，并且第二天还是面带微笑地同他们说话。她很厉害，无论是哪种技能，她都努力学，并且学得很快，飞速地超过其他社团成

员,又拽着他们比试。如果她赢了,她就会得意地把自己的方法告诉他们,第二天继续比。如果她输了,她就像癫皮狗似的黏着他们,一定要问出他们获胜的方法。

有人开始同她做朋友,尽管仍旧保持着一定的距离,但是每次在路上相遇,都会和她打一声招呼,或者微笑一下;有人开始向她讨教学习方法了,只要看见她在教室看书做题,必定会凑上前去;有人开始同她一起吃蛋糕,特别是尝过孟怜做的蛋糕之后,更是一发不可收;有人开始跟在她的身后,甚至愿意帮她发传单,尽管每一次都是偷偷摸摸地发,但是苏央然知道,她的心意已经开始一点儿一点儿传达给他们,他们终究有一天会感受到的。

苏央然起初并不知道为什么沧之星的学生都那么害怕神宫岚,虽然神宫岚的确不是善类,但是他的表面功夫实在是做得太好了,大多数人都会以为他是个温柔的人。直到那一天,她在路上发宣传单,一个女孩被几个学生会的人拖了出来,是的,他们很用力地将她拖了出来,一路从学生会办公室拖到大门口。

那个女孩一直哭着,她手里紧紧地抓着一个饭盒,鞋子已经被地上的石子磨破了。她哭着,声音沙哑,却一直在重复着一个人的名字:"阿文,阿文……"周围的人都不敢上前帮忙,更不敢说一句话。

苏央然实在是看不下去了,她将竞选单往身边一个学生手里一放就要上前去打抱不平,结果那个学生一把拉住了她:"别去,那是学生会内部的事情。"

"内部?"苏央然一愣,她仔细看去,那个女孩胸口别着的是银色星星。学生会只收金色和银色星级的学生,这个女孩既然是学生会的人,为什么又被他们这么拖出来?她到底做了什么事?苏央然有些不解,那个学生压低声音道:"我认识她,她是这一届刚进学生会的学妹,和学生会里另一个男孩交往了。但是沧之星学生会有规定,不允许学生会成员谈恋爱,碰了高压线,就会被开除。"

那也不能这样拖人啊!苏央然二话不说又要上前,这个时候连身旁的孟怜也将她拉住了:"学生会的规矩是很严格的,如果你现在阻挡他们,到时候这场灾难的矛头就会对准你。央然姐,不要过去!"

"他们要把她带到哪里去?"苏央然握紧拳头。

另一边的孟怜安慰道:"应该只是把她赶出学校而已,不会做什么过分的事情。"

"那他们不会好好对待她吗?为什么还要用拖的?"苏央然简直要气爆了,她念了那么多年书,换过那么多所学校,还没有见过哪个学生会做事这么野蛮。孟怜垂下头:"其实前几天这件事情就已经闹起来了,只是央然姐忙着发传单没有关注到。"

"那男的呢?女方要被退学,男方什么处罚都没有吗?"苏央然瞪大眼睛。

第八章

抢夺会长之位

第四节

"因为男方是神宫岚手下的人呗。""哦，我知道了，是那个预备的金半星，今年年末就要升金半星了。""是啊是啊，就是那个男生，我看见他来找过这个女孩好几次，还和这个女孩在屋顶吃饭。""你是说……秋连文？他不是一年级新生吗，就这么厉害？""他家条件好呗，加上他成绩也很好，又和神宫岚关系很密切，他们两个家族有往来。他进来的时候就直接佩戴了银星，到今年年末，他就是金半星了。""难怪，原来是神宫岚的人，那那个女孩可就惨了。"躲在苏央然后面的一帮学生开始窃窃私语，苏央然愣在那里。

因为他马上要升到金半星了，就可以为所欲为？犯了错，也可以不受责罚？所有的事情都要女方承担？哪里有这种道理！

苏央然真是气不过，她虽然不喜欢管闲事，但是既然她已经决定竞选学生会的会长，既然已经决定无论如何都要坐上那个位置，那么她就要担负起保护学生的责任！

差一点儿就要迈开脚步走过去了，身后的孟怜却拉住她的手腕。苏央然的胆量他是见识过的，但是这一次真的不行！

神宫岚上一次放过她，那是因为孟怜可有可无，哪怕他不离开学校，也对神宫岚没有影响。神宫岚只是为了警告他们一下罢了，让苏央然知难而退，虽然最后苏央然赢了，其实也没有占到便宜，至少那场失败对神宫岚来说是不痛不痒的。但是这一次就不一样了，这一次涉及预备的金半星，这是神宫岚需要的人，苏央然不可以跟他产生冲突，不可以将那个预备的金半星拉下来。否则，神宫岚一定会让苏央然好看的！

"你做什么？放手！"苏央然想要甩开孟怜的手，可是孟怜却握得更紧了，他不能放开，他不能让她去冒险！不，那不是冒险，那是自寻死路，那是以卵击石！"央然姐，预备金半星就是神宫岚的左右手，你想想看，如果有人要砍你的手，你会怎么做？"

如果有人要砍她的手，她会跟那个人拼命，哪怕拼上一切将对方打倒在地，也不会让他碰自己一根汗毛。

猛地，苏央然似乎懂了，她转过头看着身后围观的人。其实他们每一个人脸上都写满了对女孩的同情，有几个人或许是那女孩的朋友，同样握紧了拳，同样是那么气愤，同样想要冲上去打抱不平，可是他们不敢动，不敢说一句话。

神宫岚是认真的，他一旦认真起来，就算是三个苏央然也斗不过他。但是，她并不需要斗，神宫岚用的是力量，他的力量来自他的家族，他的拳头，他的暴政！苏央然的

家族无法与他相提并论，苏央然的拳头也无法与他抗衡，但是她有一颗真心。她的心是用来保护学校，保护学校里每一名学生的！

正如她当初所说的：一个学校的学生会会长，不仅仅要守护这个学校，也要守护这些学生！

苏央然推开了孟怜紧握着她的手，她脸上没有怒气，反而还扬着一丝微笑。她的手掌轻轻地拍在孟怜的肩膀上，点了点头："放心吧，我有分寸。"

孟怜想阻止她，他不希望她再掺和进这些事情里！可是看到她那样的微笑，看到她一步一步朝着那个倒在地上的女孩走过去，他竟然就像被定住一样，没有办法动弹。或许她是知道的，知道这一去必然会引起轩然大波，连她自己也会受到伤害，可是她还要去，她偏要去，她就是要去。

几个拖着女孩的学生会成员没有想到会有人出来挡住他们的去路，抬起头看到是苏央然，他们的眉头立刻皱了起来。

他们知道她，神宫岚会长带回来的人，脾气十分倔，口才了得，与她辩论他们是稳输的，哪怕有理也会变得没理。但是地上这个女孩牵扯着未来的金半星，就算是苏央然也无法阻止："学生会办事，请让一让。"

他们已经很客气了，如果换作是别人，恐怕他们早就骂过去了，但面对苏央然，他们必须谨慎，稍微有一句话不对，就会被她抓住把柄。

苏央然这一回倒是一句话也不说了，她只是走到那个女孩面前，向她伸出手："我带你去见他。"

女孩像溺水的人看见岸边的芦苇一样，哪怕它很纤细，也不顾一切地握了过去，并且紧紧地抓住她的手："帮帮我……我想见阿文，我要见阿文……"

"他全名叫什么？"苏央然问道。

两个学生会成员要上前阻止，却被苏央然狠狠地瞪了回去，他们只能劝阻道："这是神宫岚会长要求我们做的，夏同学，你应该知道后果，不要再参与这件事了。"

苏央然扬起一个微笑："我在问她，那个人叫什么名字，你们紧张什么？"

学生会成员不说话了，地上的女孩被苏央然拉了起来，女孩拉着她的手，原本要说出那个人的名字，但是不知道为什么一下子又僵在原地："如……如果我说了……阿文也会被开除吗？他会受到责罚吗？"

"不，不是责罚。他会担负起他的责任。"苏央然回答。

第八章
抢夺会长之位

❀ 第五节 ❀

"他叫秋连文……"女孩捂住脸,眼泪顺着指缝流淌出来,"是我最喜欢的人。"

尽管整个沧之星的人都知道与女孩交往的人是谁,但是听到这个名字从女孩嘴里说出来的时候,他们还是震惊了。

一个女孩,是承受了多么大的压力,才一直隐瞒着对方的名字,才一个人承受着痛苦和折磨。哪怕是快要被赶出这个学校,她最后要求的也只是——

"我只是想见见他,我不奢求他为我做什么……也不奢求留在这个学校……我只是想见见他……"她声音沙哑,眼泪不断地流淌着,滴落在地上。

苏央然伸出手,将她揽在怀里,轻轻拍着她的肩膀安慰,声音细软:"我带你去见他。"

学生会成员无法阻拦苏央然救走那个女孩,但是苏央然要带她去见秋连文,那是绝对不被允许的:"夏同学,秋大人在为今年校园之星歌唱比赛的事情做预算,他很忙的,没有时……"

"间"字还没有从嘴里出来,苏央然便打断了他的话:"很忙?学生会不就是为学校、为学生服务的吗?如今学生需要帮助了,他就开始忙了?总统都要挤出时间跟老百姓聊聊天,你们的秋大人难不成比总统还忙?不就是一个歌唱比赛的预算和安排吗?他要是速度慢,我可以帮他搞定。"

这种事情需要忙多久?以前她在洛兰科斯皮特学院的时候,可全部是她一个人搞定的。要知道洛兰科斯皮特学院可比沧之星麻烦,那帮孩子不守规矩,积压的事情更是一堆接一堆。

她果然是伶牙俐齿,两个学生会成员立刻败下阵来,想要阻止她,可是又说不过她,只能眼睁睁地看着她把那个女孩带向了学生会办公大楼。他们紧紧跟在后头,生怕出什么事情。

苏央然才走到学生会办公大楼楼下,门都没有推开,一个金半星少年就从里面跨了出来,是孟衬。他一眼就瞧见了苏央然身后的那个女孩,也看到了两个胆怯地跟在后头的学生会成员。他的眉头微微皱了起来,抬头看着苏央然:"将她带回去吧,不要再闹了。"

"我不是闹,我只是要求一个公平公正。哪怕那个男孩不打算负责,至少你让她见见他,就这样强行地将两个互相喜欢的人分开,你不觉得太残忍了吗?"苏央然每一个字都说得铿锵有力,每一个字都咬得很重。

　　孟衬就这么挡在大门口，他脸上平静如水，没有起一点儿波澜，视线轻轻移到了旁边站着的少年身上。那是他的弟弟，自从来到这个学校之后，他与弟弟渐渐疏远，如今，已经很久没有好好跟他说几句话了。

　　她就是有这样的力量，吸引着旁人来到她的身边，让旁人信服她的话，信服她所做的事。孟怜，也是如此被她吸引着吧。

　　"你觉得，他们真的是互相喜欢吗？"忽然，孟衬开口说了这样一句话。苏央然一怔，她皱起眉头："你这话是什么意思？"

　　"你知道什么是爱吗？你曾经爱过一个人吗？"孟衬的声音好像落在水盘里的雨点，轻柔却冰凉，"爱，是责任，是担当，是要为今后的一切做打算。在没有办法为彼此的未来负责的时候，就已经不是爱，那只是冲动，只是情不自禁。冲动过后，当一切都恢复平静，那两个人之间，还存在爱吗？"

　　爱？苏央然站在原地。

　　她不懂男女之间的爱，她或许懂得守护，或许懂得心疼，或许懂得怜惜……但关于孟衬所说的，她确实不懂。可不懂又怎样？她不是懂心疼、懂怜惜吗？她会哭会笑，会发脾气，明白被背叛的痛苦，明白难受和绝望。人类的感情不都是这样吗？有谁一生下来就懂得爱的？不正是从一点儿一点儿的感情里渐渐领悟爱吗？

　　更何况，只要一个人曾经爱过、喜欢过，并且为了这份爱和喜欢努力过，无论爱变成什么样，都应该为当初的喜欢担负起责任！如果失恋了，那么就要接受失恋的结果，就要有勇气面对。如果依旧相爱，那就担负起该担负的责任，紧紧握着对方的手不松开！

　　所以……

　　"无论他们之间的喜欢变成了什么样，既然曾经喜欢过，就要为曾经的喜欢承担后果！他可以说现在已不爱她、不喜欢她了，他也可以说那只是一时的冲动。那么现在，请为了当初的冲动负责，请为了以后的不爱和不喜欢负责！躲在后面算什么？一个男人，连最后见一面的勇气都没有，这样的人，还能够继续待在学生会？还是未来的金半星？原来沧之星的金半星都是这种水准？"苏央然说得一句比一句响亮，一句比一句重。

第八章 抢夺会长之位

第六节

孟衬颤动了一下嘴唇,他还想说什么,忽然身后伸出一双手,轻轻拍了拍他的肩膀。他转过头看到是神宫岚,连忙站到一边,一言不发地垂下头。

神宫岚脸上带着微笑,他其实一直站在学生会办公大楼里听着苏央然说话,很明显,她是真的从来都没有与别人恋爱过,不知道为何,听到这里的时候他的心情忽然变得很好。

所以他笑容满面地从门里走出来时,吓倒了外面一大片学生,他们纷纷窃窃私语:"完了完了,会长笑得那么欢,背地里肯定想出了狠招。""要对付她了。""这一次她可就没有那么好运了。""她要完了。"

完什么完!后面的人叽叽喳喳说的话让苏央然皱起了眉头,面对神宫岚,她却不甘示弱:"让开。"

神宫岚脸上依旧带着笑,尽管苏央然一开口就气势汹汹的,但是他似乎一点儿也没受到影响。苏央然见过他的笑容,但是这一次他笑得特别灿烂,笑得让她全身都起鸡皮疙瘩。

"你想要让她见秋连文吗?"神宫岚一开口,周围似乎刮来一阵春风。所有同学都呆住了,惊讶得合不拢嘴。

刚才是幻听了吗?为什么会长的声音如此温柔?温柔得好像一股春风。神宫岚会长虽然平时也会带着笑容,但是那种笑容总是让人不寒而栗。今天会长的笑容如此灿烂,今天会长的语气如此温和,温和得让他们觉得太不习惯了。

所有人僵在原地,好像石化了似的。

苏央然也愣了一下,她忽然有点儿不安起来,看着他的眼神也有些退缩:"你……你今天发什么神经,怎么感觉怪怪的?"

神宫岚无视她语言中的中伤,而是继续温柔地说道:"如果你要让她见秋连文,我可以答应你。"

苏央然有点儿难以置信:"真的?你不会设下一个陷阱等着我跳吧?"

"我怎么会是那种人?你把我想得太坏了。"神宫岚道。

你怎么不是这种人!苏央然在心里咆哮。不过算了,既然可以让这个女孩见到秋连文,那也算了了她的心愿。谁管他今天是抽风还是发神经,只要能够让她见到秋连文,一切都好说!

"但是我有一个要求。"苏央然刚要带着那女孩走进学生会办公大楼,神宫岚又开

了口。她立刻皱起眉头:"我就知道……"

神宫岚扬起笑容:"以后喊我岚,不要把我叫得那么生疏。"

你们听见了吗?你们听见神宫岚说什么了吗?周围的学生差一点儿就要捧着脸对着天空做名画《呐喊》状了!

今天的一切都太不对劲了!神宫岚会长怎么了?他脑袋是不是被什么东西砸到了?今天发生了让他很高兴的事情吗?

所有的学生都紧紧地盯着神宫岚,生怕这个会长又做出什么离谱的事情。

而苏央然,彻底石化了。神宫岚今天摆的什么乌龙阵?

唯有站在另一边的孟衬,他淡淡地看了会长一眼,又看了一脸惊讶的苏央然一眼,无奈地摇了摇头。

"你是不是发烧了?还是得了什么病?"苏央然完全震惊了。

神宫岚依旧微笑:"没有,只是想对你表示友好而已。"

苏央然狐疑地反复确认:"真的吗?不会是有什么校规规定直呼会长的名字就要被开除吧?还是喊了你的名字就要受罚?你确定真的只是表示友好而已吗?话说回来……你一向对我不友好,突然对我友好,我有点儿恐惧。"

"呵呵,夏同学真会开玩笑,我对你一直都是很友好的呢。"神宫岚的表情终于有点儿僵硬了。

"好吧,我答应你……岚。"一个"岚"字就这么风轻云淡地从她的嘴里说了出来,神宫岚僵在原地,久久没有反应。

身边的孟衬终于插了一句进来,并且侧过身,他对苏央然说道:"随我来吧。"

第八章 抢夺会长之位

第七节

学生会会长办公室的旁边，还有一间不大不小的办公室，门口没有挂牌子，但是从装潢上看，应该算是比较精致了。孟衬带着她们走到那间办公室的门口，他伸手敲了敲门："文。"

"嗯。"屋子里传来温和的声音，然后门"吱呀"一声打开了。从里面走出一个少年，他的头发是灰褐色的，一双眼睛如同宝玉一般晶莹剔透。这是一个比陶瓷更精致、比水月更柔美的少年。

苏央然怔了怔，而少年看到站在苏央然身后的女孩时，脸上的表情也瞬间变了。原本还是扬着淡淡的微笑的他，一下子冷若冰霜："你怎么在这儿？"

声音好像从冰窟里传来一样，冷飕飕的，不带一丝感情。

苏央然有些意外，刚才明明看见一个温和的美少年，怎么瞬间就变成了冷酷的阎罗王？他脸上的表情就好像在说：我与那个女孩没有一丁点儿关系，不要带她来见我。

站在苏央然身后的女孩晃了晃身子，她其实有很多话想要说，但是在这一刻，她的喉咙好像被堵塞了。她只能看着他，用一双眼睛紧紧地盯着他。另一边的孟衬催促了一句："如果没有什么要说的，就回吧。文还有很多事情要做，沧之星校园之星歌唱比赛的预算还没有做好，做好了还要向学校递交申请书。"

苏央然脸上写满了不悦，她一把推开面前的那个少年，跨进了他的办公室："不就是一个活动的预算吗，要花那么长时间？我帮你算，你抽个把小时和她聊聊天。"

她不顾旁边人的阻止直接走到办公桌边坐了下来，并且将旁边的一沓资料拿了过来。少年恼怒地想要喝止她，苏央然一下子抬起头，她的眼神冰冰凉凉，好像一把剑："不要用无聊的借口掩饰你的不负责，区区一个预算都要那么久，你这种能力想要升为金半星，不觉得很可笑吗？"

少年的脸色一下子青了："你以为你是谁？"

"等我花一个小时的时间把你前面所有的预算重新整理一遍之后，你就会知道我是谁。"苏央然也不说假话，她飞快地动笔将各项活动所需经费以及备用经费画了出来，然后拿过旁边的算盘噼里啪啦地打了起来。

就算现在有很多高科技的计算器，但是在做预算的时候，苏央然还是喜欢用珠算。

苏央然在那里噼里啪啦地算，少年气得想要走过去将她拉开，但是站在门口的孟衬忽然伸手拦住了他："是会长安排的，同她随意说几句吧。"

少年一怔，咬了咬牙，恶狠狠地瞪了苏央然一眼。他不知道她是谁，但是最近学校

里的一些传言他还是听到过的。苏央然的事迹被传得沸沸扬扬，她被贴得最多的标签就是：爱管闲事。只是少年还真没想到，她爱管闲事竟然管到他的头上来了。

回过头看了一眼那个女孩，他更是气得握紧了拳头。和他交往过的女生其实不少，这个女孩最死缠烂打。但既然连会长都开口让他跟她聊几句，他也没有办法再拒绝，只是脸上的表情很阴冷："你找我什么事？"

女孩紧紧地揪着自己的衣摆，她只是看着他，却不敢开口说一句话。在与他交往的时候她就很清楚，他与她是不一样的，他是天使，是神圣的，是高高在上的。她也知道，他是不可能留在她身边的，因为他从来都没有真心喜欢过她。他只是想要一个可以给他送饭的人，他只是想要一个可以给他慰藉的人，他并不需要爱。

自己知道这一切，可是却沦陷了，一直无法将自己的视线从他身上移开，只能一步一步陷进去，直到自己越陷越深。

只是没想到，最后她和其他人一样都被他抛弃了。

她被人驱赶，被剥夺了银星，被人拖出学校。可是她不愿就这么离开，哪怕让她再看他一眼，只是再看看他……她可以不奢求任何东西，她只是想再看看他……

"如果没有什么要说的，那就离开这里！"少年终于不耐烦了，他转过身要把门关上，女孩忽然鼓起勇气，她冲上来一把抱住了他的手臂，牢牢抱住："我喜欢你！"

少年猛地一颤。

女孩的头埋在了他的后背："我知道你从来都只是在利用我，你从来都没有喜欢过我，但是我喜欢你，一直都喜欢你。"就算她马上就要离开沧之星了，也想传达自己这一份心意。

"别说这么恶心的话，"少年忽然一把拉开她的手将她推了出去，"永远？谁可以保证永远？你聪明点就别再纠缠我，或许还能留在学校。"

第八节

原本还在做预算的苏央然忽然停下了手里的活,她没有说话,只是坐在椅子上,连头也没有抬一下。那个女孩被重重地推到了地上,她摔得很疼,却没有抱怨,依旧努力保持微笑:"阿文,好好照顾自己。以后,我不能再给你准备便当了,也不能再帮你抄课堂笔记了。但是没有关系,阿文那么聪明,一定会好好的。或许还有别的女孩子为你准备便当,为你抄课堂笔记……阿文,哪怕你把我忘记,我也依旧喜欢你。"

"疯子!"那少年终于动怒了,他反身一把将门关上。任凭外面的女孩呼喊他的名字。他背对着门,眼神冷漠地看着苏央然:"都是你惹的麻烦,原本她早就走了!"

苏央然一声也不吭,她继续埋头做着预算,直到外面没有了声音,她才放下笔,将做好的预算放到他的手里:"完成了。"

"那么快?"少年大吃一惊,从刚才到现在,别说一个小时,恐怕只有十几分钟!他难以置信地翻看着手里的东西,苏央然已经打开了门,那个女孩不知道是被拖走了,还是自己离开了,总之门口已经看不到她的影子。少年呼出一口气:"终于滚了,要是再闹下去,真要把人闹出精神病来。"

他抬头看了一眼苏央然,苏央然面无表情地站在那里,眼睛直直地盯着过道对面的那扇门。他吓了一跳,以为那个女孩还在那里,连忙探头看了看,却发现没人,立刻埋怨地瞪着苏央然:"你搞什么,装神弄鬼!"

"怕什么,如果当初你不去招惹她,现在也不至于发生这样的事情。"苏央然冷漠地说道。

因为孟衬和神宫岚并不在办公室,少年脾气有些大,他不惧怕苏央然,要不是因为刚才有孟衬在,他早就对苏央然不客气了。他讨厌自以为是的女孩,尤其苏央然比他要强硬很多,这种强硬让他觉得很不舒服:"招惹?哼,谁会去招惹这种女生?我坐在教室,她非要同我搭话,既然要搭话,我就聊了几句。之后又给我送便当,我懒得去食堂,有人白给我送饭没有不吃的道理。从头到尾我都没说过一句喜欢她,是她自己黏着我。"

"我看出来了,"苏央然依旧望着对面的门,她的嘴唇动了动,"所以刚才你驱赶她,我没有阻止。"

"你……"少年僵了僵。苏央然终于回过头,她的眼神带着一丝怜悯,就这么望着他:"有的时候,人应该看清楚现实。她到最后都认为你是一个好人,觉得你是天使。我想她应该是眼神不大好,该出去洗一洗,所以在你驱赶她的时候,我并没有阻止。"

她的话里全是讽刺,在走出办公室的时候,她还回过头给他留下一句话:"如果有一个人,她无论你性格如何恶劣都将你当作世界上最好的人,那么这个人或许是真的全心全意喜欢你。而有些不知好歹的人,常常将这样的人抛弃在路边,以为前面会有更好的人等他。等到他被荆棘刺得浑身是伤,才想起曾经有一个人那么爱自己,能够给自己一个温暖的港湾,那时候的后悔,一定刻骨铭心。我想,你需要试试。"

她离开了学生会的办公大楼。

而那个少年,还站在原地。似乎这一句话,曾经也有人同他说过,只是说的语气并不相同。那个人躺在病床上,苍老得连眼睛都无法睁开,只是紧紧地握住他的手。

"少……少爷……请您,一定要好好对待身边一直爱着您的人。如果有一个人,无论少爷对她做什么,都觉得您是好的,觉得您是温柔的,一直都喜欢您。那么少爷,那个人必定是真心喜欢您的。"

那是唯一一个,真正用心照顾着他,爱着他的人。在家中,无论是父母还是用人,从来没有将他看成是重要的人。唯有她,守门老头的老婆子,每天都会给老头送饭菜,也会微笑着给自己塞一些从铁门外头带回来的小玩意儿。

七岁之前,他从来没有离开过那扇铁门,身后是华丽的房子,却也是一个美丽的囚牢。

父母对他很好,满足他一切物质需求,说爱他,说最爱他,许了很多承诺,却从来没有兑现。他们喜欢钱,每天都是忙碌的,全世界各地飞,却从来没有停下来陪伴他。

所以他不相信爱这个字,所有人都是骗子,说爱他的人都是骗子!他不信任任何一个人,不相信世界上还有一种东西叫作喜欢,叫作爱!

"那是因为你根本就没有受过伤,根本就没有被人丢弃过!"就在苏央然马上要跨出学生会办公大楼的时候,那个站在门边的少年握紧了手,他冲着她吼道,"如果你受过伤,被人丢弃过,被你以为真心爱你的人丢在冰冷的地方,你就不会那么轻易地说出这些话!"

苏央然的脚步一下子停住了,踩在门口的石级上。

忽然,她似乎知道了,知道那个少年为什么会一直保持着冷漠的表情,明明拥有一张天使的脸;知道那个少年为什么会说出那么残忍的话,却一点儿都不心疼;知道那个少年为什么一直厌恶爱着他的人,明明他可以感受到,那个女孩是真的爱他。

如果说苏央然以前过的生活是压抑的,是被禁锢的,是被束缚的,那么秋连文所过的生活便是黑暗的,冰冷的,没有任何希望的。他以为全世界都拒绝了他,其实是他在拒绝全世界。

第八章
抢夺会长之位

她不知道过去的他经历了什么,但是至少现在,他依旧沉浸在那些痛苦中无法自拔,怎么也找不到方向。

"真可怜。"她连头也没有回,只是声音中带着一丝同情。

秋连文一下子怔在原地:"你……你说什么?"

"我说你真可怜,"苏央然迈开了脚步,她甚至懒得回头,只是越走越远,声音也越来越轻,"谁没有遇到过痛苦的事情,谁能够生来就一帆风顺,谁不是依靠自己的力量一点儿一点儿站起来,爬上来?在这个世界上,只有可怜的人才会一直回望过去,将过去的悲惨当作自己一生的悲惨。"

苏央然从学生会办公大楼里出来的时候,看到了孟怜,他担心地看着她。他担心神宫岚会对她做出什么事来,毕竟在沧之星,从来都没有人敢反抗他。苏央然安然无恙,但是她的脸上却没有多余的表情,冷冷淡淡的。

不知道过了多久,她忽然抬起头来,眼神坚定:"我会坚持下去,这个学生会会长的位置,我坐定了!"

她要改变,改变那个眼睛里没有希望的少年,改变这所学校,改变这里的一切!

第九章
夺得王座

第一节

"浑蛋！该死的，浑蛋！"学生会办公大楼里的一间办公室中，容貌如天使般美丽的少年突然重重地扫开桌面上的文件，恶狠狠地一拳打在了旁边的玻璃柜上，玻璃立刻裂开，鲜血从他指间流淌下来，一滴一滴落在地面上。

他已经很努力地想要忘记她的话，他拼命地埋头整理着下一个活动的预算，可是苏央然的话却一遍又一遍地回荡在他的脑海中。

她什么都不懂，凭什么这样说他，凭什么？

"你怎么了？"门不知道什么时候被推开了，孟衬看着里面一片狼藉，文件散落在地上，"会长让你去他办公室一趟。"

秋连文收了手，胡乱用纸巾擦去了手上的血："知道了，我立刻去。"

站在会长办公室门口，秋连文深深吸了一口气，然后平静地推开了门。和往常一样，神宫岚坐在最里面靠近落地窗的办公桌边，他并没有抬头，而是看着手里的资料。旁边站着的金半星少年小声地提醒了他一句："会长，连文来了。"

神宫岚嘴角一扬，他抬起头来，看着面前拥有一张天使脸蛋的秋连文："是不是受了她的教训？那个夏央然一向得理不饶人，哪怕没理也要说出个理来。"

秋连文一怔，他倒是没有想到神宫岚提起苏央然时竟然会用这么亲切的语气。在他的印象中，神宫岚是冷漠的。神宫岚比他要残忍很多，无论是对女生还是对小孩，都不会手下留情。可神宫岚现在居然像是在抱怨被自己宠坏了的宝贝似的抱怨苏央然。

"嗯。"秋连文淡淡应了一句。他不想提起苏央然，那个女人嘴上功夫真的很厉害，他辩不过她。估计她是从小就被宠着长大的，一点儿都不知道别人的苦楚。

"你别看她这副样子，身上不知道受过多少伤呢。"神宫岚翻动了一下手里的资料，"好几次差一点儿就死了，不知道该说是她命大，还是运气好。"

秋连文一怔："差一点儿死了？"

神宫岚将资料递到秋连文面前："你可能不知道，别看她现在一副高高在上、随便教训别人的样子，以前她可是从泥潭里爬上来的呢。她有一个弟弟，小的时候她为了救弟弟，肩膀被刺穿，送到医院的时候已经没了半条命。之后被学校附近的混混追砍，鲜血淋漓地回到家中，第二天又被送到了医院。被狗咬过，被乞丐打过，被高年级的学长教训……呵呵，很不安分呢。"

秋连文的双手发抖，怎么也无法将手里这些资料描绘的人和那个正义凛然的女孩连在一起。

第九章
夺得王座

　　一张一张翻下去，秋连文阅读着她的遭遇，感受到她为了得到最好的成绩所做的努力。她能取得那样的成绩不是因为她聪明，而是因为她足够努力。她不是天才，没有聪明到闭着眼睛就可以做到最好。她以前的生活也并不如他以为的那么安逸，她是苏家捡回来的孩子，从小就要担起照顾弟弟的责任，小小年纪就要烧饭，打扫房间，洗衣服，因为父母很忙。纵然养父母对她也不错，但是谁都会偏袒自己的孩子多一点儿，他们也不例外。

　　但是她并没有抱怨，依旧做着她认为应该做的事情。她保护弟弟苏彦，为了那个孩子差点儿送了命。她为了减轻家里的负担拼命学习，每年都拿奖学金，进入初中之后她就不用交学费了，她拿到的奖学金足够支付所有的学费。

　　等等……洛兰科斯？她以前在男校里念书？

　　大概是看出了秋连文的疑惑，神宫岚解释道："她的弟弟苏彦体弱多病，一直都需要她照顾。后来苏彦考入了这所高中，谁知他的父母竟然让苏央然女扮男装去了那所学校，哈哈哈哈……真是太有意思了。"

　　"他的父母如此自私……"秋连文深吸一口气。纵然苏央然不是他们亲生的，但是她为了家庭付出了那么多，到头来还要让她女扮男装去读她不愿读的学校！

　　神宫岚托着下巴转头看向窗外："是啊，可她偏偏不那么觉得。后来她知道了自己的身世，依然选择留在苏家，直到发生了那件事情……"苏央然被苏彦逼出了苏家，去了她的亲生父亲那里。她都已经遭到如此的背叛了，可还是会想着照顾苏彦，保护那个家。

　　真是全天下最奇怪的女孩。

　　"连文。"不知道过了多久，神宫岚收回视线，他看向秋连文，整个身子向前倾，"我要收服她。"

　　秋连文抬起头："会长？"

　　"你懂我的意思，我要她彻彻底底地服输，跟在我身边！"嘴角扬起，神宫岚看着秋连文手中的资料，那上面的女孩，笑得灿烂。

第二节

其实有时候，苏央然也会想，她来到沧之星之后，一意孤行地做了很多事情，但如若没有神宫岚的默许，会不会也像那个女孩子一样，早就被人丢出学校了呢？她并没有多厉害，也没有做多少令人振奋的事情，她只是在做自己想做的事，可如果神宫岚禁止她这样做，就算她有再大的能耐，也是没有用的吧？

所以，现在的她就像一只被关在玻璃瓶里的蝶，她以为她是自由的，她以为她是无拘无束的，其实这一切的自由和无拘无束都是被罩在玻璃罩下，以她的力量根本无法从这里逃出去。

她一直在扮演一个小丑的角色，戴着面具，做了各种事情，以为自己很坚强、很努力，以为自己赢了。可是看台上的神宫岚却一直微笑地看着她，甚至鼓起了掌，称赞道："表演得不错……"

她的反抗，她的暴怒，她的生气，在他的眼里就是一场戏。一场好玩的、可笑的戏。她就是一个木偶，只有舞台是她可以走动的地方。别处，哪里也不能去。

所以这几天，她的心情很低落。孟怜也感觉到了，苏央然像是放弃了竞选学生会会长的事，每天都呆呆地坐在花坛边看着来来往往的人群。

他同她讲学校里最近发生的一些有趣的事情，她都听不进去。

社团活动她也不去参加了，社团的人都打电话来问候她。苏央然有气无力地说最近身体可能不大好，想要休息一下，社团的人也都谅解了她。孟怜也以为她真的只是身体不好，因为身体不好所以打不起精神来。

可是身体不好的时间也拖得太长了吧？已经过去一个星期了，校园之星歌唱比赛都来临了，她还是一副有气无力的模样。

大赛的报名时间马上就要截止了，报名点就在苏央然坐着的花坛旁边，苏央然以前常常在这里发传单，最近虽然也常来，但是她与以前比明显要消沉很多。

孟怜不知道怎么的突然一把拉起坐在旁边的苏央然："央然姐，我们去报名参赛吧！"

"啊？"苏央然愣了一下，然后无力地抽回手，"不是很想去，你去吧。"

"一起去吧。"孟怜还是拉着她的手，他一副可怜兮兮的模样，"我一个人不敢去，我胆子小。央然姐，反正你最近也没什么事情做，我们一起去吧。"

被他闹得没有办法了，苏央然勉强站起来跟着他一起去报名。因为报名时间快截止了，所以报名点的人也不多，只有几个女生站在那里。孟怜连忙拉着苏央然挤了过去：

第九章
夺得王座

"现在还可以报名吗？我们也想参加比赛。"

登记的工作人员抬头看了一眼，看到是苏央然，立刻吓得挺直了后背："双人组还有一个名额。"

"那我和央然姐报名，我们两个一起唱。"孟怜兴高采烈。

登记的工作人员望着苏央然，苏央然不耐烦起来："快点登记。"

"是是。"他连忙把他们两个人的名字写了上去，"第一场比赛就在明天下午，请问，你们参加比赛的曲目是……"

"曲目啊？"孟怜撇撇嘴，他低头思考了一会儿，忽然微笑着说道，"就《天鹅的梦》吧！"

报名之后，苏央然还是一副死气沉沉的样子。

晚饭时间，她和孟怜捧着饭盒站在教室顶楼。孟怜吃了几口饭，忽然心血来潮："央然姐，我们晚上练练歌吧，明天下午就是第一场比赛了，听说赢了第一场比赛可以得到奖品哦。"

"哦。"苏央然答道。

孟怜见她没什么兴趣的样子，进一步诱惑道："奖品就是世界环球小姐大赛颁奖典礼的门票哦！可是很贵很难得的！"

"哦。"苏央然依旧平静。

孟怜咬了咬下唇："央然姐，你是不是在生气？"

"哦……啊？什么？"苏央然终于有了点反应，她抬起头来看着孟怜，"我生什么气？"其实她刚才完全没有听孟怜在说什么，他忽然冒出这么一句话更是让她一头雾水。

"那你为什么总是心不在焉的样子？央然姐，你最近是不是心情不好？"

孟怜其实一开始就猜到她最近可能是心情不好，虽然她解释说她生病了，身体不好，但是真正的苏央然，就算是生病了，她的眼睛也不会死气沉沉的。

所以，是有心事了。

苏央然有些意外，孟怜并不像他哥哥那般心细，但是此时此刻，自己的心情却被他察觉到了，是因为自己表现得太明显了吗？

她有些自嘲地笑了笑，开口道："我只是在想，自己一直所追求的，到底是不是对的。我做到的事情，真的是因为自己有这个能力做到吗？还是因为有另外一个人，躲在远处默许我这么做，我才能做到？"

"央然姐做的事情，当然是对的！"孟怜忽然激动起来，他站直身子紧紧盯住苏央

135

然的眼睛,"央然姐不是说过吗?每个人都应该有每个人的梦想,每个人都拥有追求梦想的力量!央然姐还说,你一定会当上学生会会长的,你要打破这个学校的陈规!你要让我们所有人都把胸前的星拿下来,你要让所有人都可以开心地笑。你要让我们想说什么就说什么,想做什么就做什么!央然姐,这些是你曾经许下的诺言,这是你现在奋斗的目标,你还说过……会让所有人都知道,央然姐是好人!央然姐最值得信赖!"

第九章 夺得王座

第三节

是啊,她曾经说过这些话。她曾经信誓旦旦地宣布,一定会当上学生会会长,一定要打破这个学校的陈规!一定要让他们所有人都把胸前的星拿下来,一定要让所有人都可以开心地笑……可是她现在好像迷失在海中的船只,忽然找不到方向,她发觉自己能够在沧之星里活得好好的并不是因为自己的能力出众,而是因为神宫岚对她不闻不问。如果他要阻止她,只要伸出一根手指就可以将她打倒在地。

她淡淡地呵了一口气,整个人忽然仰头躺在了地面上。头顶是一片美丽的天空。

苏央然的死气沉沉让孟怜很苦恼,他想方设法让她开心起来,但似乎效果都不佳。到了第二天,苏央然还在床上睡觉的时候,就听见孟怜在楼下吵吵嚷嚷起来。苏央然走到阳台,听到他在下面练歌。

她有些惊奇地看着楼下的孟怜,平时看他一副文静乖巧的样子,没想到他还有这样的一面。她有些无奈地转身进了卫生间洗脸刷牙,洗漱到一半突然听到了敲门声。

她打开门,看见孟怜一脸认真的样子:"央然姐,早!"

苏央然放下手里的洗漱杯:"你很有活力嘛,一大早就在楼下又唱又跳的。"

孟怜的脸"唰"地一下红了:"我……我已经好久没有唱歌了,所以……所以想要找找感觉。吵到央然姐了吗?"

"没,我听到你唱歌的时候已经醒了。"苏央然耸耸肩膀,"今天下午就是校园之星唱歌比赛了吧?"

孟怜立刻点头如捣蒜:"嗯,下午就是了。刚才我也练了一遍我们参赛的歌曲,就是不知道怎么跟央然姐分配着唱比较好。"

"那练练吧。"苏央然忽然冒出这么一句。

孟怜怔了一下:"啊?央然姐你……"

"既然都已经报名了,就得认真准备。况且我从来都不喜欢输,无论参加什么比赛,都要拿第一。"苏央然扬起一张笑脸。是了,无论参加什么比赛,无论是为了什么,她一直都是想赢,一直都是要赢,一直都是非赢不可的。就算是自己的能力不够依靠别人又怎么了,就算是因为神宫岚的默许她才能达到目标又怎么了,在这个世界上,能够依靠别人也是一种能力!

沧之星的歌唱比赛一年一届,场面非常隆重。而且是在音乐厅里举办,很多比赛选手已站在后台领取号码牌了,观众席上也坐满了人。第一排头等座位上放着神宫岚的名牌,旁边两个座位是给金半星的,另一边是预备金半星秋连文的座位。后面是音乐老

师和学生会的几个宣传部的成员。

苏央然来得比较迟，领取到的牌子也是比较靠后的。孟怜头一次在那么多人面前表演，显得有些紧张。苏央然伸手拍了拍他的后背："深呼吸，就把下面那些人当作南瓜，也没什么好怕的。"

孟怜声音颤抖："可我从没见过长着头发的南瓜。"

苏央然嘴角抽搐了一下："就当他们是变异的南瓜。"

校园之星歌唱比赛终于正式开始了，号码靠前的几位选手已经上去了，孟怜站在后台紧张地走来走去。苏央然倒是很平静地坐在旁边喝水。孟怜看了她好几眼："央然姐，你一点儿都不害怕吗？你不会觉得很可怕吗？舞台下面有那么多人。"

"假装没看见就行了，你唱你的。"苏央然瞥了他一眼，"越紧张，越会忘词。"

"啊！我也在担心，我要是忘词了怎么办？我要是唱不下去怎么办？"孟怜快要抓狂了。

苏央然一把抓住他的手腕："一切有我，如果你忘词了，我替你唱！如果你害怕，我替你演下去！你什么都不用担心，只要想着身后还有一个我，就不会再感到害怕！"

孟怜呆呆地站在原地，这才是苏央然，这才是他第一次见到的苏央然！自信的，坚强的，好像随时都可以散发出光芒。她为他找到了一条属于自己的路，她给予了他温暖和希望，这才是他一直信任、一直喜欢着的苏央然！

"有请下一组选手，演唱者：孟怜，苏央然！演唱的曲目是《天鹅的梦》。"前台的主持人终于报上了他们的名字。苏央然牵住孟怜的手，昂首阔步地走到了舞台中央。灯光打下来的时候，坐在评委席上的一干人等都怔住了，特别是秋连文，他有些吃惊地看着苏央然——她怎么会参加这种比赛？

倒是神宫岚，脸上的笑容一直没有变，只是眼睛眯了起来。

她总会给他惊喜……无论发生什么事，她都能带着微笑站在他面前。苏央然，你到底是怎样一个人，是过去的经历练就了现在的你吗？

第九章 夺得王座

第四节

如果站在舞台的这一刻可以让她表达内心的全部，那么她会和孟怜一起唱出来，将自己心底最深处的想法呐喊出来。

灯光渐渐移到他们身后的广告牌上，上面写着"校园之星"四个大字，音乐声响起，台下上千双眼睛盯着舞台，苏央然握紧了孟怜的手，转过头对他露出了一个微笑："我曾有一个梦想，因破灭而放弃，即使它那么破旧，也是珍藏在我心底深处的梦。或许有人会不理解，在我背后嘲笑，我也要忍受，我可以忍受，为了那一天……"

节奏越来越快，苏央然与孟怜的歌声响彻整个音乐厅，高亢的歌声似乎要冲到顶棚："总有一天我会飞过那道墙，在那天空中高高飞翔，这世界无法束缚我，让我们一起微笑着迎接那一天！"孟怜不知怎么的，在听到苏央然开口的一瞬间，他的胸口似乎一下子涌入了强大的力量。

"我也有梦想，相信那梦想，能带我飞过那被称为命运的冰冷高墙！"

在这个世界上，其实每一个人都有过梦想，那些梦想或许不着边际，或许稀奇古怪，或许令人捧腹大笑。随着时间的流逝，也许这个梦渐渐被我们遗忘，也许我们曾经为了这个梦拼搏过，但是受到了挫折，遇到了危险，我们便将它搁下，封存进记忆里，也许当时光飞逝，我们的梦开始变得真实。变得成熟的我们不再想当足球运动员，不再想当篮球明星，不再想着去走遍世界每一个角落，不再想着发明时空穿梭机，不再想着当天文学家、地理学家、科学家……但是，当我们翻着自己泛黄的日记本，看到上面写满了我们曾经的梦想时，心底会不会还泛起一丝涟漪？

那是我们曾经拥有过的，只是被逐渐遗忘的美好。

舞台上的灯光刺痛了苏央然的眼，她牵着孟怜的手忽然放开了，音乐还在播放，她走到舞台的最前面，手里的话筒放到了唇下："沧之星的所有朋友们，还记得你们的梦想吗？我知道，在场的每个人或多或少会被家长、学校约束，不能做这个，不能干那个。但是至少，我们的梦想可以由自己做主！有想当音乐家的吗？有想当科学家的吗？有想成为探险家走遍世界每一个角落的吗？哪怕现在我们没有办法做到随心所欲，但是请牢牢握住自己的梦想，或许有一天，我们可以冲破枷锁、克服一切困难，追逐我们的梦想，可以对着天空高喊，我只做自己愿意做的事情，我只做自己喜欢做的事情！"

整个音乐厅刹那间变得安静，当音乐声渐渐淡去，坐在下面的学生统统目瞪口呆地看着舞台上的苏央然。她用双手握住了话筒，脸上扬起灿烂的笑容："谢谢。"

台下的神宫岚一直望着苏央然，苏央然看不清他脸上的表情，也不知道他是更加

兴奋了，还是更加痛恨她。沧之星的学生一直在神宫岚的暴政下生活，没有一个学生敢想做什么就做什么、想说什么就说什么。他们是被压抑着的，压抑到已经麻木，已经习惯。而苏央然的出现打破了这平静的湖面，她的放纵，她的冲动，她的无所畏惧，将这平静的沧之星搅得一团乱。

秋连文侧过头看了一眼神宫岚。神宫岚手里的笔不知道什么时候嵌进了桌中，他暗暗地动了动嘴唇："苏央然，我倒是要看看，如果没有我庇护你，你要怎么办！"

校园之星第一天的选拔赛结束了。苏央然虽然并没有完整地把歌唱完，但是因为当时场内的气氛热烈，表演广受好评，所以也进入了第二轮的比赛中。孟怜是头一次参加比赛没有在初赛就被刷下来，他高兴地拖着苏央然去韩国料理店，准备请她大吃一顿，才走到十字路口就看见站在对面的神宫岚，以及跟随在他身后的三个人。他的脚步顿了顿，僵硬地站在原地。

神宫岚一步一步逼近，苏央然就平静地站在原地，她并不惧怕他。

"自从你进入学校之后，我放任你为所欲为，没有干涉过你的事情。"神宫岚开口，脸上带着笑容，"可是你也应该收敛一些，不要让我太为难。"

"你可以干涉我，可以阻止我，可以派人找我麻烦。我不需要你的庇护！"苏央然抬起头，她的眼睛里都是自信与坚定，"不用给我特殊待遇，毕竟我也是被你强留在沧之星的，只是看到这里乌烟瘴气的，我自然会打扫打扫。况且，你自己也知道，我向来不喜欢你，神宫岚会长。"

"不喜欢吗？这可麻烦了，你还得在沧之星待很长时间，你得天天看着我，岂不是很辛苦？"神宫岚眼神一黯，但是脸上的表情没有变。

苏央然耸耸肩膀："是啊，没办法，只能忍着呗。"

第九章 夺得王座

第五节

忍着？秋连文差点儿以为自己幻听了。他小心翼翼地看了一眼身旁的神宫岚，他脸上倒是没有多余的表情，只是眼中似乎有些冷厉。看样子，他是生气了。

"是吗？忍着啊……"神宫岚忽然发出一声长叹，他猛地伸手拉住了苏央然的手臂，"那就继续，或许我会让你知道，你现在是多么自由，等到你彻底失去了自由，才会知道什么叫忍着。"

神宫岚并没有开玩笑，他是认真的，脸上的表情没有任何变化，仿佛是一潭死水，没有一丝涟漪。

苏央然仿佛看到了真正的神宫岚，他的眼神里尽是冷漠与凶残。纵然他隐藏得再好，也无法掩饰此刻他眼中的杀气。

他是认真的，苏央然知道。

在韩国料理店里，苏央然一直走神，孟怜也是第一次见到那样的神宫岚，心有余悸地靠在椅子上。服务生已经把小菜先端上来了，孟怜帮苏央然摆好了碗筷："央然姐，不要在意神宫岚会长说的话，我们先吃点东西吧。"

这家店里似乎没有别的客人，所以上菜特别快。大酱汤、铁板豆腐、烤肉，一样一样都摆放在眼前了，可是苏央然好像一点儿胃口都没有。

她现在是有点儿弄不懂神宫岚了，他到底要做什么？他到底想要怎么样？把她强行带到沧之星，她原本以为他会对付她，可是他对她不闻不问，甚至还默许她出格的行动，任由她为所欲为。如今神宫岚又忽然发难，要找她麻烦，眼神里是满满的控制欲。对，控制欲，难道他喜欢玩这样的游戏，想让不听话的宠物变得听话吗？难道他是把她当成宠物，希望她可以听话吗？真是可笑。

苏央然怒火中烧，夹起肉片塞进嘴里狠狠地嚼，对面的孟怜怔了一下，随后也兴奋地陪着她吃起来。

不管有多少不高兴的事情，至少现在应该吃个饱。

之后的日子，似乎又趋于平静了。校园之星歌唱比赛在几天后就结束了，苏央然和孟怜获得了双人组演唱的冠军，正如苏央然当初所说的，她一向只拿冠军。而孟怜是头一次拿冠军，高兴了好几天，连做的蛋糕都是加了音符的。

学生会会长的选举也越来越近了，苏央然还像以前一样发传单，但她常常走神，不知道在想什么。

孟怜也察觉到苏央然这几日与以前有些不同，到底哪里不同，是为了什么事情而变

得不同,他却看不透。难道是因为神宫岚那天说的话?苏央然是不甘心,还是畏惧他?

不,她不可能畏惧神宫岚。神宫岚很少对别人手下留情,在苏央然上一次来沧之星的时候,他瞧见她是被抬回去的,可见她吃了多少苦头。那个时候她都不害怕神宫岚,现在也没什么好害怕的。

过了三周之后,终于到了学生会会长竞选投票的这一天。报名参加学生会会长竞选的只有两个人,一个是神宫岚,另一个是苏央然。选举采用无记名投票形式,当场唱票。在投票之前两个竞选者必须站在全校师生面前发表自己的竞选感言。

以前从来都不需要这个环节,因为没有一个人敢和神宫岚竞争。但是今年不同了,苏央然来和神宫岚竞争,两人争夺会长之位,那么竞选感言的环节就不能省去。

神宫岚是前任学生会会长,自然他第一个上台。他对这种事情驾轻就熟,上台之后是一派从容,而且他的话不多,只是很简短地介绍了一下自己今后会继续为沧之星做的事,包括捐款、建造新的建筑等。

他原本还可以说更多,但是意外地缩短了,只说了几句就转头看着身后等待的苏央然:"我倒是想看看,你会在这个场合说什么。之前你在舞台上说的那些话,在这里可是不管用的。"什么梦想不梦想的,梦想对台下的人来说,难道不是笑话吗?

就好像蜗牛有一天说我要飞翔,就好像鱼有一天说我要走在陆地上,就好像乌龟有一天说我要爬得比火箭还要快,可笑得很。别做堂吉诃德,把羊群当军队,把风车当怪物,完全沉浸在自己漫无边际的幻想之中。什么梦想,台下的都是一群注定要走在父母铺垫好的路上的人,追求梦想对他们而言是自寻烦恼!

苏央然咬了咬牙,她恶狠狠地瞪了一眼神宫岚,然后昂首挺胸地走上台,调整话筒。她看着台下将近六万名的学生和老师,深深地吸了一口气:"接下来,我所说的话或许会让你们觉得可笑,但是就和马丁·路德·金演讲《我有一个梦想》一样,那是我想要做的事情,纵然这些事情听起来漫无边际、难以实现,但是我会竭尽所能,无论有多么困难。"

下面一片安静。

苏央然忽然将话筒拆了下来握在手里,她向前跨了一步:"如果我成为会长,我会将沧之星学生会的所有制度废除!从此沧之星没有星级高低,没有颜色区分!"

第九章 夺得王座

第六节

当苏央然这第一句话回荡在众人耳边的时候，几乎所有人都不可思议地看着她，她毫不畏惧，握着话筒的手更是紧了紧："在新的沧之星里，你可以做自己，你可以不在父母铺好的道路上麻木前进，你可以摆脱一直困锁你的铁链！在新的沧之星里，没有等级高低之分，没有贫富贵贱之别，无论你曾经得到的是金星银星还是蓝星黑星，都将毫无差别。你不用在布满荆棘的路上挣扎，也不用为了往上爬而与同伴厮杀！这里是学校，不是屠宰场！学校应该是一个充满幸福快乐的地方，学生在学校应该勇敢向上、不断拼搏，应该学会与人相处、建立友谊，应该和朋友互相信任而不是攀比算计！如果沧之星不能教导我们追求自己的梦想，那么这所学校还有什么存在价值？'沧之星'这三个字，又有什么存在价值？"

没有一个人说话，没有一个人交头接耳，窃窃私语，他们全部目瞪口呆地看着苏央然，几乎不敢相信那些话是从一个这么瘦弱的女生嘴里说出来的。

她那副瘦弱的身躯，此时此刻像是充满了力量，坚定地站在台上，她握着话筒，眼睛里放出光芒："我知道你们现在未必信我，我知道废除制度或许会让整个沧之星瘫痪，我知道你们已经在这条路上走了很久很久，有些人甚至已经忘记了自己有选择的权利，自己可以走别的路，自己拥有过梦想！

"但是，我夏央然……不，我苏央然在这里发誓，我会给你们一个全新的沧之星，没有压抑的生活，没有痛苦的争斗，没有漫无目的的前进！我会走在你们前面，为沧之星开辟一条新的道路，引领大家走向更美好的未来。你们是我的动力，哪怕遇到再多挫折，哪怕路途多么不平坦，哪怕浑身鲜血淋漓，我也不会放弃！因为我坚信，沧之星不只是学生会会长一个人的沧之星，它是属于大家的，是依靠大家的力量才得以存在的！"

坐在台下的秋连文完全被镇住了，如果不是身边还有一个神宫岚，他真的要为苏央然拍手叫好了。她就有那么一股力量，只要一出现就可以吸引周围的人的目光，如果她要做一件事，就会毫不动摇地去做，那股力量就会变成一个黑洞，无论周围的人多么想逃，都会被她吸引过去，情不自禁地想要支持她。

他想要转头看看神宫岚的表情，怎料神宫岚"唰"地一下从位置上站了起来，拉开椅子的声音立刻把周围所有人的目光都拉了过来。从下面往上看，秋连文根本看不清他此时此刻的表情，但是他可以感觉到神宫岚压抑着的怒气。

像是过了一段漫长的时间，苏央然就这么看着他，看着他抬起了手，细长的手指

上还戴着银灰色的饰品，手指在指向自己的那一刻，苏央然感觉到了一股从未有过的压力，这股压力就好像巨大的旋涡，要将她整个人吞没："你，苏央然，用尽全力反抗我吧。你今后的日子，可就不会那么好过了。"

他猛地转过身，连学生会会长的竞选都不参加了，直接离开了这个地方。秋连文和两个金半星少年急急忙忙地跟了上去，与他一同离开。留下几万个目瞪口呆的沧之星学生。

神宫岚走到学生会办公大楼后面的玫瑰花墙边，玫瑰花早已过了开花的时节，连发黄的花盘都已经掉落，只剩下发黑的叶片，还有满是刺的枝干。神宫岚忽然一拳打到了花墙上，白皙的手臂上立刻出现了无数道血痕，玫瑰的刺深深地扎入他的肌肤里。

"会长！"孟衬大吃一惊，连忙将他的手抽了出来，小心翼翼地为他处理伤口。神宫岚转过头来看他："衬，刚才是不是连你也打算站在她那一边？她说要废掉沧之星的制度，要让所有人都能开心地笑的时候，你是不是也打算站在她那一边了？"

"不，我会一直跟随着会长。"孟衬垂下眼帘，淡淡回答道。

神宫岚一下子转过身，不顾手臂上的血，紧紧抓住了站在另一头的秋连文："你呢？你是不是也要跟着她走了？她演讲得很棒吧？废除制度、改变沧之星的许诺也让你很心动吧？"

"会长……"秋连文没有料到神宫岚的反应会这么大，这下倒是真的把他给吓住了。另一个金半星少年伺久倒是很冷静，他上前一步："会长不必担心，沧之星一直以来都是依附这些传统而存在的，如果废除了制度，那么沧之星就不再是沧之星，各个系统也会瘫痪。更何况，就算她能够得人心，学生们也不敢将票投给她，要改革，就是与您和神宫家族为敌。"

"呵呵，"神宫岚笑了，他脸上绽开甜腻如红酒的笑颜，"你错了，他们敢，只要夏央然在，他们就敢。衬的弟弟不就敢了吗？连那么懦弱的人都可以反抗我，那么其他人呢？哈哈哈！他们……一定会选择她！"

第九章 夺得王座

第七节

神宫岚说得一点儿也没有错。最后学生会会长竞选的票数统计结果是选择苏央然的人数，比选择神宫岚的人数多了将近一倍。这是所有人都始料未及的，包括苏央然，她也有些吃惊，原本想着票数能够持平就很不错了，没有想到自己的票数要比神宫岚高出那么多。

坐在办公室里的神宫岚，在看到那份统计结果之后，脸上没有任何表情，只是看着上面鲜红的数字发呆。苏央然得到了65%的票数，而他只有35%。这或许是他在沧之星那么久，遭遇的第一次惨败吧。他败得彻底，败得恨不得将苏央然碎尸万段。

她不给他留一丝颜面，用尽所有的力量要将他打垮。而他一而再，再而三地忍让，一而再，再而三地对她宽容。是了，孟衬说得对，这实在是太不像他了，他以前不会这么心慈手软，明明知道她是个祸害，却还把她留在自己身边。

可是……

他站起身，背对着大门，目光落向窗外。可是，有些事情不是他能够左右的。面对她，就好像面对一个拥有无穷潜力的竞争对手，又像是面对一个一生中只能遇到一次的女生。他没有办法下狠手，又不希望她那么快就从自己身边逃开。

他早就觉察到自己的变化，开始挣扎，拼命地挣扎，想要不去在乎她，想让她消失在自己眼前。可是他的心不允许！他的心不断地告诉他：他在乎她，他的所有目光都集中在她身上，他所做的一切也都只是为了能够看到她！孟衬曾经问他是否喜欢苏央然。那个时候他一口否认了，他的否认，不是为了回答孟衬，而是为了说服自己。说服自己不会被苏央然吸引，说服自己不会喜欢苏央然，说服自己依旧是高高在上的神宫岚，而不是那个会因为别人的一句话而轻易呈现自己喜怒哀乐的人。

可是他终究没办法说服自己的心。哪怕脑中准备了千百种说辞，还是无法欺骗这颗心。

就像苏央然说的，在这个冷漠的沧之星里，想要得到别人的真心，就一定要付出自己的真心。苏央然向来以真心待人。对他也是一样，哪怕没有包含一丝男女之情，但是她的那颗真心，确实打动了他。

"明日在学生会办公大楼举行交接仪式。"长长地呵出一口气，神宫岚终于闭上了眼睛，他乏力地靠在椅子上，手臂垂在两侧。

旁边的孟衬毕恭毕敬地收回了竞选票数统计资料："是，会长。"

当办公室里只剩下他一个人的时候，神宫岚将别在胸前的那支笔取了出来。上面那

颗金色的星被窗外投射进来的光芒照得闪闪发亮,仿佛一眨眼它就会飞到天上去。沧之星……这样一所依附学生会的星级制度而存在的学校,在苏央然的改革下,会变成什么模样呢?

明明她强行闯入他的地盘争抢属于他的东西,可是他竟然还有一丝期盼,他想要看看,苏央然到底会打造出一个什么样的沧之星。

学生会会长竞选结束了,苏央然以65%的得票率力压神宫岚,成功登上沧之星学生会会长的宝座。孟怜自然是替她高兴的,还专门为她做了一个"凯旋"蛋糕。苏央然手里握着叉子一边叉起一块蛋糕一边问孟怜:"你说,神宫岚会不会恨透了我,在明天的交接仪式上动手脚?"

她还记得那天在台下,神宫岚看她的眼神,充满了威胁的意味。

她心里很清楚,坐上了学生会会长的位置,并不代表她今后就可以一帆风顺,她之后的路必定会不好走。可是苏央然不怕!哪怕他是一座高山,她也要尝试着颠覆这座山!她已经决定了,待在沧之星的这一年里,会竭尽所能地做到自己在演讲台上所承诺的事情,她不会惧怕,也不会向任何人妥协!

第二天的交接仪式顺利进行。苏央然本以为神宫岚至少会在交接仪式上为难她一下,谁知他不但不为难她,还把学生会各个部门的部长一一介绍给她认识。在神宫岚手底下的两个金半星少年,也留在了苏央然身边,帮助她熟悉沧之星学生会的事务。神宫岚挥挥手,就像诗里写的一样,不带走一片云彩地离开了学生会办公大楼。

苏央然虽然有些诧异,但是也冷静地接受了。她开始翻看神宫岚之前写的一些报告以及了解沧之星近期的情况,她惊讶地发现神宫岚把沧之星打理得很好。

只是沧之星在他的管理下,有点儿像一个公司,每个人工作都十分严谨,如果中间有一个环节出错,整个沧之星的运转就会出问题。苏央然皱起了眉头,看样子如果忽然将这些制度打破,沧之星必定会变得一片混乱。难怪神宫岚会大大方方地把学生会交给她,原来他早就预料到了。

可是,她不会轻易认输!神宫岚想要看她笑话,她偏要挺过来,偏要彻底改变这个学校!

她是绝对不会认输的!

第十章
学校制度

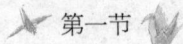第一节

苏央然接任了学生会会长之后一直都没有大动作。她没有像她之前承诺的那样，立刻改革，更没有动等级体系一丝一毫。起初沧之星的学生还很淡定，但是随着时间的推移，过去了一个月，眼看就要放寒假了，苏央然竟然还没有改革动作，他们有些按捺不住了。

"我早就说过，沧之星的体系可没那么容易改，我看她是怕了，所以就不改了。""都是骗子，那家伙给我们保证的时候多自信，到现在没一样实现的。""是啊是啊，都要放寒假了，结果什么改变也没有。""我早就不抱希望了，你们还心心念念着。可能吗？这可是沧之星，是专门为了神宫岚建造的学校。"学生纷纷开始抱怨，对苏央然越来越不满。

孟怜真是看不下去了，他几次帮苏央然说话，但是以他的口才到最后只能认输。他们以为苏央然没有在努力吗？这一个多月，她一直在办公室忙碌，虽然他不知道她在忙什么，但是他看得出来，她在为了沧之星而努力。她是那么用心，那么那么用心！

就算全世界的人都不相信她，至少他是相信她的。

咬了咬牙，他硬是忍住自己眼中快要掉落下来的眼泪，转过身要从人群里离开，可谁知那帮攻击苏央然的人并不放过孟怜，他们一把拉住了他的手臂："你不就是苏央然的跟班吗？怎么，现在不吱声了？""哈哈哈哈，是不是不敢说话了？你的央然姐貌似什么也没有为沧之星做呢。""大话还说得那么漂亮，你跟她也是一路货色吧。"

他们的力气很大，孟怜的胳膊被握得生疼，就在这个时候另一只手插了进来，将孟怜拉了过去。

孟怜吃了一惊，以为是孟衬来救他了。因为眼下能够在他被众人围攻时救他的就只有孟衬了。他抬起头才发现，不是孟衬，而是久藤介。

"阿介，你帮这种人做什么？"周围人的怒火更旺，"他们哄骗我们给苏央然投票，结果现在沧之星一点儿都没有改变！说得那么好听，到头来却什么也没有为我们做！"

"她要为我们做什么？"久藤介冷漠地看着刚才发问的那个男生。

男生咬了咬牙，他是知道久藤介的厉害的，但是在这个时候，周围那么多人都跟他一样气愤，料想久藤介也不敢做什么，于是大胆地说："她答应会改变沧之星，她答应会为我们努力！她答应给我们一个未来。"

其他人也应和："她说会取消这个星级制度！""还发誓给我们一个全新的沧之

第十章 学校制度

星,没有压抑的生活,没有痛苦的争斗,没有漫无目的的前进!""就是就是,大话说得多好听,什么'走在我们前面',什么'为沧之星开辟一条新的道路,引领大家走向更美好的未来',到头来却什么都没有!"

"你们谁能那么快改变沧之星?"久藤介冷笑着,"你们谁能够在接任了学生会会长之后就立刻将沧之星的制度取消?一个个心里都不清楚吗?沧之星的制度根本不可能被取消,一旦取消了,各个系统都会瘫痪,那些按星级区分的教学楼、图书馆、实验室,以及各种电子设备都要重新设计。还有学校社团的制度,甚至一些学校机构,都要改变。你们明明知道改变是不可能的,却还要相信。现在到底是该责怪她没有履行承诺还是该怪你们蠢?"

几句话说得这些人哑口无言。是啊,明明知道取消沧之星的制度是不可能的,可是那天,她那么自信坚定的承诺,让他们抱了一丝希望,像傻瓜一样相信她的话。

一直咬着嘴唇没有说话的孟怜听到久藤介竟然不信任苏央然,气得一下子甩开他的手:"央然姐一定会做到的!"

周围所有人都一怔,孟怜握紧了拳头,他就像一只生气的猫咪,把全身的毛都竖立起来,狠狠地看着他们:"只是过程很艰难。她每天都在努力,她一直在想办法,她甚至好多天都没有休息了。你们不信任她,当初就不要给她投票!既然投票了,就要信任她!央然姐从来都不说谎,她从来都是说到做到的!"

久藤介呆立在原地,他大概是头一次见到孟怜生气,气得满脸通红,恨不得把他们都咬一通。忽然,他"扑哧"一声笑了,伸出手轻轻拍在孟怜的头上:"我信她。"

那个苏央然,那个无论什么时候都不会畏惧,都可以勇敢向前的苏央然,或许真的可以做到。虽然可能要等很长一段时间,但是他愿意等。

其他原本还在抱怨的人干脆不再理睬孟怜,各自散开了。对于这种执着的家伙,他们还是选择无视比较好。而孟怜,在听到久藤介说会信任苏央然的时候,脸上漾开了笑容:"我以为你不再把我们当朋友了。"

"怎么可能?"久藤介无奈地笑了笑,他只是在那一天之后,不知道自己应该用什么样的心情面对她而已。

第二节

时间一天一天过去，学生会依然没有任何动静。就在放寒假的前一天，一张通知贴在了学校的公告栏上。原本平静的校园，刹那间沸腾了，这所学校终于迎来了一场轩然大波。

通知上明确写着，从下个学期开始，学校里的所有学生都可以不佩戴有星级标志的笔。学校里的所有图书馆、实验室、宿舍、教学楼，都将统一规划，星级制度正式废除。并且学生会、社团、一些学校机构的制度、结构都将重新调整，所有同等级有关的东西统统废除，社团申请、各类比赛申请都将按照新的制度操作。所有和星级有关的校规，全部废除，新的校规会在新学期的第一天发布，学生会会向每一个学生分发入学手册，上面会详细介绍修改过的校规，以及新的学校制度。

通知一贴，全校哗然。他们原本以为苏央然不打算履行她许下的诺言，他们原本以为苏央然会坐在学生会会长的位置上对学校陈规不闻不问。可是谁都没有想到，她竟然真的实行改革，而且是这么大的改革，几乎颠覆了整个沧之星！

他们不知道自己此刻的心情是害怕还是激动，看着那张鲜红的通知，他们的心跳得厉害，几乎要从喉咙里蹦出来。

神宫岚看到那张通知时，震撼不已，在公告栏前呆立许久。他知道改革沧之星是很难的，他也知道苏央然这么多天来一直在努力。但是他没有想到，这个做事从来都不顾及下一步的人，竟然会把改革考虑得那么全面。她几乎考虑到了所有和星级有关的制度，就好像要把一棵植物连根从花盆里搬出去，种到外面广阔的土地上。她小心翼翼地拨开泥土，尽其所能地不伤害任何一根根须，然后将整棵植物拔出来，放到早已经挖好的土坑里。那个土坑她精心测量过，不大也不小，刚好可以包容沧之星，赋予沧之星新的生命。

寒假期间，所有人都离开了沧之星，只有苏央然还留在这里。她要趁着这段时间把所有事情都安排好，许多设备要重新设置，需要消耗大量的资金，她为此向很多机构募捐，但是募捐的效果并不好。正在她焦头烂额之际，一笔捐款打进了学生会的账户里，数额较大，署名是久藤介。紧接着，一笔又一笔捐款从四面八方涌了进来，捐款人的名字苏央然都有些熟悉，都是沧之星的学生！

他们支持着她！

苏央然第一次发现，她认为自己在孤军奋战，其实在她身后有许多双眼睛看着她、盼着她。他们一次又一次失望，可是一次又一次打起精神。他们也期望沧之星有所改

第十章 学校制度

变,他们也期望沧之星变成属于每个人的沧之星。

苏彦放寒假的时候也没有回家,他打电话告诉苏央然,说学校里有些事情要处理,寒假不能回家。苏央然想着今年寒假,她和苏彦都不能回苏家去看望父母,他们怕是要难过了,于是买了一些礼物寄过去,把自己这边和苏彦那边的情况都说了一下,算是安慰他们。转而,她又想起夏川城也是自己的爹,但想着他应该不会担心自己,于是只打了电话把自己不回家的事告诉了管家。

夏川城的别墅里,某中年帅哥已经来回走了十几遍,他不耐烦地扭过头看着自己的老管家:"她不打算回来过年了吗?"

老管家额头流下一滴汗:"小姐来过一个电话,说学校里有些事情要处理,暂时不回来了。"

"她干脆一辈子待在学校算了!"就算不是自己亲手养大的,好歹也跟自己有血缘关系吧?她怎么能这么冷漠?再怎么样他也是她的亲爹啊!

老管家看他脸色不佳,本来还想告诉他,央然买了许多礼物寄回苏家,却没有一个礼物送到夏家来,但是怕说了这事儿自己的老爷会砸桌子,于是决定啥也不说,只是淡定地扭过头看着窗外飘动的白云:"小姐,你对老爷太残忍了。"

有了捐款之后,苏央然立刻实施改革计划,把学校里所有和星级有关的设备全部拆除,图书馆某层或食堂某层只有某种颜色星级的人才能进入的情况将不再出现。但也保留了一部分制约设备,譬如实验室的大门只能由少数几位老师开启,在老师的带领下学生才可以进入实验室做实验;图书馆中比较珍贵的资料必须通过申请才可以借阅;个人档案室无论是学生还是老师,都必须通过申请才可以进入,闲杂人等一律不得入内。所有大门全部改良,门口的守卫统统换成新人,一切按照新的规章制度运行。

沧之星的校长是神宫岚家前任大管家,他把学校所有的权力都交到学生会会长手上,只是没有料到神宫岚会在选举中失败,反而让一个普通女孩做了学生会会长。他把这件事情报告给了神宫家的当家,那个中年男人饶有兴趣地看着手里的资料,笑了笑:"是她?不久前就是她找人写了一封联名请求信,让我保住洛兰科斯皮特学院呢。这个女孩很聪明,胆子也很大,只是现在的她还不是岚的对手,那学生会会长的位置,怕是岚自己让给她的。"

校长垂首站在那里,一句话也不说。

"不必管她,若是岚想要对付她,就算不动用我的力量,她也没有办法在沧之星生存下来。既然岚要玩,你就任他玩吧。他也难得高兴一次……"男人将资料放回了桌上。校长恭恭敬敬地应了一句:"是。"

第三节

神宫岚没有留在沧之星,他自从卸任学生会会长一职之后,显然要比以前空闲很多。虽然他平时也挺空闲的,很多事情都由两个金半星帮着他做,根本不用他操心。这一次他离开沧之星回W国,身边还带着孟衬。

飞机上,神宫岚优雅地放下手里的咖啡杯:"学生会里如何?她忙得过来吗?"

孟衬恭敬地回答道:"苏央然不愧是洛兰科斯皮特学院的学生会会长,做事效率很高,以往我们要花一天完成的工作,她一个小时就可以完成。剩余的时间都放在改革沧之星上。"

"一个小时……"神宫岚忽然想起了苏彦,那个少年,似乎也和苏央然一样厉害。记得当时他为了要挟苏央然抓了苏彦,后来苏彦却用自己和他做了交易。

他还记得那个时候自己对苏彦嗤之以鼻:"你?你能为我做什么?"

"现在的我或许暂时还不能做什么,但是未来的我,一定会是你的左膀右臂。"当时的苏彦,就是这么回答的。

之后,他安排苏彦进入了自己在W国的一家公司里磨炼。他挑选了很多打算培养起来的人,和苏彦一样放在那家公司里磨炼。不过那些人不是半途而废,就是眼界太窄,只有苏彦,他学得那么快,并且一步一步爬上了公司的顶端,他能够轻易地把一天的工作压在几个小时内完成,并且提出更好的方案,几乎毫无瑕疵,非常完美。

有时候看到他,就会想起苏央然。两个人长得并不像,毕竟他们没有血缘关系。但是或许是在一起待的时间久了,他们俩很多地方都很相像。譬如说一个不经意的小动作,譬如说偶尔的皱眉。然而他们又是不完全一样的,苏彦要比苏央然沉稳很多,做事从不张扬,苏央然更加霸气,并且直来直去。一件事情如果交给苏央然,她必定会大张旗鼓地做,做完之后气势汹汹地跑到你面前跟你谈条件。而苏彦,他会一声不响地离开,在你以为他要放弃的时候,却发现他已经把那件事情做完了。而且苏彦从来不在做完之后谈条件,他喜欢先把条件说清楚了,觉得有价值,再去做。

如今,苏彦已经将那家公司打理得井井有条,不知道苏央然知道自己的弟弟居然在为神宫岚工作,会是什么反应。

手里的咖啡杯缓缓放到了桌子上,神宫岚扬起嘴角:"我是真的很想看看她到底会把沧之星变成什么样。"

"会长不阻止她吗?"孟衬开口道,"我看了她的方案,几乎是无懈可击的。如果开学初真的可以把所有工程都完结的话,沧之星或许真的会按照她的设想改变。"

第十章
学校制度

"那就按照她的设想改变。当他们走得一帆风顺的时候,我会在他们前进的路上制造断崖!当前面无路可走的时候,他们必然只能走回头路。而苏央然……"就算她再挣扎,再反抗,都没有办法摆脱他。

是了,他知道她会反抗,他也知道她喜欢不断挑战。她喜欢什么,他就给她什么,他要把她捧得高高的,然后让她从高台上摔下来,摔得支离破碎,摔得无法再行走,无法再飞翔!到那个时候,苏央然只能乖乖地留在他身边。

W国神宫旗下的神宫集团高层办公室里,苏彦穿着一身昂贵的西装,慢条斯理地起身,他将手里的文件交给刚进办公室的秘书:"让设计部的人重做,里面的几点要求我已经画出来了,虽然客户的要求很重要,但是设计是他们的职责,如果不做到既满足客户要求又能够保证质量的设计,那他们就不必再留在神宫集团了。"

女秘书瞬间吓得直冒冷汗。

最初见到他的时候,他还是一个乳臭未干在读大学的少年,可是才短短几个月,他不但熟悉了整个公司的运作流程,甚至写出了无数个连公司老员工都无法写出的方案。最可怕的是,平日里看起来温柔无害的一个人,做事却从来都不手软,该果决就果决,该强硬就强硬,最初还有人不服他,如今怕是没有一个人敢说一个"不"字了。

"怎么了?"见女秘书没有动静,苏彦抬起头来看着她。她立刻低下头:"不,没……没事。"然后急急忙忙地从办公室里离开了。

苏彦无奈地呵出一口气,他拉开抽屉看着里面摆放的相框,相框里放着一张比较老旧的照片,里面的女孩扬着灿烂的笑容,正对着他挥手。苏彦的指尖轻轻划过女孩的额头、眼睛、鼻子,想象着此时此刻她就站在自己面前,信任他,愿意躲在他的庇护下:"姐,总有一天,我可以用我的力量保护你。"

总有一天,他可以从那个躲在她身后的少年,变成一个顶天立地的男人。他可以伸出手,将她护在自己身后;他可以带着她,去她想要去的任何一个地方;他可以微笑着,看着她肆意胡闹,然后为她收拾残局。

这是他所希望的,他现在不断努力就是为了那一天能早点到来。

"总经理。"送文件下去的女秘书忽然又回来了。苏彦立刻合上抽屉,抬起头:"什么事?"

"董事长回来了。"秘书道。

苏彦眉头微微一皱,然后从位置上站了起来:"知道了,让所有人去楼下大厅迎接,我即刻前往。"

神宫岚,W国最大家族未来的继承人,神宫家族的企业遍布全球,甚至有许多企业

依附着神宫家族而存在。

放下了手里的工作,苏彦坐电梯到了一楼,电梯门打开,所有员工已经在大厅站好了,无论是经理级别的员工,普通的小职员,临时工还是打扫卫生的阿姨,统统恭敬地站成几排,守在门口。

当大厅的自动门打开的时候,那个仿佛带着光芒的少年,从外面跨了进来。

第十章 学校制度

第四节

所有人都屏住了呼吸，职位低的都垂着头，职位高的则恭恭敬敬地站在两侧，当神宫岚走过他们身边，他们便会一个接一个地跟上，走在他的后面。苏彦就站在他的正对面，没有弯腰，没有鞠躬，只是挺直了后背迎接他。

神宫岚快要走到苏彦面前的时候，站在苏彦左手边的一个女职员忽然晃动了一下身子，然后"啪嗒"一声摔在了地上。这个女职员刚进公司没多久，长得十分漂亮，两腿修长，喜欢将工作裙改成超短裙，脸上的妆容淡雅清新。但她能进公司是因为人事部的经理给她开了后门，人事部经理极力推荐这个女孩子给苏彦做秘书，但是两天之后，苏彦就将她辞退了，因为她没有一点儿工作能力。可是没想到第二天这个女孩又到了别的部门，想必是其他人给拉了回来。苏彦决定睁一只眼闭一只眼，公司多养一个人少养一个人与他无关，他只要做好他分内的事就够了。

可如今看来，这个女孩子不只是想进神宫集团做一个小职员，而是想要爬上神宫岚"皇太子殿下的皇太子妃宝座"。

神宫岚前进的脚步因为她的跌倒而停了下来。她脸上是一副惶恐的样子，可是眼睛紧紧地盯着神宫岚，小心翼翼地从地上爬起来，然后拼命地向他道歉："对不起，对不起董事长，对不起……"

嘴里说着抱歉的话，却没有一点儿想要回到队伍里去的意思。

神宫岚扬起了嘴角，他忽然伸手托起了她的下巴，左右打量。女孩的脸立刻红了，眼神羞涩地看着他。她想用自己冒失的一个动作，引起他的注意，以她的容貌，想要留在神宫岚身边并不难，毕竟她长得很漂亮。而神宫岚捏着她下巴的手，忽然朝着旁边恶狠狠地一甩，将她整个人甩到了地面上："一个连站都没办法站稳的人，想必也不用留在我们神宫集团了吧？将她赶出去，今后神宫旗下所有的公司，都不允许接收这样的废物。"

他的一句话让那女孩苍白了脸，她连忙道歉恳求："董事长，对不起董事长，我只是……只是有些累，所以才没有站稳的。下次不敢了，董事长，我下次不敢了。"

"你可能不知道。在我的字典里，没有'下次'两个字。"神宫岚微笑着，说出来的话却十分残酷，"带下去。"

两个保安立刻上前将那个女孩拖了出去，神宫岚转头对着所有部门经理问道："刚才那个人是谁招进来的？"

人事部的经理一下子僵住了，他后背冒出了冷汗，衣服像被雨淋湿了一样，他小心

翼翼地跨出一步:"是我,董事长。"

"哦?是你。她有什么特长,能够进入我们神宫集团?"神宫岚眯起眼睛。人事部经理脸上的肥肉不断地颤抖,显然被吓得不轻,他想要解释什么,可是脑子里硬是想不起那个女孩到底有什么特长和能力,只能找个人当垫背的:"是……是苏总经理需要一个秘书,我就专门从外面招了一个人进来。"

神宫岚挑了挑眉毛,他转头看了一眼苏彦:"你的秘书?"

苏彦脸上没有任何表情,就好像一尊雕像似的站在那里:"做了两天,被我辞退了。我不需要废物。"

人事部经理脸色更加难看了。的确,当时那个女孩在苏彦身边做了两天之后就被辞退了,因为苏彦不满她连最基本的办公软件都不会用。可那女孩又过来找他,还哀求了他很久。自己当时也是被迷惑得晕头转向,又把她安排到了自己部门做一个录入员。每天只需要打几个字就可以了,是非常空闲的。本来她安安分分待着也就是了,偏偏又惹上了神宫岚。

"哈哈哈哈,"神宫岚笑出了声,他伸手拍了拍苏彦的肩膀,"我想你这么挑剔的人,怎么可能会让那种女孩做秘书。罢了,这次的事情我不追究。但是你们听好了,在我的公司,每一个人都要有价值,我不需要废物。以后如果再有这种毫无能力的人进到公司,我想或许我会换一下人事部的经理。"

没有一个人敢说话,他们甚至连大气也不敢喘一下。直到神宫岚进了电梯,那个人事部经理才一下子跌坐在地上。

电梯里,神宫岚站在前面,旁边是两个金半星少年,后面则是苏彦。他没有回头,却开了口:"公司最近似乎一切都很顺利,有你可真好,你的能力很强。"苏彦和苏央然一样能干,只是苏央然做事更加霸道。

"董事长过奖了。"苏彦淡淡地开口。

神宫岚忽然转过身:"你姐最近大闹了我的沧之星,还夺了我学生会会长的位置。你说,我要不要惩罚她一下?如若不然,她会真以为整个沧之星都是她的呢。"

"姐姐做事向来鲁莽,你大可不必同她计较。"苏彦皱起眉头,声音冷厉。神宫岚挑了挑眉:"你是在怨我将你姐带进沧之星?"

第十章
学校制度

第五节

苏彦并没有回答，但是脸上冷漠的表情已经表明了他的态度。的确，他怨恨神宫岚将苏央然带进沧之星，并且在这之前还用洛兰科斯皮特学院要挟她。他现在甚至有些怀疑，神宫岚对苏央然的兴趣，要比对他大得多。神宫岚对他有兴趣是因为他可以帮神宫岚得到他想要的东西，而苏央然呢？以苏央然的性格，是很不适合在商界做事的。她直来直去，从来都不会隐瞒什么，更不会给别人下套。但是在商界，这些都是家常便饭。

神宫岚眯起眼睛，转过头："在学校里的日子太枯燥了，有你姐在，似乎一切都有意思起来了呢。"

"你当初答应过我，"苏彦开口，"不会动她。"

"我没有动她。她一直都好好的。"神宫岚再次转过身来，他看着苏彦，"自从她来到沧之星，她就把我的学校弄得一团乱，我不但没有怪罪她，还亲自把学生会会长的位置交给了她，你说，我哪里苛待了她？"

苏彦抬起头："既然如此，当初你便不应该让她去沧之星。"

"没有办法啊，"神宫岚扬起笑容，"你知道的，你姐是多么有吸引力，只要看着她的眼睛，就让人有很想亲手将她毁掉的冲动。"

他的一句话让苏彦整个人都警惕起来，苏彦的拳头握得紧紧的，仿佛在下一瞬间就会将神宫岚打倒在地上，但是很快，他又恢复了理智，只是平静地站在那里："我想，你应该不是一个会毁约的人。"

"是啊，我可不是一个会毁约的人。"但是人嘛，总有那么一些时候，忽然想跳出约束，做一些别的事情。

神宫岚回到W国，回到神宫集团的消息很快传了出去，没有一个商界人士不知道神宫岚的名字，他们都在关注神宫岚的一举一动。但他们也听说神宫岚从某大学里挖来了一个少年，进入公司之后很快就搞定了几个十分麻烦的项目，把神宫集团管理得井井有条。有时候他们在宴会上还可以看见那个少年，他不喜欢凑热闹，却也懂得和一些应该认识的大人物打交道。他通常会穿一身黑色的礼服，年纪轻轻，脸上白净无瑕，乍看之下像是刚毕业没有经验的大学生，但是接触之后会发现，他的能力不比老资格的商界人士差。

神宫岚很喜欢带着他，看来是极其重视他的。或许再过一两年，神宫岚继承了整个家族企业之后，站在他身旁辅佐他的人，会是这个少年。

寒假很快就过去了，玩疯了的学生们一听说又要上学，第一个反应就是：啊，假期

好短啊!

他们一点儿都不想回学校。但是想起沧之星似乎发生了大变动,今后他们不用佩戴星级标志了,心里又有些期待。沧之星到底会变成什么样子呢?那些需要星级标志才能进入的地方应该已经改良了吧?从此他们看见比自己等级高的学生,都不需要打招呼了吗?看见那些比自己等级低的学生,也不用被打招呼了吧?总觉得,既期待,又有些不安。

就这样,在新学期的第一天,沧之星的学生从各地坐飞机或坐轮船回到了学校。

站在学校正门,他们心里的不安更加强烈,学校看起来和从前没有什么不同。门依旧是那扇门,里面的路,也依旧是原来的路,只是门口多了欢迎返校的标语。

有几个学生还在为要不要佩戴星级标志犹豫,小心翼翼地把星星握在手里,看到校内已经有很多人没有佩戴星级标志,才放心地将它收了起来。有学生会的成员站在门口指引,告诉他们宿舍如何分配。学生宿舍是以年级来划分的,宿舍里的设施都改良了,装潢也比以前更好了。学生们晚上去食堂吃饭时,也不用分等级入座,食堂一楼二楼,只是以价格和饭菜品种区分开来。

食堂一楼主营快餐;二楼把印度的、中国的、日本的、韩国的,全世界各地的小吃都集中在这里;三楼依照酒店标准来装潢,宴请客人或者庆祝生日,可以上三楼。

教学楼也发生了变化,不再按等级区分,而是以年级划分。总共三座教学楼,每一座教学楼划分了A~F层,对应A~F班。当然,A班是成绩最好的班级,其余班级的学生都是随机分班的。神宫岚因为没有参加上学期的期末考试,所以被安排在了A班以外的班级,那些跟神宫岚分在同一个班的学生,会被吓坏吧?

新学期就这么开始了,明明学校还是这所学校,教学楼还是原来的教学楼,可是所有学生都可以感觉到,沧之星有什么东西变了。

这样的变化不仅仅体现在制度上,还体现在校园氛围上。学生之间的交流相处,学校里学习的气氛,都和从前不一样,确实是变了,却不知道这些变化到底因何而起。沧之星如今的改革,今后也不知道会演变成什么样。

新学期第一天,神宫岚破天荒没有来报到,也没有来上课。

苏央然发布了通知,开学五天内,如果神宫岚以及其他几个学生没有来报到,她就发布退学令,将他们驱逐出沧之星。

第十章
学校制度

第六节

通知一贴，全校的学生都惊呆了。苏央然可真是敢想敢做，连神宫岚都敢开除，且不说神宫岚是前任的学生会会长，光凭这学校是专门为神宫岚家族继承人所建造的这一点，她就没有权力开除他。

她不是疯了，就是傻了。

所有人都是这么想的，连孟怜都认为苏央然这一次真的有点儿过了。她可以处罚学校里的其他学生，可以大改制度，但是绝对不能动神宫岚。

他是学校里的王，哪怕把学生会会长的位置给她，他也是学校里的王。

可是苏央然是倔强的，也是强硬的。这一点神宫岚自然也知道，如果她不强硬，他也不会觉得她有意思，不觉得她有意思，就不会让她来沧之星。其实所有人都觉得奇怪，以神宫岚的性格，苏央然应该早就死了一百万次了，可是他没有为难她，无论她做什么，他都没有伤她一分一毫。

苏彦相信神宫岚没有为难苏央然，但他心里也很清楚，神宫岚并不是因为他与他订下的契约而不为难苏央然。神宫岚是因为对苏央然感兴趣，并且想陪她继续玩下去，所以听之任之。

换言之，神宫岚对苏央然有了兴趣，这种兴趣也许变成了喜欢。

喜欢未必是爱，有时候，喜欢只是纯粹的喜欢。就好像你忽然喜欢一只宠物，一个杯子，一盏台灯。这样的喜欢还谈不上是爱，但是如果神宫岚继续留着苏央然，只怕这喜欢就要升级了。

苏彦担心神宫岚对苏央然的喜欢会升级，不过好在苏央然还有半年就可以从沧之星离开了。他现在的力量还不足以对抗神宫岚，所以必须忍耐，忍一忍，忍到苏央然离开了沧之星，那时他一定会用所有力量保护她的。

远在W国的神宫岚，得知苏央然放出通知，称如果他在五天内不回校，就要将他开除。看到这里他忽然大笑起来，笑得连桌子都有些颤抖："哈哈哈哈，苏央然，真是有你的，竟然想要开除我。要知道，那所学校之所以可以运转，全都是因为背后有神宫家族支撑！没有神宫家族，沧之星什么都不是！"

"会长，要不要让学校理事会把通知撤了？"身后的孟衬立刻问道。神宫岚抬眼看他："撤了？为什么要撤了？留着不是很好吗？我倒是想看看她苏央然，在五天之后到底如何开除我。"

孟衬皱起眉头，低低地应了一句："是。"

神宫岚注意到他的表情:"衬,你似乎对她很上心。"

孟衬全身一震,他连忙低下头:"会长,我只听从您的命令。"他是真的被吓到了,他第一次听到神宫岚说这样的话,好像在怀疑自己背叛了他,选择跟随苏央然。谁都知道,神宫岚最讨厌的就是背叛。

的确,他刚才说那些话,是为了帮苏央然。如果理事会的人愿意出面撤去通知单,那么苏央然就不会有麻烦,即使神宫岚五天之后没有回校,她也没办法开除他,神宫岚就不会和她起正面冲突。但是如果理事会的人没有撤掉通知单,苏央然执意把神宫岚开除了,到时候她遇到的麻烦,可就不小了。

"听从我的命令自然是你必须做到的,可你的心,最好也紧紧地跟着我。如若是朝向别人,我就毁掉你。"神宫岚伸出手按在他的胸口,那里的心脏加速跳动起来,好像要蹦出来一样。

感觉到他的害怕,神宫岚忽然笑了起来:"跟你开玩笑呢,你对我的忠心,我心里最清楚。"

"是,会长。"孟衬回答道。

对于孟衬而言,这一天,就在惊心动魄中过去了。神宫岚像是一个君王,伴君如伴虎,这么多年来他对这句话一直深有体会。神宫岚的性情飘忽不定,他只知道神宫岚的一些习惯,却很难揣测神宫岚的内心想法。

有时他会觉得神宫岚是喜欢苏央然的,因为他是第一次对一个女孩子感兴趣。可有的时候,他又觉得神宫岚只是拿苏央然当一个好玩的玩具,苏央然难以驯服,甚至异常强硬,所以神宫岚觉得她好玩,才一次又一次地纵容她。可是仔细想想,有时神宫岚会因为苏央然的一句话而情绪大变,如果只是将她当宠物、玩具的话,应该也不会为了她忽而高兴忽而恼怒吧?

无论如何,这一次苏央然的确做得有些过了。谁都知道沧之星是无法开除神宫岚的,她还下那样的通知。就算神宫岚愿意原谅她,但是理事会,还有沧之星最大的投资者神宫家族,都不会放过她的。

"央然姐,把通知单撤下来吧,如果神宫岚大人真的在五天内没有来学校,理事会也不会答应开除他的。"学生会办公室里,孟怜担心地跟在苏央然后面转来转去。苏央然把一份文件放进了柜子里,然后转过身坐回椅子上继续审核文件。孟怜见她没反应,更是啰啰唆唆地念叨起来。

就在苏央然的耳膜也要被他念得长茧子的时候,她终于抬起头:"我不会开除他。"

第十章
学校制度

"啊？真的？那通知单……"孟怜连忙问道。苏央然无奈地回答道："所有的学生都在开学第一天就到校了，没有到的也给学生会和各自的辅导员打了电话说明缘由，只有神宫岚以及几个跟在他身边的人没有遵守校规。我开除不了他，但是至少可以让沧之星的人知道，我在努力维持新的秩序，甚至不惜和神宫岚起正面冲突。尽管维持秩序很难，但是我会不遗余力地维持下去。"

第七节

孟怜愣住了。他原本以为苏央然贴通知单是为了给神宫岚一个下马威,没有想到她原来想得那么远。原来她知道,上个学期她一直没有实行改革,使学校里的很多学生认为她不会兑现诺言。如今贴了通知单,和神宫岚产生正面冲突,虽然最后妥协的一定是苏央然,但大家会看到她的坚持和努力,他们会更加坚定地站在苏央然这一边。

她的确莽撞,的确冲动,的确强硬,但是她绝对不会无理取闹。在面对自己想要得到的东西,自己想要保护的东西时,她会变得很有耐心,思虑周全。

五天内神宫岚果然没有来学校。苏央然找了理事会大吵大闹,她罗列了神宫岚犯的错误,不遵守校规、上学期不参加期末考试等。理事会自然是几次三番将她轰出了办公楼。谁都知道,神宫家族是沧之星的建造者和投资者,苏央然要开除神宫岚,就好像租客在对房东说:"滚出我的房子!"任凭谁都会觉得苏央然脑子有问题。

闹了几次之后,苏央然愤怒地将神宫岚所犯下的错误以及理事会的态度写出来贴在公告栏上。孟怜这单纯的孩子,也很认真地同别人说:"因为他是神宫家族的继承人,所以想要做什么就可以做什么。"

"还不是靠他家有钱。""就是就是,神宫家族势力强大而已,我父亲可是白手起家把企业做起来的。哼,如果起跑线一样,我们家没准比他们家还厉害呢。""真不公平,理事会的那些人,统统是看神宫家族的脸色行事。""我都不想在沧之星上学了,回去也让我爸爸建所学校,也像神宫岚那样想干啥就干啥。"从前不敢在神宫岚背后说三道四的学生们,渐渐开始说神宫岚的坏话。

他们心里自然是不平衡的,为什么他们就要按时到校,而神宫岚不用?神宫岚不就是靠着家族的力量才能为所欲为吗?孟怜那几句挑拨的话,让他们心里的不平衡感大大加重了,学生们从一开始的小声议论,到后来肆无忌惮地说神宫岚家族的坏话。

苏央然有些惊讶,孟怜在她眼里一向是懦弱胆怯的,做的最大胆的事情就是和她一起反抗神宫岚和他哥哥,没有想到他还有这一手。

理事会原本想抑制这些言论,他们觉得很奇怪,若是以前,沧之星根本没有一个人敢说神宫岚的坏话。神宫岚从来都是独权,这是谁都知道的事,为什么学生们现在开始埋怨了?以前怎么不埋怨?

其实当一群人长期受到压制,习以为常,周围没有一个人抱怨这样的压制,自然不会有人觉得独断专权有什么不对。但是只要有一个人提出了抗议,并且引导周围的人一起抵抗,人们就会像醍醐灌顶一般,开始认真地思考起自己所受到的压制,这样的压制

第十章

学校制度

到底是不是他们应该承受的，是不是正常的。结果，大家会发现，你我都是学生，就算神宫岚是学校的投资者，那又如何？凭什么我要受到你的压制，大不了不在这所学校念书了。

神宫岚是在十天之后回到学校的。他自然没有被开除，但是在他回校那天，他的车停在校门口的时候，他就感觉到了异样。上个学期，即使是他从学生会会长的位置上退下来的时候，在路上看到他的学生，还是会恭敬地对他鞠躬，或者走到一旁，不挡他的道路。

可是这天，他从校门口走到教学楼，周围路过的学生不是当他不存在就是用一种很奇怪的眼神看着他。那是一种不信任、不尊重，甚至带着蔑视的眼神。

偶尔路上会有一群正在聊天的学生，他们看到神宫岚会立刻停止说话，然后各自散开。

这种现象大概就是传说中的"被排斥了"。

是的，他被排斥了。从进入学校的那一刻，他就可以感觉到。他很意外，苏央然给沧之星的学生灌了什么迷魂汤，竟然让他们在过了一个寒假后排斥他？

跟随在他身后的孟衬也一同被排斥了，他送神宫岚到了教学楼旁的理事会大楼后，原本准备回金星宿舍，却被门卫拦了下来："晚报到的学生，请到学生会登记一下。这里的宿舍已经住满了，没有空余的房间。"

孟衬脸上没有任何表情，道了谢去了学生会。

学生会架构没有变，但是人员变动了很多，除了个别银星学生留了下来，其余人都被换掉了。哦，对了，现在已经没有星级的区分了，所以，什么银星不银星的，都不存在了。

学生会的人登记了他的名字之后，吩咐一个学生带他去宿舍楼。就在这个时候，孟怜从会长办公室里出来，他接过了孟衬的钥匙："我送哥哥过去吧。"

"辛苦你了，副会长。"学生会的工作人员道。

孟衬怔住了，副会长？自己那个无用的弟弟，那个只知道做蛋糕的弟弟，竟然成了学生会副会长！

"哥哥，走吧。"孟怜拉住了他的袖口，还是像以往一样，从来都不隐藏两个人之间的感情。从前，孟衬不希望孟怜因为自己这个副会长哥哥而在学校里得到特权，他希望他自力更生，所以从来都不在学校里与他有过多亲密的动作。而现在，担任副会长的不再是他，而是他的弟弟。

而孟怜，并不打算隐藏他的情感。

第八节

走在学校的小径上,孟怜一直拉着孟衬的袖口。孟怜脚步轻快,看上去很开心的样子,好几次孟衬都差一点儿跟不上他。走了一段路,孟怜忽然转过头来:"哥,我们从树林走吧,你的宿舍在5B楼,穿过树林就到了,是捷径哦。"

孟衬愣了一下,然后答道:"好。"

"因为你们来得晚了,所以就被安排在5B楼。不过哥放心,宿舍的条件都是一样的,就是5B楼距离教学楼稍微远了一点儿。"孟怜生怕孟衬误会苏央然故意把他们安排到那么远的地方而生气,连忙解释了一句。孟衬点了点头:"我知道,她一向是按规矩来办事的。"

"嗯。"孟怜扬起笑容,"央然姐不会特殊照顾谁,也不会故意排挤谁,她住在5G楼,也离教学楼远,说是要把离教学楼近的宿舍让给其他同学。"

"呵呵。"孟衬笑了笑,苏央然的确像是会做这种事情的人。

只是孟怜忽然变得沮丧起来:"她还说,反正也只剩下半年了,等到了暑假,她就可以回洛兰科斯皮特学院。所以她才觉得住在哪里都无所谓吧。"

回洛兰科斯皮特学院吗?是了,他差一点儿就忘记了,苏央然是因为契约才来沧之星念一年书,如今大半年过去了,再过半年,苏央然就可以离开沧之星,回洛兰科斯皮特学院。只是,神宫岚真的会那么轻易地放她回去吗?

"唉,要是她可以留在我们学校就好了,"孟怜咬了咬下唇,他忽然停下脚步看着孟衬,"哥,如果我要跟着她去洛兰科斯皮特学院,你会怨我吗?"

孟怜忽然冒出来的一句话让孟衬怔在原地,他没有想到孟怜会说出这样的话,以前的孟怜一直跟在他的后面,他做什么他也会学着做什么(除了做蛋糕)。在孟怜的眼里,他是天,他是他值得追逐的目标。可是苏央然来到沧之星之后,他的目光都集中在了苏央然的身上,而自己这个哥哥,已经变得什么都不是了。

"如果你想去,便去吧。"不知道过了多久,他才如此答出一句。表面上好像是无所谓的样子,但是天知道他是花了多大的力气才让自己说出这样一句话。

不过没关系,他知道神宫岚不会那么轻易放苏央然离开。他已经回来了,差不多要动手了吧。

将孟衬送到5B宿舍之后,孟怜就要回学生会办公大楼了。在他转身要跨出宿舍的时候,孟衬喊住了他:"你现在跟着苏央然……开心吗?"

孟怜愣了一下,脸上扬起一个笑容:"嗯,央然姐对我很好,和她在一起的时候,

第十章
学校制度

总觉得自己也变得有用了。"

以前他总觉得自己很没用，什么都不如自己的哥哥，甚至在大马路上随便抓一个人都比他强。但是遇到苏央然以后，他开始有了信心，他开始做自己喜欢、擅长的事情，并且能够努力做到最好。他一点儿一点儿努力，渐渐得到周围人的鼓励，他终于觉得，其实自己是有用的。

这些，是他在过去从来没有感受到的。

"既然觉得高兴那就好好跟着她吧。"孟衬合上眼，"以后也许会遇到更多的麻烦。"

"就算遇到再多的麻烦，我也不会害怕。因为有央然姐在！"孟怜答得如此斩钉截铁，孟衬知道，如今的他无论再说什么，他也不会听了。

孟怜高高兴兴地跑回学生会办公大楼，结果在学生会办公大楼门口碰见了前来领取宿舍房间钥匙的神宫岚。他看到神宫岚的时候吓了一跳，不由得后退一步，差点儿滑倒在地上，倒是神宫岚好心地伸手拉了他一把，嘴角上扬："你还是一样冒失，孟衬的弟弟。"

"孟怜。"忽然一个声音从门里传了出来，苏央然手里捧着一堆资料要去理事长办公室，正巧看见了神宫岚拉住孟怜的场景，但在听到他说"孟衬的弟弟"时，脸色难看起来。什么孟衬的弟弟，孟怜是孟怜，孟衬是孟衬，加什么前缀？

"央然姐！"孟怜立刻站直身子走到苏央然面前。她拍了拍他的脑袋："怎么这么不小心，天气冷了，地上结了霜，很容易摔倒的，你要小心点。"

孟怜点了点头，再次抬起头来看着面前的神宫岚，他大概是刚从宴会上回来，连礼服都没有换，身上还有一股香水味。不过苏央然很淡定，她脸上扬起一个笑容："神宫岚大人，您来得可真早啊，我以为您至少要一个月后才能回来呢。"

"你已经在公告栏贴了通知单，我也不敢不回来啊。"神宫岚半开玩笑地回了一句。

苏央然知道，他应该是生气了，否则不会提那个退学通知单的。

"学校有学校的规矩，原本你应该被开除的，只可惜我拗不过理事会，你还是没被开除。希望在接下来的一个学期里你能够遵守沧之星的校规，可不要再出岔子了。"

"如果我出了岔子，你要怎么对付我呢？"神宫岚轻笑道。

苏央然抱着资料的手一收，直接从他身边走过："替天行道，灭了你。"

神宫岚笑了："好啊，那我等着你替天行道，将我灭了。"等到那一天，或许，他真的会放她离开吧。

165

第十一章
神宫岚的手段

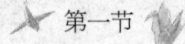 第一节

苏央然在沧之星忙碌时，苏彦还在神宫集团拼命地工作。

苏彦曾经以为苏央然永远都不会离开他，那时，他还跟随着苏央然，他们还是姐弟，他坚信就算她今后结婚生子也不会离开他。

可当苏央然的身世真相打乱了一切，他变得彷徨起来，不知所措，觉得整个天都塌下来了。因为他们没有血缘关系，他们之间没有了牵绊，她总会离开他的。

于是，他强行斩断两人的姐弟关系，向她表达爱意。

他喜欢她，那种喜欢并不是姐弟之间的喜欢。

至少现在，他也是如此。只是他很明白，苏央然依旧当他是弟弟，但没关系，他会忍，他会等，他不会像其他人一样束缚着她。他已经束缚了她那么多年，如今，是她展开翅膀飞向高空的时候，他可以做的，就是飞得比她高，比她远。他要占据整片天空，到那个时候，苏央然依旧会是他的。

站在办公室外面的女秘书吓得大气不敢出，她背过身靠在门上，刚才她想要进去给苏彦送咖啡，却没有料到他竟然在亲吻一张照片！之前她也看见过他望着那张照片发呆，但是至少还没有做出这样的举动，如今看见这一幕，她还是大吃一惊。

照片上的人，应该是他的恋人吧？如果真的那么喜欢，可以接到W国来啊，相隔两地却如此思念，让人觉得好悲伤啊。

沧之星里，神宫岚准备行动了。

他已经让了苏央然半年的时间，如今他回到沧之星，自然要开始对付苏央然。学生会的工作开始变得棘手起来，连社团递交给理事会的资金申请都被驳回了。驳回理由十分奇怪，有说字迹太难看的，有说格式不规范的，苏央然改了十几遍递交上去后，理事会又说这种社团没什么用，不通过。

苏央然气得咬牙切齿，这还不算，学校食堂的厨师也忽然说不干了，除了新来的保安，学校其他的后勤工作人员也都说要辞职，老师也声称要离开学校，说是改革之后他们太不习惯了。

学生会本来事情就多，如今闹这么一出苏央然更加忙了。她一方面要招募更好的老师以及后勤工作人员，一方面又要安抚没有课上的同学。

沧之星的学生也开始不安起来，他们不是笨蛋，知道神宫岚在对付苏央然，心里是抱怨的，可是他们知道神宫岚势力强大，根本就不敢多说什么。他们只是沉默地看着苏央然

第十一章
神宫岚的手段

忙来忙去，忙得昏天暗地。

苏央然咬着牙，硬是坚持下来。她一天十几趟地往理事会办公室跑，理事会的人都吓得关门不敢见她了。苏央然冷笑一声，将一份文件从门缝里塞了进去。文件里有理事会与她关于社团申请资金的对话记录，还有她写的几份申请表。申请表字迹工整，格式规范，根本没有差错，却被理事会用这种理由驳回。她在下面写了一句话：你们可以不通过申请，但我会把这份东西贴到公告栏，放到网络上。让大家评价一下，或许明年就不会有太多学生愿意到沧之星读书了。

理事会起初不搭理她，没想到苏央然真的这么做了，第一天她将文件贴到公告栏上，被人偷偷撕掉，第二天那文件就贴满了整个学校。她在网络上发布消息，不惜黑了各大著名网站，将这份文件直接搁到了网站首页。

到最后，连教育局的人都来盘查了，理事会没有办法，只能通过她的申请。他们开始担心，这个苏央然，比他们想象中厉害。

神宫岚也不是吃素的，这种方法苏央然只能用一次。他很快就想到了办法，让他们对这些事情睁一只眼闭一只眼。苏央然也不甘示弱，发动学生联名抗议。

战争就这么打响了，并且持续了很长一段时间。

苏央然韧劲十足，神宫岚的权力很大，但是遇到这样的苏央然，他竟然也觉得有些吃力。她总能找到他的漏洞，总能够轻而易举地攻击他。虽然他目前胜利的次数比较多，但是他并没有觉得愉悦。

如果苏央然和他站在同一条起跑线上，那么输的人一定是他。

苏央然的顽强抵抗得到了很多沧之星学生的支持。因为神宫岚对付苏央然，直接受害的是沧之星的学生，他们不用苏央然开口，就自动站在了她这一边，与她一同对抗神宫岚。学生罢课不说，有好几名学生甚至提出转学，递交了退学申请。他们在申请书上写的退学原因是：沧之星教师的品德太差，竟然莫名其妙地停止教学。

第二节

退学还不算,有人甚至将辞职老师的资料曝光到了网上,这些老师立刻被其他学校辞退了,他们惊恐万分,想要回到沧之星来,但是苏央然已经招募了许多教学能力不错的老师,不想要再录用他们。如果他们真的想回来教学,就必须保证在三年之内不辞职,不停课,认认真真教导沧之星的每一名学生。

只要可以回来继续教学,他们自然不去管三年之内不辞职的条件,连忙签了合同,重新回了沧之星。

神宫岚的强权压制持续了一段时间之后,开始变得不灵光了。虽然他可以压制理事会,但是下面的学生根本不受他控制。沧之星的学生大概是压抑太久了,爆发起来也十分可怕,联名抗议,甚至闹到了校长室和理事会办公室。

理事会的人担心再这样下去学校会被闹翻天,沧之星声誉受损,决定劝一劝神宫岚。

神宫岚只回了一句话:"声誉不好就将学校毁了。"

他是没有任何顾忌的,只是一所学校而已,大不了就毁掉。他根本就不担心,毁了这个学校可以造新的,他既然要跟苏央然斗,就不会怕她。

苏央然知道神宫岚是毫无畏惧的,有一次学生闹得实在太凶了,苏央然出面阻止了他们,让他们回去继续上课。那帮学生很不高兴:"你不是一直站在我们这边的吗?你不是在同神宫岚斗吗?如今我们帮了你,你还有什么好不高兴的?只要我们继续闹下去,理事会就会答应我们的要求,什么都会听我们的!"

"你们一直闹下去,神宫岚会毁了沧之星!"苏央然厉声喝道。

"毁了就毁了,我们大不了转学!""就是就是,毁了又怎么样?我们不怕。""本来就没什么好担心的,一所学校而已。""神宫岚家族自己建立的学校,自己毁掉,他们也会不甘心吧?就算真的毁了,我们只要换个学校就好了。"一群学生叽叽喳喳。

苏央然忽然伸手一掌拍在了门板上,巨大的声响让他们安静下来:"沧之星是你们的学校!我不只是在保护你们,更是在保护沧之星!你们待在这里那么久,难道对学校一点儿感情都没有吗?难道说放弃就可以放弃吗?我们的目的并不是从沧之星退学或者转学,而是改变沧之星,让我们所在的学校变得更好,让你们每一个人都觉得能够待在沧之星是一件很快乐的事情!我之所以留在沧之星,之所以坐上学生会会长这个位置,就是为了这些!"

所有人都呆住了……他们怔怔地看着苏央然,很惊讶她会说出这些话。

他们一直以为她和神宫岚作对,是因为怄气,是为了证明自己的能力,或者是因为她

第十一章
神宫岚的手段

随性，想要怎么做就怎么做了。可是听她说出这些话来的时候，他们怔住了。

苏央然，一个原本与他们学校没有任何交集的人，会为了他们，为了这个学校，说出这些话，做这么多事。

她是为了改变这个学校，是为了给他们自由，是为了带给他们幸福和快乐，才做了学生会会长。她那么努力，并不是为了证明自己的能力，也不是为了和神宫岚赌气，而是为了他们，为了整个沧之星。

他们的喉咙不知道为什么忽然有些哽咽，眼眶也变得湿润，他们可以不让眼泪掉下来，可是掩饰不了眼圈泛红："那你说怎么办？"

"我会竭尽所能地保护你们，保护沧之星。"苏央然拍了拍胸脯，"虽然未来的路可能还很艰难，但是我一定会努力，相信我，世界上没有一所学校是只属于一个人的，一所学校应该属于学校里的每一名学生！"

"你就只会吹牛……"有人暗暗骂了一句，语气却是带着无奈和宠溺。原本闹事的学生渐渐散去。

苏央然松了一口气，她正要走，理事会办公室的门忽然打开了，一个中年男子从里面走了出来，手里握着一根短小却精致的手杖。他看了苏央然一眼，脸上忽然绽开一个笑容，戴着皮质手套的手轻轻鼓起了掌："你说得很对。世界上没有一所学校是只属于一个人的，沧之星，也是属于在读的每一名学生的。"

苏央然愣了一下："您是……"

"我是理事会的成员，今天碰巧在这里开会，听到外头的吵闹声，原本想要出来瞧瞧，没想到你阻止了他们。"中年男子一边说着一边从石级上走了下来，站到苏央然面前，"你很勇敢，也很坚强。"

"每个人在做自己想要做的事情的时候，都会很勇敢、很坚强。"苏央然也不推辞，夸奖统统收下了。

中年男子笑了笑："哈哈，说得在理。沧之星有你这样的学生会会长，是好事。不过，你也知道，沧之星是神宫家族为了神宫未来继承人而建立的，你要同那么大一个家族斗，的确很艰难。"

"不是斗……"

第三节

苏央然忽然很认真地看着站在自己面前的中年男子:"不是斗,我从来没有想过要和神宫家族斗。我只是遇到了一些人,希望那些人幸福,所以才站出来,走在他们前面,保护他们。"

苏央然来沧之星先是遇到了孟怜,她想要他幸福,想要他完成自己的梦想。因为曾经的自己也像他一样,朝着某一个目标前进着,奋斗着。有时候她会觉得,自己的力量不够,希望身后有人可以伸出手帮助她。当时的孟怜就是这样,所以她伸出了手,帮助了他。如今,沧之星的其他学生也一样,他们希望有人可以握住他们的手,而苏央然在,苏央然感受到了他们的愿望,她伸出手,将他们从深渊里带了出来。

中年男子一声也不吭,他就这么看着苏央然。看着她微笑,看着她转过身,看着她渐渐离去。理事会办公室门后走出一个管事,他恭敬地对着中年男子鞠躬:"神宫大人。"

"回吧。"男子淡淡地说道,然后收了手杖。

那是他第一次见到苏央然,尽管之前他看过她的资料和照片。但真的很奇怪,看资料上的照片和看本人,完全是两种感觉。

在资料上,他看到的是一个好胜的,凡事都不肯松手的小女孩。但是在看到她本人的时候,他竟然对她产生了信任感,觉得她是一个值得信任的人。明明她年龄比他小很多,明明她的阅历并不丰富,明明她只是一个什么都不懂的小女孩而已。可是无缘无故地,他竟然会觉得只要有她在,一切都不用担心。

难怪沧之星的学生会反抗,难怪那么多人联名抵制他的儿子。那样一个女孩,那样一个可以给人安全感的人,不管是谁都会信任她,站在她这一边。

只是他不明白,她那样的自信到底从何而来?她那样坚定的信念又是从何而来?

每个人受到的教育是不同的,不同的教育、不同的环境会培养出不同性格的人。而苏央然,她是在怎样的环境下,怎样的教育下才有这样的性格,才有这样可以让任何人都信服她的力量?相信再过不久,等她毕业了,走上社会,进入商界,她会拥有更强大的力量,她会引起一场更大的变动。

神宫岚斜靠在宿舍楼的天台上闭目养神,站在他身旁的孟衬一言不发,他知道神宫岚现在心情不好,也许不是不好,只是有点儿烦躁。谁遇到这种事情都会烦躁的,苏央然的顽强让他都觉得意外。

跟神宫岚作对的人,就算再强硬,到最后也会被神宫岚打倒。可偏偏苏央然没有被打倒!

第十一章
神宫岚的手段

"父亲来过了吧?"忽然,倚靠在天台栏杆上的神宫岚开了口,他望着远方,声音轻柔。

孟衬立刻应了一句:"刚从理事会办公楼离开,理事会在谈论沧之星的事情。苏小姐闹得太大,已经不得不动用神宫家族的力量了。"

原本很多人听从神宫岚的命令,是因为他家的权势,担心惹恼了神宫岚,神宫家族会报复,于是很多人会顺从神宫岚的意愿。其实,神宫家族根本就没有报复过谁,也没有如何管制沧之星。但这次不一样,神宫的当家为了苏央然来了沧之星,似乎是要亲自摆平这件事,谁都知道神宫家族是很护短的,到时候偏向神宫岚,将苏央然毁掉,也是极有可能的。

"我输了呢。"神宫岚忽然莫名其妙地说了一句。旁边的孟衬吓了一跳:"什么?"

他站起身:"从父亲见到她的那一刻开始,我就已经输了。"父亲来了,就代表神宫家族不得不对苏央然动手,如果苏央然真的被摧毁了……

神宫岚缓缓握紧了手,他不希望她出事,所以宁可暂时放她自由。

他从来都没有想到,自己竟有妥协的一天。

沧之星一直以来都是他唯一一个可以放纵、可以享受自由的地方。苏央然改变了它,苏央然将他从安逸的环境里扯了出来,苏央然让他失去了这个能让他自由自在放纵的乐园。

尽管如此,他却仍旧希望她好好的。

几天之后,理事会的通知下来了。起初所有人都以为苏央然要完蛋了,神宫当家亲临理事会,他必定会打击伤害自己儿子的人,可是出乎他们意料,他把权力交给了苏央然,并且认可了她这个学生会会长。所有被压下来的申请都通过了,沧之星上下一片欢呼。

他们高兴极了,他们知道,苏央然赢了。

也是在这一天,苏央然得到神宫当家认可的这一天,这个学期即将结束,迎来漫长的暑假。而她与神宫岚一年的约定,也已经到期了,她可以回到洛兰科斯皮特学院。

孟怜知道她要离开,变得踌躇不安起来。他是喜欢沧之星的,可是他更喜欢苏央然,他希望苏央然留在这里。

如果她要离开,他会毫不犹豫地跟着她。

可是,沧之星怎么办?她离开了,沧之星怎么办?

第四节

终于要回洛兰科斯皮特学院了。

学生会办公室里,苏央然坐在椅子上,她看着旁边的挂历,手指顺着上面的数字一个一个数过去,再过几天,她和神宫岚的一年约定就结束了,结束之后,她就可以回到洛兰科斯皮特学院,不必再留在这个地方。

说自己对沧之星没有感情,那是假的。但是,她最喜欢的,还是洛兰科斯皮特学院,还是那帮任性顽劣的家伙。想到马上就可以看见他们的笑脸,苏央然心情好了许多,尽管仍旧有一点儿沮丧,因为她要离开沧之星。可是,她已经很努力地改变了沧之星,沧之星的未来也只能依靠沧之星的学生自己努力去闯。

站在门外的孟怜看到苏央然盯着日历笑,心中很是失落。她果然还是很期望回到洛兰科斯皮特学院,也是,毕竟沧之星从一开始就给她留下了不好的印象,她会来沧之星,也是因为和神宫岚的约定。

他很难过,虽然决定了无论她走到哪里自己就会跟到哪里,但如果他真的离开了沧之星,在新的学校里,苏央然还会像以前一样照顾他吗?

在那所学校里,是不是有更加优秀的人等着她呢?

还记得洛兰科斯皮特学院的人因为想念她,送来了那么多漂流瓶,他们每一个人都那么喜欢她,自己对她的喜欢,是不是就显得微不足道了?如果可以将她留在沧之星的话,或许她还会多看自己两眼吧。如此犹豫着,他竟然真的想要做些什么,挽留苏央然。

他把苏央然马上就要离开学校的消息放了出去。原本学校里的人知道苏央然跟神宫岚有一年约定的事情,但是随着她当上学生会会长,又拼死拼活为他们争取利益,他们已经忘记了这件事情,完全将苏央然当自己人。

她忽然要走了,得知这个消息时,他们还是怔住了。

一夜之间,学校沸腾了,他们组织了队伍来到学生会办公大楼门口,抗议苏央然离开沧之星,比反抗神宫岚时还激烈。还有人写了联名信,让理事会不要批准苏央然转学的申请。

他们怒气冲冲,他们认为苏央然背叛了他们,他们支持她,赞同她,跟着她走了那么长的路,突然,她要离开了,要将他们丢在一条他们完全不熟悉的道路上。

这让他们感到很恐慌,很害怕。

他们不希望苏央然离开,不单单是因为他们信任她,喜欢她,最重要的是他们觉得,苏央然离开了,沧之星或许会变回原来的样子,或许会再次受到神宫岚的压制!

第十一章
神宫岚的手段

苏央然简单地说了几句话，就让他们安静下来。她说，她虽然会离开沧之星，但是后续工作她已经全部安排好了，沧之星不乏人才，有他们在，有他们支撑着，沧之星依旧会朝着他们所希望的方向前进。如果有一天沧之星回到了原来的道路上，她一定会挺身而出，立刻回来继续帮助他们。她说，虽然当初是因为和神宫岚的约定才来到沧之星，但是她一直很快乐，一直为自己曾经是沧之星的学生而自豪，以后毕业了，离开了学校，她也一定会对别人说，她在沧之星念过书，是沧之星的学生。她说，现在她努力完成了她想要做的事，他们应该努力把沧之星发扬光大，到时候再来和洛兰科斯皮特学院比一比，看看到底哪个学校更棒、更强。

他们无法反驳这样的苏央然，这样的会长。

尽管他们真的不希望她走，但是他们知道，一旦她决定了，就没有办法挽回，就算竭尽所能，也没有办法挽回。

而神宫岚，此时站在宿舍的楼顶。天空蔚蓝，没有一片乌云，自从苏央然战胜他之后，似乎连老天爷都在为她庆祝，给她晴朗的天空。

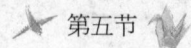 第五节

"会长,理事会发来的文件。"在学生会办公室,一名学生把一份资料送了进来。苏央然打开一看,是她转学申请的同意书,理事会的人似乎早就知道她要转校,今天她才把申请书送过去,下午理事会就送同意书过来了。虽然学生会和理事会的办公地点在同一所学校,但这种文件传递还是要用校内快递来回寄送,对这一点,苏央然一直都觉得很头疼。

不过好在转学申请通过了,她本来以为理事会的人还会为难她一番,毕竟她跳出来与他们作对,理事会的人都很恼她的。

她收了同意书,对门口的学生道了谢,正要转身去收拾别的资料,那个站在门口的学生看着苏央然,忽然声音哽咽:"会长,你真的要转学回洛兰科斯皮特学院吗?你一点儿都不留恋沧之星,一点儿都不难过吗?"

怎么可能会不难过呢?就好像自己种了一株植物,专门为了送给别人而种的植物,自己每天细心地培养,浇水、施肥,看着它一点儿一点儿长大,但终有一天它要到别人的怀里去,自己怎么会不难过呢?但是无论如何,她更爱洛兰科斯皮特学院。

所以,她愿意把好不容易种好的植物送出去,她愿意毫无留恋地让自己回到洛兰科斯皮特学院。

"我会常常回来。"没有直接回答,而是换了另一种方式告诉他,她喜欢沧之星,只是最后她选择的,还是洛兰科斯皮特学院。

她对洛兰科斯皮特学院的感情也不知道是从什么时候开始变得这样浓烈。或许是从那帮孩子央求她继续管理学生会开始,或许是从海面上漂来一大片漂流瓶开始……所以她最终选择了洛兰科斯皮特学院,大概,她与洛兰科斯皮特学院有无法割舍的缘,无法断开的羁绊。

无论是洛兰科斯男子高中还是洛兰科斯皮特学院,她都喜欢,或许那里确实是她的归属地。

沧之星的学生费尽心思,最终也没能让苏央然留下来。在这个学期的最后一天,她把所有事情都安排好了,准备离开沧之星。

暑假开始了,苏央然的转学申请书也已经到达了洛兰科斯皮特学院。那帮孩子到了暑假都还没有离开学校,躲在校长室门外等着苏央然的消息。当校长拿到了苏央然转学申请书的扫描文件,递到外面展示在所有人面前的时候,他们高兴坏了,手舞足蹈地嚷嚷:"回来了,苏央然还是回来了!""我就知道,她才不会那么轻易抛弃我们!""就是就

第十一章
神宫岚的手段

是，我们这里有这么多帅哥，她会舍得才怪呢。"

一群人嚷嚷着，而倚靠在墙边的那个少年，终于松了一口气。

回来了，她还是回来了。

原本听说她当上了沧之星的学生会会长，又把沧之星大改一通，他以为苏央然可能不会回到洛兰科斯皮特学院。但是终于，她还是回来了，她还是喜欢洛兰科斯皮特学院的！

其余学生都高兴地去通知别的人，他们的喜悦溢于言表，而他，一样很高兴。

"朔连城，学生会还有一堆文件没有处理好，你要贪玩到什么时候？"走廊另一边的沧弛染寒不冷不热地看了他一眼，他立刻飞一般地从校长室门口离开了。

呵呵，其实在等苏央然的，又何止他们呢？洛兰科斯皮特学院的所有人，都在等着她回来。这一刻，他们的心情是一样的。

而苏央然，在摆脱了沧之星这个大麻烦之后，终于能够回属于自己的学校了。

第六节

苏央然将手头上的工作交给了学生会的其他成员,脱下穿了一年的沧之星校服,换上了洛兰科斯皮特学院的校服。她将沧之星的校服洗干净,摆放在办公桌上。回想起这一年来发生的种种,她有些不舍,也为即将离开而难过:"以后有机会,我会再回来看看。"

她预订了第二天中午的船票,准备坐船回洛兰科斯皮特学院。本来想着自己在沧之星待了一年,和学校里的同学关系也都不错,应该会有人来送行的,结果第二天中午,她到了码头却看不到一个人来送她。

"好吧,自己一个人回去吧。"苏央然摇了摇头,拉着行李准备上船。

苏央然才迈开脚步要往船上走,突然船上跑下来一大群人,带头的船长一边跑一边喊着:"完了完了,船舱漏水了!"

船员也在后面嚷着:"我昨晚检查过,明明没有什么事的啊!"

船长船员跑到码头的水泥地上。苏央然还怔在原地,旁边的船员有的在报警,有的在打电话给船运公司。而那艘船已经在他们眼前,开始慢慢下沉了。

几个船员和苏央然这么站在码头,看着十几米外的一艘船一点儿一点儿沉入海底,无法救援。船长在边上哭得像个孩子:"呜呜呜呜,这船跟了我十几年,一直都好好的,怎么就沉了呢?"

"怎么就沉了呢?"这句话萦绕在苏央然的脑海,突然脑海中有什么东西一闪而过,她眯起眼睛转过身,看见远处沧之星的学生正探头探脑朝这边看,见苏央然望过来,又连忙转过头去。

这下她心里有数了,就是这帮小子搞的鬼!

没错,苏央然即将乘坐的船之所以会下沉,就是因为沧之星的学生动了手脚。他们好不容易认可了她这个学生会会长,结果她居然说走就走!换谁都不乐意。一群学生组建了一个讨论群,在里面商议如何把苏央然留下。

"如果用平常的方法,肯定是留不下来的。我们先把她的船弄沉,让她出不去!""弄沉了一艘,她可以乘坐别的船啊。""那又如何?我们现在不留住她,等她回到洛兰科斯皮特学院,再把她找回来就难了。总之先把船弄沉不让她走!""是啊是啊,先不让她走,至于以后,再想办法!""我们干脆跟洛兰科斯皮特学院比一比,谁赢了,苏央然就是谁的会长!"讨论群里十分热闹,有些人甚至开始抨击洛兰科斯皮特学院。

苏央然不知道他们商议的事情,只大约猜到,船是这帮人弄沉的。

中午无法离开,晚上的船又不去洛兰科斯皮特学院,她只能返回学生会办公室。孟怜

第十一章
神宫岚的手段

见她回来，大吃一惊："没有上船吗？"

"船沉了。"苏央然有些无奈，"得明天走了。"

"船沉了？这么奇怪？"孟怜问道，又很自然地从冰箱里取出一个蛋糕，摆放在苏央然面前，"你别担心，我帮你订明天的票。"

看到蛋糕，苏央然一愣，这蛋糕是她喜欢的口味，是之前没吃完剩下的，还是孟怜知道自己会回来新制作的？该不会沉船的事情他也有参与吧？

这帮小子……

苏央然回了沧之星学生会，沧之星的其他人在她回来前已经发了一封非常有挑衅意味的邮件到洛兰科斯皮特学院了。信上直截了当地说，他们是不会把苏央然还回去的，从此以后苏央然就是沧之星的学生会会长，洛兰科斯皮特学院，你们自己管理管理就行了，用不着苏央然帮忙。

这下整个洛兰科斯皮特学院都沸腾了！朔连城更是咬牙切齿道："沧之星的人真是嚣张，他们以为凭他们的能耐就能够留住苏央然吗？"

边上的沧弛染寒慢条斯理道："也不是不可能，沧之星的人有时候会用上一些非常规手段，更何况苏央然本来就容易心软。"

"不行，我们要把会长带回来！""带回来！带回来！""我们去沧之星！""我明天就去预订船票！"洛兰科斯皮特学院的学生按捺不住了。沧弛染寒扬了扬嘴角："我们自然要把苏央然带回来，但这么多人一起离开学校去沧之星，学校的事务就没人处理了。"

"每个班级派五个人随我去沧之星！"朔连城当机立断。

第七节

会长办公室，孟怜递了一杯茶给苏央然："央然姐，蛋糕可能会很腻，你要不要来一点儿茶？"苏央然握着叉子的手微微一顿，然后抬起头来："好，把茶给我吧。"

她接过茶就饮了下去。孟怜看她喝完，便离开会长办公室，要去忙别的了。

他刚走出办公室大门，门外一群学生就围上来："怎么样怎么样？她把茶喝了吗？"

"嗯，已经喝了。"孟怜有些犹豫，"我总觉得这样不太好，如果我们跟央然姐好好说，她也许会答应留下来。用这种方法……实在是……"

"不用这种方法，你的央然姐是留不下来的。""好了好了，别说了，茶里有安眠药，等她睡过去之后就把她关在二楼的休息室里，绝对不能让她出来。洛兰科斯皮特学院的学生已经往这边来了，明天就能到。""我们一定要赢了他们，把会长留下来！"学生们纷纷道。

孟怜有些不安，但还是点了点头。

苏央然睁开眼睛，发现自己躺在一张沙发上，这里是学生会办公楼的二楼休息室，是专门为她准备的休息室。因为苏央然有时候会在学生会办公楼过夜，学校就专门为她准备了这个休息的地方。她站起身走到门边，伸手推了推，门果然被反锁了。

这间休息室原本是堆放杂物用的，没有窗户，只有一个通风口，他们担心她从窗户逃走，所以才带她到这个地方。

"没想到茶里真的放了东西……"苏央然有些无奈，其实她觉察出了一些不对劲的地方，但怎么也没想到孟怜居然会真的下手。她喝茶的时候，只觉得茶的味道有些不一样，不久却昏睡过去了。

她现在头还有些昏沉，也不知道自己睡了多久。这间休息室的墙壁上有钟，她看了一眼，已经下午两点了。她昏睡了一两个小时吗？

稍微按了按自己有些酸痛的肩膀，她感觉肚子有些饿。

等等……肚子饿？不可能，她在昏睡之前刚吃了一块蛋糕。如果才过去一两个小时，肚子会饿吗？她有些吃惊，连忙走到钟下，抬手把那钟取了下来。这钟除了分针时针，钟盘的右边还有一个长方形的玻璃面，玻璃面里面显示的是日期。

只见上面的日期已经是第二天了，也就是说她足足在这个地方昏睡了一天？

"咔嚓"一声，原本关着的门被打开了。苏央然抬起头，看见孟怜从外面进来，手里托着的托盘里放着食物："央然姐，你睡了很久，恐怕还没有吃饭吧？"

第十一章
神宫岚的手段

苏央然有些无奈："你们想用这种方式留下我？一直关着我？那我留下对沧之星也没有什么意义。"

"央然姐别担心，我们没有打算把你关在这个地方太久，我现在打开门，就是想要放你出去。不过在出去之前，你得先把午饭吃了，你已经一整天没有吃东西了。"孟怜把沙发前那张桌上的杂志报纸收拾到了地上，将饭菜放到桌上。

苏央然有些奇怪："只关我一天？"

孟怜点了点头："嗯，我们知道，就算是关着你，你也有办法逃走的。更何况我们也不希望你以这样的状态留在沧之星。"

他这话说得坦荡，苏央然坐了下来，捧起碗吃了几口饭。

待肚子有三四分饱之后，她抬起头："你们只关我一天，是为了做什么事情吗？外面发生了什么事？"

"洛兰科斯皮特学院的学生来了。"孟怜道。

苏央然差点儿呛到："什……咳咳，咳！什么？他们来沧之星了？"

"嗯，来了一百多个学生，今天中午到的。央然姐，我们会用自己的方式把你赢下来。我们会让你知道，和洛兰科斯皮特学院比起来，沧之星才是最好的地方。"孟怜自从成为学生会副会长，帮助她做了很多事情之后，性格也不再像以前那般懦弱，反倒有些魄力了，说话也铿锵有力。

"赢下来？什么意思？"苏央然彻底蒙了。

吃完饭，孟怜带着苏央然出了学生会办公室。外面非常安静，好像一个人都没有。孟怜带着她一路走到了位于整座岛屿最中央的沧之星的广场上，他们远远就看见那边黑压压地挤了一群人，还不断传来喧哗声。

"从这里走。"孟怜带她走了另一条路，他们到了广场边上的一座钟楼上。站在钟楼高层，能够非常清楚地看到下面发生了什么。

苏央然跟随孟怜上了钟楼，看见广场周围站满了沧之星的学生，而中间空了很大一块地，其中一侧站着一百多个穿着洛兰科斯皮特学院校服的人，领头的那两个人竟然是朔连城和沧弛染寒！

"我们和洛兰科斯皮特学院进行决斗赛。"孟怜在她身后解释道，"他们中午到了我们学校，想要把你带走。我们答应他们，如果他们能够在二十九场比赛中获得胜利，我们就放你走。"

沧之星和洛兰科斯皮特学院一直注重培养学生全面发展，两所学校都在自己擅长的领域获得过不少荣耀。苏央然看到两方现在的比分是11：12，沧之星暂时领先，差距并不

大。

每赢一场比赛,获胜的队就能够得到一分,输的队不得分。看最后谁的分数高,谁就是胜利者。

双方派出来应战的都是精英,就像现在这场剑道比赛,洛兰科斯皮特学院派出的是去年获得剑道全国冠军的学生,而沧之星派出的是刚执掌丸花流剑道门派的学生。

这一场比了很久,洛兰科斯皮特学院的学生一时不慎,被对方连击三剑,最后没有挽回局势,输了。

现在比分到了11∶13。

第十一章
神宫岚的手段

第八节

"这一次的比赛，我们一定不会输给他们，"孟怜从苏央然的身后站了出来，他认真地看着她，"央然姐，如果我们赢了，你能不能留下来？如果我们赢了，你能不能从此以后，成为沧之星的学生？"

他的眼神热切，让苏央然意识到，这帮孩子是认真的，他们希望她留下来，想把她留下来。

苏央然却无法回答他。

那些从洛兰科斯皮特学院漂来的瓶子还历历在目，这些急忙赶来接她回去的学生就在眼前。沧之星是一所很好的学校，这里的学生聪明又懂规矩，或许在普通人眼里，要比其他任何一所学校的学生都好。

但苏央然无法舍弃洛兰科斯皮特学院，她高中就与洛兰科斯男子高中结缘，大学又来到洛兰科斯皮特学院，她今后无论到了哪里，骨子里、血液里都留有洛兰科斯皮特学院的印记。

她是洛兰科斯皮特学院的学生。

"下一场，洛兰科斯皮特学院派出代表——朔连城！"广场上，新的一场比试开始了。苏央然的视线重新落了回去，看见朔连城从人群中走了出来。

朔连城与沧之星的人要比的是机器人竞赛，机器人竞赛有2分。机器人制作的速度占1分，两方机器人比试占1分。机器人是需要参赛者用桌面上现有的模块、驱动装置来拼装组建的，考验机器人学、机电一体化、图像处理与图像识别、知识工程等方面的学识。

苏央然不知道朔连城还在这方面有所造诣。

比赛的时间比较长，苏央然从钟楼上走了下去。人们看见苏央然来了，纷纷让开路。

洛兰科斯皮特学院的学生十分紧张地盯着朔连城，因为现在比分差距有些大，之后仅剩三场比试，如果朔连城再输，后面三场即使全胜也无法挽回局面。沧弛染寒倒十分淡定，他最先注意到苏央然，朝她扬起一个笑容。

苏央然站在人群中看着朔连城，他被太阳晒得满头大汗，却十分认真仔细地画着草图，拼接机器人。

时间一分一秒地过去，突然对面沧之星的学生先举起手，他已经制作完机器人了！

朔连城失掉了1分，压力倍增。

洛兰科斯皮特学院的学生有些不满，沧之星的机器人一看就知道，只能勉强驱动，根本不能打斗，他们之所以提前举手，就是为了先抢赢1分，即便到时候在机器人比试上输

了，也各自占了1分，沧之星的优势也能持续。

苏央然眯了眯眼睛，沧之星的学生聪明且会用手段，应该也是受神宫岚影响。

尽管朔连城最终做好了机器人，并且在与沧之星的机器人比试中获得了胜利，但此时比分已经到了12∶14，只剩下三场比赛了。

而这三场比赛，恰好比的是现在在场的洛兰科斯皮特学院学生最薄弱的部分——体育竞技。

沧弛染寒在之前已经连续比试了三场，比赛有规定，每个参赛者最多只能出战三次，换言之，接下来的体育竞技，只能是其他学生出来应战了。

沧之星派出了体育最好的学生，连国家队都准备明年招他为预备队员。而洛兰科斯皮特学院那边，却明显商量不出一个结果来。

"你上，你不是跑步很快吗？"

"我只是比你们快一点儿而已，但要跟那个人比，我怎么可能赢得过啊？"

"完了完了，我们学校体育好的没有几个，在场体育稍微好点儿的也在之前比了几次，不能上了。"

"早知道就应该把体育好的都叫过来！"

"可是比试的项目是沧之星定的，我们根本不知道！"

他们终于意识到，沧之星从一开始就在算计，而且他们故意将洛兰科斯皮特学院最薄弱的项目放在最后，明显是不打算让他们赢了。

就在他们焦虑万分，眼看要输掉这场比赛的时候，一直站在边上的苏央然忽然跨出一步："我来比。"

几乎所有的学生都转过头来。

"我也是洛兰科斯皮特学院的学生。"苏央然脸上扬起一个笑容，她在昨天准备乘船离开沧之星的时候，就已经脱下了沧之星的校服，整齐地摆放在学生会办公室里，而此刻她身上穿着的，正是洛兰科斯皮特学院的校服。

"不行！你现在还是我们的会长！""你怎么可以帮他们跟我们比试？""会长，你这是偏袒洛兰科斯皮特学院！""就是啊，你偏袒他们！""我们坚决不同意！"沧之星的学生见到苏央然出来的时候，一下子炸锅了。

他们怎么也不会想到，苏央然居然会在这个时候插一脚！要知道，他们可是在拼尽全力留下她啊！

苏央然微笑着激将道："怎么，你们担心赢不了我？这样吧，接下来的三场，只要你们能够赢一场，我就离开洛兰科斯皮特学院，永远留在沧之星。"

第十一章
神宫岚的手段

人群开始交头接耳:"会长之前不知道这个比赛,即便我们赢了,万一会长不同意,也没办法留下她,现在她同意了,不如比一比。""有道理,更何况我们有国家队预备成员呢。""是啊是啊,三场里面只要赢一场就行了!""肯定能赢的!"

他们非常认真地讨论,显然准备接受苏央然的提议。

沧弛染寒却觉得有些好笑,现在洛兰科斯皮特学院和沧之星的比分是12:14,沧之星本来就只要在三场里面赢一场,比分就能到14:15,他们就赢了,而洛兰科斯皮特学院如果要获得胜利则需要三场全胜。苏央然此时故意不提之前比分的事,只说三场里面他们赢一场就算赢,让他们觉得自己占了便宜,其实根本就没有区别,苏央然也挺狡诈的。

沧之星的学生经过讨论之后,接受了苏央然的提议。

比试正式开始!

第一场是八百米跑,苏央然以领先对方二十米的优势获得胜利;第二场是标枪,苏央然一标枪插到了远处的钟楼上,获胜;第三场,沧之星的人站出来说项目必须换,他们选择了游泳,苏央然从水里出来的时候,对手还在泳池中央扑腾。

连续三场比赛她都轻而易举地获得了胜利,直接让沧之星的学生痛哭流涕。特别是那个国家队的预备队员,爬出游泳池之后就开始哭泣,表示以后再也不比赛了。

洛兰科斯皮特学院获得了最终的胜利。

苏央然擦干了湿漉漉的头发,看着眼前那一群眼泪汪汪的沧之星学生,有些无奈地上前几步,抬手摸了摸其中一个人的脑袋:"别担心,我以后会经常回来看你们的。"

"哼,你故意站在他们那边!""就是就是,以后不用回来了!""别回来了!"他们赌气地叫嚷着。

洛兰科斯皮特学院的学生则在另一边叫嚣:"对,会长,他们这么嫌弃你,千万别回去了。""这种破地方,来一次就够了。""我们还不稀罕来呢,对吧会长?"

"什么?你们这帮家伙,我让你们回不了学校!"沧之星的学生恨不得跟他们打一架。

孟怜先上前将双方拉开,苏央然无奈地走上前拦在中央:"忘记我跟你们说的话了吗?不能在学校里面打架,谁打架处分谁!"

她一句话,双方立刻安静了。

苏央然转过头,看着沧之星的学生们:"我喜欢沧之星,也喜欢你们每一个人。我从洛兰科斯皮特学院来,所以要回到洛兰科斯皮特学院去,但是以后我无论到了哪里,都会自豪地跟周围的人说,我也是沧之星的学生。我离开之后,你们要比我在的时候做得更好,要让沧之星更辉煌,让全天下的人都知道沧之星……然后让我后悔,后悔没有选择留

在沧之星！"

"我们会让你后悔的！后悔没有选择我们！""对！""让你后悔！让你知道，这个世界上只有沧之星是最好的！""你一定会后悔的！"这一群大孩子，哭着叫喊道。

"嗯，我知道。"苏央然眼中有泪光。

她知道，他们一定会变得比现在更好。

苏央然最终还是登上了前往洛兰科斯皮特学院的游轮，和一百多名从洛兰科斯皮特学院赶来找她的学生一起。

翻涌的海浪击打在船上，远处是一望无际的大海，天空与海面的交界处是一抹奇异的淡蓝，好像在那里会出现奇迹。

苏央然站在甲板上，看着这样的景色，有时她甚至分不清哪里是天空，哪里是大海。天是蓝的，海也是蓝的，天上有白云，翻滚的海浪也如同白云。直到前方终于出现了高耸的建筑物，她才意识到，洛兰科斯皮特学院终于到了。

船只离码头越来越近，所有人都挤到了甲板上，他们看到在洛兰科斯皮特学院的码头处站满了学生，他们有些拉着横幅，有些举着旗帜，有些拼命呼喊。

他们知道，苏央然回来了。

"走吧，下船了。"船停在码头上，朔连城从她身后走上前去。

苏央然点了点头，她张开手，手里是一枚洛兰科斯皮特学院的徽章。徽章非常漂亮，反射着太阳的光芒。将这枚徽章戴上，她跟随朔连城和沧弛染寒下了船，终于踩在了属于洛兰科斯皮特学院的土地上。

抬起头，面对着那些哭哭啼啼前来迎接她的学生，她终于扬起了笑容。

有时候我们会迷茫，仿佛置身于茫茫大海，不知道该往哪儿走，不知道该去什么地方，只能随波漂流。但有时候我们会因为忽然出现在自己人生中的一个人，因为忽然冒出的一个想法，而拥有了信念和目标。这个信念和目标能够支撑我们一直前行，即便要面对狂风暴雨都毫不畏惧，奋勇向前！

"洛兰科斯皮特学院，我回来了。"

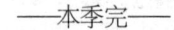

——本季完——